LA COLPEVOLE

Pubblicato per

PIEMME

da Mondadori Libri S.p.A.

ISBN 978-88-566-6858-2

I Edizione gennaio 2019

Anno 2019-2020-2021 - Edizione 1 2 3 4 5 6 7 8 9 10

Finito di stampare presso Grafica Veneta S.p.A.
Via Malcanton, 2 – Trebaseleghe (PD)

AMANDA ROBSON

LA COLPEVOLE

Traduzione di
Cristina Ingiardi

PIEMME

A Richard, Peter e Mark.
Vi adoro tutti, da morire

PRESENTE

1

Si preme un asciugamano sulla ferita nel tentativo di fermare il sangue, ma quello continua a zampillare, insistente. Più preme, e più ne sgorga. Non ce la fa a guardare la sorella, i suoi occhi umidi, sbarrati. Una sirena le trafigge il cervello. Più forte. Sempre più forte. Fissa imbambolata i lampeggianti. Suonano alla porta, andare a rispondere è come nuotare nel mercurio. Apre con mano tremante. Una mano che ha l'odore di una macelleria. Le si stagliano di fronte tre agenti di polizia: due uomini, una donna.

La donna le chiede piano come si chiama.

Risponde.

«Possiamo entrare?»

Un cenno d'assenso.

Due passi, e hanno superato il minuscolo ingresso. Due passi, e i poliziotti sono nel soggiorno dello scintillante appartamento moderno: acciaio inossidabile e travertino, mobilio marrone marcato Ikea. Altri due passi e lo sguardo dei tre agenti si conficca nel corpo straziato di vermiglio di sua sorella. I capelli, un ventaglio sul pavimento bianco. Una rigidità d'alabastro.

Il poliziotto più grosso latra nel telefono, chiede rinforzi, la Scientifica, un fotografo. E qualcuno gli risponde con tono da automa.

«Rinforzi in arrivo.»

La poliziotta si volta verso di lei, le mette una mano sul braccio. Ha occhi azzurro chiaro, le ricordano il tappeto di campanule che a primavera se ne stava sospeso come bruma nei boschi vicino casa. Boschi in cui erano solite giocare.

«Al telefono ci ha detto di avere assassinato sua sorella. È così?»

«Pensavo stesse per uccidere me. Perciò... Perciò...»

Non riesce a proseguire. Non riesce a dire altro. Apre la bocca ma non escono parole. Sente un ululato, forse per strada c'è un animale inselvatichito, ma poi l'agente le cinge le spalle con un braccio e la accompagna al divano, e allora si rende conto di essere lei la fonte del rumore.

La poliziotta le si siede accanto, odora del mondo di fuori. Aria di città, satura di smog. Occhi azzurro chiaro che le si commuovono addosso.

«Cos'è successo?»

«Mia sorella era arrabbiata. Furibonda, non l'avevo mai vista così. Mai.»

Le parole muoiono nell'aria, proprio come sua sorella. Però loro smettono semplicemente di respirare, non c'è tutto quel sangue. Si smarrisce in quegli occhi campanula. L'altra torna a cingerla con un braccio e lei le si aggrappa, singhiozzante. La donna le accarezza la schiena, le sussurra nell'orecchio, la dondola avanti e indietro cullandola come una bimba.

Resta così per un po'. Non sa quanto. Il tempo l'ha abbandonata a se stessa. A un certo punto, in quell'intervallo di tempo cui lei non appartiene più, il collo smette di sanguinarle. A un certo punto, in quell'intervallo di tempo, il suo appartamento viene invaso. Individui in tute di cellophane, con cuffie di plastica e guanti di lattice. Un fotografo. Un esercito di investigatori in borghese, una folla in abito scuro.

Qualcuno le si avvicina. Non riesce a distinguerlo bene; tutto è annebbiato, niente è più a fuoco. Le sta dicendo qualcosa, ma lei non riesce a sentirlo. Si direbbe preoccupatissimo, insiste. Alla fine, qualche parola fa breccia nel silenzio che le preme sui timpani.

«Arresto. Sospetto omicidio. Tribunale.»

E poi la fa alzare, la ammanetta. La donna dai gentili occhi campanula è sparita. E lei non ce la fa a voltarsi a dire addio alla sorella mentre l'uomo la accompagna fuori. Non ce la fa a reggere un ultimo sguardo.

In stato di fermo. Mani e piedi sigillati in sacchetti di plastica. Quando è successo? Nel suo appartamento? Prima che la ficcassero nell'auto della polizia? L'ala dedicata alla custodia cautelare è una garenna ultramoderna, tutta piastrelle. Niente finestre. Niente angoli. Niente spigoli. Non sembra reale, proprio come gli eventi di quella sera. Le voci lì non parlano, rimbombano. Odore di chiuso e disinfettante.

Un'agente in guanti di lattice che ha con sé una montagna di sacchetti di carta la scorta in una cella. Tanto all'avanguardia che neppure ha una serratura tradizionale alla porta. È tutto elettronico. È l'era spaziale.

«Mi serve una foto della ferita che ha sul collo» spiega la poliziotta.

Una piccola macchina fotografica le si materializza in mano, e la donna infila una serie di scatti.

«E adesso devo toglierle i vestiti e impacchettarli. Dobbiamo mandarli alla Scientifica. Va bene?»

La detenuta annuisce. Con estrema delicatezza, l'agente le sfila gli abiti. Li piega e li ripone ciascuno in un sacchetto. Le porge una tuta di carta e la invita a indossarla.

«Tra un attimo arriveranno quelli della Scientifica a esaminarle le mani.»

Ore dopo, mani ispezionate, sacchetti di plastica rimossi, viene accompagnata in sala colloqui da un poliziotto taciturno. Lancia uno sguardo all'orologio sulla parete. Le undici di sera. L'agente le apre la porta e dentro c'è l'avvocato di famiglia, Richard Mimms, seduto dietro un tavolo di plastica, la pelle eccessivamente raggrinzita intorno agli occhi esausti, incorniciati da occhiali dalla montatura nera.

L'ha visto una sola volta in precedenza, quando si era recata nel suo ufficio con la madre, molti anni addietro. All'epoca aveva pensato che i suoi occhi fossero strani. Adesso lo sono ancora di più. Gli si siede vicino su una sedia di plastica, il tavolo grigio davanti a loro. L'agente se ne va, chiudendo a chiave la porta.

«Tua madre mi ha chiesto di rappresentarti. Va bene?» esordisce Richard Mimms.

La parola *madre* le mette lo stomaco sottosopra. Se la immagina mentre le comunicano la notizia. Il campanello che interrompe uno scroscio di risate preregistrate alla televisione. La donna che posa la tazza di tè sul tavolino e attraversa il soggiorno, l'atrio, e intanto prega in cuor suo che chiunque sia lì a disturbare la sua pace serale se ne vada.

Ma la voce, una voce sconosciuta, non se ne va. Si fa largo nella sua sera quieta, le si rovescia addosso, sempre più alta, più incalzante. Lei è pallida, si muove come un fantasma. Perché nel viso del poliziotto ha letto un presagio.

«La prego, si sieda. Devo dirle una cosa.»

«Tua madre mi ha chiesto di rappresentarti. Va bene?» ripete Richard Mimms, riportandola al presente con un sussulto. Lo guarda, annuisce.

«Sì. Grazie.»

«Dunque. Ci concedono qualche minuto da soli prima di interrogarti.» Fa una pausa. «Voglio che parli il meno possibile. Troppi dettagli potrebbero ritorcertisi contro.»

È confusa. «Come?»

«Attieniti ai fatti principali. Non dir loro niente di personale. Niente che potrebbero usare contro di te.»

Fatica a seguire quel che le sta dicendo. Le fa male la testa, non riesce a concentrarsi come dovrebbe. Nella sua mente ci sono solo i lineamenti della sorella che si contorcono, il volto che amava che si trasforma nel volto che l'ha assalita vicino alla cucina.

«Hai capito?» le sta chiedendo il legale. «Lascia a noi i dettagli. A me e ai tuoi difensori. I professionisti.»

Le parole le si solidificano nella mente.

«I difensori?»

«Ho in mente una persona specifica come patrocinante della Corona. Un tipo meticoloso. Mai perso una causa.»

Cerca di sorridergli e ringraziarlo, ma le labbra non sembrano muoversi.

Richard Mimms si protende verso di lei e le mette una mano sul braccio.

«Tieni duro fino a lunedì. Vedrai che andrà tutto a gonfie vele, ti concederanno di uscire su cauzione.»

Ma suona artefatto. Troppo sicuro di sé. Non vede l'ora che la lasci sola.

Vengono interrotti dall'arrivo di un agente, uno d'alto grado, e la sua presenza massiccia e il suo carisma saturano la stanza.

«Ispettore Irvine» si presenta, porgendole la mano. Le si siede di fronte. «A breve arriverà il mio collega, il sergente Hawkins, e inizieremo l'interrogatorio. Nel frattempo posso farle portare qualcosa? Tè, caffè, acqua?»

«No, grazie.»

Cala un silenzio teso. Il poliziotto la sta valutando con occhi che la mettono a disagio. È sollevata quando arriva il sergente. Senza presentarsi, quest'ultimo si siede accanto all'ispettore e la saluta con un cenno del capo. È troppo sconvolta per restituirlo.

L'ispettore preme un tasto sul registratore.

Si protende verso l'apparecchio, snocciola la data e il nome di tutti i presenti. Torna a adagiarsi contro lo schienale, le braccia conserte.

«Allora. Lei ha chiamato il 999 e ha detto di avere ucciso sua sorella. È così?»

«È successo tutto molto in fretta. Mia sorella mi ha accoltellata... e poi io...»

Balbetta. Tace.

«Il medico ha esaminato la sua ferita?»

«No. Non ancora.» Pausa. «Una poliziotta l'ha fotografata.»

«Quindi non dev'essere tanto grave, se non ha chiesto subito un dottore.»

L'ispettore si alza per guardarla più da vicino.

«Dobbiamo farla vedere dalla Scientifica e dal medico, devono controllarla per bene» comunica senza un briciolo di empatia. «E così sua sorella l'ha accoltellata. E lei, cosa ha fatto per difendersi?» chiede tornando a sedersi.

Ricordarlo le fa tremare le viscere. Gli occhi della sorella che si coagulano mentre la guardano.

«Eravamo...» Prende fiato. «Ci trovavamo vicino alla cucina.» Tace. Si morde le labbra. Comincia a singhiozzare.

Pelle che si lacera. Che oppone resistenza. Che si fa umida.

«Ci servono i dettagli. In che punto eravate? Passo per passo. La sequenza precisa dei gesti. Riesce a ricordare?»

Non gli risponde.

«Se lo ricorda?» la incalza.

«Io ero in piedi vicino all'acquaio» replica infine, agitandosi sulla sedia.

«Cosa le ha detto sua sorella?»

«Era arrabbiata.»

«Perché?»

«Non lo so. Non riesco a pensare.»

«La prego, si concentri» insiste l'ispettore.

«Mia sorella non si arrabbiava mai. Non così. Non l'avevo mai vista così.»

Le parole le vorticano in testa.

«Ispettore, la mia cliente è molto provata. Mentalmente incapace di proseguire con questo interrogatorio. Chiedo che le venga concessa qualche ora di sonno e che continuiamo domani, quando saremo tutti più riposati» interviene Richard Mimms.

L'ispettore Irvine torna a premere il tasto del registratore.

«Richiesta accolta.» L'avvocato raduna le sue carte, la guarda corrugando la fronte e se ne va.

Di nuovo in cella, tutto quello cui riesce a pensare sono gli occhi della sorella. Freddi, morti, occhi da pesce. Giace sveglia tutta la notte sulla dura brandina a rotelle, rabbrividendo e tremando.

Al mattino, la colazione consiste in una fetta di pane tostato liscia e del caffè tiepido in un bicchierino di carta. Si sente come se le avessero dato un pugno nello stomaco, al pane non si avvicina nemmeno. Un sorso di caffè, sa di metallo, il resto finisce giù dal lavandino. Arriva il sergente Hawkins per ricondurla nella sala interrogatori.

Una volta lì, la voce della sorella prende a gridarle dentro la testa. Un urlo isterico che si fa sempre più forte, sempre più forte. Sforzandosi di sopprimerlo, si siede accanto a Richard Mimms. Riesce a sentire l'odore del suo dopobarba. Erboristico. Opprimente. L'ispettore Irvine e il sergente Hawkins siedono di fronte a loro, gli sguardi accusatori che la fissano. Lei osserva il dito premere il tasto del registratore. Data. Nomi dei presenti. L'interrogatorio ricomincia.

Irvine. «Mi dica, a che ora ha visto sua sorella ieri sera?»

Le frasi le ristagnano in bocca. L'urlo la ammutolisce. A un certo punto, tra le lacrime e il buio e l'urlo, risponde alle domande dell'ispettore. A un certo punto, tra le lacrime e il buio e l'urlo, lo sente.

«È accusata dell'omicidio di sua sorella.»

Accusata. Omicidio. Sorella. Sorella. Omicidio. Accusata.

Parole che le si incuneano nel cervello mentre la riconducono in cella.

PASSATO

2

Miranda

«Zara, devi andare al Tesco a prendere qualcosa per cena» dico sprofondando sul divano in pelle marrone, esausta dopo l'ennesima giornata a vendermi l'anima in qualità di contabile impiegata presso la Harrison Goddard.

Tu sospiri impaziente e levi gli occhi al soffitto. Vivi con me da due settimane ed è solo la seconda volta che ti ho chiesto di dare una mano.

«Non c'è niente in frigo?» replichi imbronciata.

«Perché non dai un'occhiata? Oggi tocca a te cucinare.»

Apri lo sportello e procedi all'ispezione. So benissimo cosa vedi. Lattine di birra e la salsa all'aglio che ci hanno consegnato con la pizza da asporto ordinata l'ultima volta in cui la preparazione della cena spettava a te.

«*Mmm*, ottimo, birra e aglio. Cos'hanno che non va?» commenti.

Tu e le virtù casalinghe, non c'è speranza. Eppure non riesco a sgridarti. Anzi, ci sono volte in cui la tua incompetenza, la tua vulnerabilità mi spingono a volerti più bene che mai. La mia gemella eterozigote, per cui mi sento tanto responsabile. I tuoi occhi sorridono nei miei e scoppiamo a ridere all'unisono. Alzi le braccia al cielo in segno di resa.

«Va bene, va bene. Ho capito. Vado.»

Stai fuori un pezzo. Così tanto che comincio a preoccuparmi. Mamma e io ci preoccupiamo sempre quando esci dai nostri radar. Hai vissuto con lei per anni, lavorando come archivista nella nostra città natale. Dopo avere interrotto gli studi, ti ci sono voluti oltre dieci anni per trovare la sicurezza necessaria a iscriverti a un corso di specializzazione. E così adesso ti sei trasferita a Bristol, attempata studentessa di fotografia presso la UWE, ed è il mio turno di badare a te. E *devo* badare a te. Perché sei un'autolesionista. Ti tagli.

E due volte hai tagliato troppo a fondo.

Una, molto tempo fa, eravamo al liceo. Ricordo quel pomeriggio d'inverno come fosse ieri. Ti stavo venendo a prendere all'allenamento di netball, io avevo appena finito quello di hockey. Un pomeriggio invernale perfetto. Soleggiato, un magnifico freddo pungente nell'aria. Il tipo di pomeriggio che per un istante mi aveva illusa, facendomi credere di trovarmi in una stazione sciistica. Ma c'era qualcosa che non andava. Mi fissavano tutti. Bisbigli, sussurri.

«Zara. Zara Cunningham.»

«Hanno chiamato l'ambulanza e la polizia.»

L'insegnante di educazione fisica mi spiegò cos'era successo. «Tua sorella si è tagliata le vene.»

Un'apatia lenta, sinistra, mi gocciolò dentro.

«Il mio assistente l'ha trovata priva di sensi, coperta di sangue. Oggi pomeriggio, appena prima dell'allenamento.»

«Sta bene?» Mi tremava la voce.

L'insegnante mi mise la mano sulla spalla. «L'abbiamo trovata in tempo. Sono sicura che ormai ha ripreso conoscenza.»

In tempo. Ripreso conoscenza. Le sue parole mi investirono. Zara, come avevi potuto fare una cosa del genere? Com'era possibile che avessi cercato di toglierti la vita? Tu, la cui esistenza era sempre parsa tanto più interessante, tanto più spensierata della mia.

Ma non era così, vero? Non avevi cercato di ammazzarti. A quanto pare, tagliarti scatenava in te una sorta di euforia.

«Taglio per allontanare il dolore» mi avresti spiegato in seguito. «E per prevenire gli attacchi di panico.»

«Che dolore? Come è possibile scacciare il dolore con altro dolore?» Mi fermo per un attimo. «E poi, quali attacchi di panico?!»

La seconda volta che per errore hai tagliato troppo a fondo è stata solo sei mesi fa. Proprio quando mamma e io pensavamo che forse – a trent'anni, dopo averne trascorsi tanti tra antidepressivi e sedute di terapia cognitivo-comportamentale – forse, dicevo, avevi finalmente smesso di farlo. Una telefonata alla Harrison Goddard per informarmi. Proprio mentre stavo riordinando la scrivania, pronta ad andare a pranzo. La voce di mamma all'altro capo, crivellata dal panico, quasi irriconoscibile.

«Vieni subito, Miranda. Si è tagliata di nuovo i polsi. Più a fondo, questa volta. Il paramedico ha detto che non sa se ce la farà.»

Ho lasciato immediatamente l'ufficio. Ho imboccato l'autostrada per tornare a casa, il mondo che mi scorreva accanto in una macchia sbavata. Arrivata all'ospedale, mi sono disincastrata a fatica dall'auto e ho lasciato che a inghiottirmi fossero le viscere tentacolari del posto. Avevo l'impressione di fluttuare. La clinica sembrava mulinarmi tutt'intorno. Al pronto soccorso, i pazienti venivano registrati in base alla gravità delle ferite. Il banco dell'accettazione era protetto da una corazza di vetro, solo una fessura piccolissima per parlare. L'impiegata era presa. Batteva sulla tastiera del computer con lunghe e affusolate unghie azzurre. Non aveva tempo di alzare lo sguardo. Il telefono ha squillato. Sollevato il ricevitore, ha corrugato la fronte mentre ascoltava.

«D'accordo. D'accordo. Sarà fatto.»

Ha riattaccato, e finalmente ha alzato gli occhi e mi ha notata. «Mi dica.»

«Sto cercando mia sorella, Zara Cunningham. L'hanno ricoverata qualche ora fa. C'è mia madre con lei.»

Le unghie azzurre hanno ricominciato a pestare sulla tastiera. «È in terapia intensiva. Chiamo un'infermiera per farla accompagnare. Aspetti vicino alla porta del pronto soccorso.»

«La ringrazio.»

Mi sono messa vicino alla porta, come da istruzioni. Pronta a una lunga attesa. E invece, mi ero appena posizionata quando ecco un'infermiera rotondetta, bionda, in uniforme rosa, fare capolino e chiedermi se la signorina Cunningham fossi io. Ricevuta conferma, mi ha subito condotta nei meandri più profondi del pronto soccorso.

«La accompagno da sua madre» mi ha detto.

«Non posso vedere Zara?»

«Non ora.»

Il terrore che era rimasto a covarmi dentro per ore è eruttato, vulcanico. «Perché no?»

«Al momento la sta esaminando un'équipe di medici.»

Un'équipe di medici esaminava mia sorella che si era tagliata i polsi. Un'équipe di medici esaminava mia sorella, che appena la sera prima rideva e scherzava con me al telefono. Meno di ventiquattro ore. L'infermiera e io abbiamo superato cubicoli in cui c'erano persone che soffrivano. Un uomo steso sul dorso, con uno stomaco prominente, la bocca coperta da una maschera a ossigeno. Un bimbo che ha lanciato un urlo agghiacciante. Una donna con un occhio pesto e il naso sanguinante.

Gita al pronto soccorso.

Destra, e poi di nuovo destra. Lungo un corridoio con finestre che guardavano su un giardinetto con ciottoli, felci, ficus. All'ingresso del reparto di terapia intensiva, l'infermiera rosa si è fermata presso un dispenser di sapone igienizzante. Mi sono lavata le mani con della roba che mi ha ricordato la schiuma bianca della larva della sputacchina. E finalmente siamo arrivate nella saletta d'attesa dove sedeva la mamma.

Era mia mamma, ma allo stesso tempo non lo era affatto. Era una donna con un'espressione che mamma non aveva mai avuto. Si è alzata. Mi si è avvicinata. Mi ha abbracciata. Mi ha stretto tanto forte da dare l'impressione di volermi inglobare. A toccarla, sembrava proprio la mamma. Aveva l'odore di mamma. Amore. Disperazione.

Deborah Cunningham di Heathfield Close, Tidebury, Lancashire.

Heathfield Close, una lanca di edilizia moderna all'estremità dell'abitato. Marciapiedi ampi. Viali frondosi. Divorziata da mio padre quando noi eravamo piccole. Lui si è trasferito negli States. Non l'abbiamo più visto. Per mantenerci, mamma faceva l'insegnante. Ha sgobbato come un mulo. Sempre unica responsabile.

«Come sta?»

«Nessuna novità.»

«Volete qualcosa? Tè, caffè, altro?» si è offerta l'infermiera.

«Rivoglio mia figlia» ha risposto mamma.

«Stiamo facendo del nostro meglio.»

L'infermiera si è dileguata, non so dove. Mamma ha acceso il piccolo televisore fissato alla parete, nell'angolo. Ma io non guardavo, le immagini si muovevano sullo schermo davanti a me e io pensavo a te, Zara. Abbracciarti, toccarti. Chiederti perché l'avevi rifatto dopo tutto quell'aiuto, tutta quella terapia. Hai sempre detto che ti tagliavi per sentirti meglio. Ma era vero? Oppure volevi davvero ucciderti?

La prima volta che era successo, ormai tantissimi anni prima, avevi recisamente negato che lo scopo fosse il suicidio. Ma per qualcuno che non comprende l'autolesionismo è difficile afferrare fino in fondo il senso di quell'euforia che, a tuo dire, i tagli si portano appresso.

Questa volta, la seconda, in qualche modo mamma e io siamo riuscite a controllarci mentre il tempo scorreva. Ora dopo ora. Mi sembrava di essere sospesa nel vuoto. La mia vita si era fermata e mi sarei sentita meglio solo se fossi tornata tra noi. Alla fine un medico ci ha raggiunte, stetoscopio al collo. Non ci siamo alzate a salutarlo, né gli siamo andate incontro. Non ne avevamo la forza. Siamo restate lì, sedute, a guardarlo venire verso di noi. Inebetite, in attesa di notizie. Ci si è piazzato di fronte, un mezzo sorrisetto negli occhi azzurro ghiaccio.

«Zara è stabile. Ha ripreso conoscenza. Tutti gli esami neurologici vanno bene.»

Stabile. Neurologici. Bene. Le parole mi sono ruzzolate in testa e, per la prima volta da ore, non ho avuto bisogno di concentrarmi per respirare.

Lo stomaco mi si chiude per la preoccupazione. Cosa stai facendo in questo momento, Zara? Perché ci metti così tanto?

Finalmente rientri dalla tua puntatina al Tesco, c'è voluta più di un'ora. Sembri agitata.

«Cosa succede?» La voce mi si tinge d'ansia mio malgrado mentre varchi leggera la soglia, piazzi due confezioni di pollo tikka masala sul tavolo della cucina e fai un sospirone. Indossi i tuoi scarponi Doc Martens e una gonna a fiori con lo sfondo panna che sembra sempre un po' sporca. Non mi piace il tuo piercing al naso. Non mi piace il modo in cui ti sei tagliata i capelli, solo da un lato, sopra l'orecchio, con un rasoio. Non penso sia un'acconciatura adatta a una donna della tua età.

«Ho conosciuto una persona.»

Una persona. Le parole restano ad aleggiare nell'aria. Parole importanti. Conosci sempre gente, ci ridi, ci parli, ci esci. Ma *una persona.* Questo non era mai capitato. Non fino a ora.

«*Una persona*?»

«Già. Sebastian Templeton. L'ho incontrato al Tesco. Proprio ora!» Cerchi di fare l'indifferente, ma non ti riesce. «Si trasferisce a Bristol da Londra. Ha un colloquio presso la tua ditta.» Un altro sospiro profondo, sovreccitato. «Un gran bell'uomo.»

Tutti i tuoi uomini sono belli. Niente di strano, in questo. Non che il loro aspetto serva a mantenere intatta la tua attenzione nei loro confronti. Nessuno è mai durato più di qualche mese.

«La sua voce ha un timbro adorabile» continui.

«Aristocratico-snob-del-Sud, per caso?» ribatto.

«Lasciami il tempo di scoprirlo. Per ora so soltanto che i suoi occhi danno la scossa.»

Invece di mangiare il pollo che hai acquistato al supermercato, mi informi che andrai con lui al ristorante. Uno di quelli di lusso, sul lungofiume. Un posto che puzza di *interior design*. Cibo impiattato a regola d'arte, abbastanza bello da venire usato come carta da parati. Fiori commestibili. Colori coordinati. Ti metti in tiro aggiungendo un altro strato di trucco, passi le dita tra i capelli già scompigliati ad arte e te ne vai.

3

Sebastian

Jude, la prima volta che ho visto Zara sedevo sulla panca appena fuori dal Tesco. Mi ha superato con quel passo vivace che avevi sempre tu, gli occhi sfavillanti, come fosse sul punto di fare qualcosa di molto più interessante che entrare in un supermercato. Sentendomi socievole dopo la pasticca di ecstasy, l'ho seguita all'interno. Con i capelli scompigliati e la pelle nivea, mi ricorda te. In lei c'è una tensione che mi rinvigorisce, come se, dopo tutti i miei problemi, anch'io un giorno potessi tornare a sentirmi vivo. Come se un giorno la mia vita potesse tornare a girare per il verso giusto.

«Avevi già mangiato qui?» mi chiede mentre le siedo di fronte da Chez Luigi.

«Un paio di volte, nelle occasioni speciali.»

«Quindi essere qui con me è *speciale*?» Si scosta i capelli dal viso. «Scommetto che lo dici a tutte.»

«Di norma non rimorchio la gente nei supermercati.»

«Neppure io» replica.

«Prima mi hai detto di avere una gemella. Siete monozigote?»

«No.» Mette un piccolo broncio. «Ti garantisco che sono unica al cento per cento.»

Zara Cunningham. Non definita dall'essere una gemella. Originale, divertente. Interessante. Nasino a patata. Zigomi perfetti. Così spontanea, così libera. Proprio il tipo che ho una gran voglia di fottere.

4

Miranda

Il pollo che hai acquistato al Tesco ha un sapore strano: un mix di pomodori in scatola, pasta di acciughe, coriandolo tritato e additivi. Dopo essermi costretta a finirlo, scarico l'ultima serie de *Il trono di spade* da Amazon. La mia più recente dipendenza. Come al solito, anche questa sera il suo mondo di fantasia mi inghiotte completamente, per poi rivomitarmi fuori di colpo quando il mio personaggio preferito muore. La decapitano, e la faccenda mi sconvolge. C'è qualcosa nella decapitazione che la fa apparire molto più brutale di qualunque altra morte violenta.

Sto meditando su quello che ho appena visto quando veleggi oltre la soglia canticchiando a bassa voce. È mezzanotte e tu sembri eterea, non del tutto in te. Fin troppo espansiva, euforica, mi abbracci tenendomi stretta stretta prima di andare a dormire, come fossimo state lontane anni, non solamente qualche ora.

E la mattina successiva, davanti a spremuta d'arancia e cereali, parte il tuo monologo su Sebastian Templeton.

Sebastian. Sebastian. Sebastian. Panegirico di un dio dei nostri giorni.

«È di Bristol» spieghi mentre ci strizziamo al tavolo impiallacciato. «Ha frequentato il liceo qui, e poi è andato a Cambridge per l'università. Matematica. Curriculum da urlo. Come il tuo. I suoi sono medici. Il padre è primario, ostetricia e ginecologia. La madre lavora in un consultorio di quartiere. Lo fanno molte donne. Scelgono questa strada perché ha orari più regolari, da ufficio, più semplici da gestire se hai figli. Me l'ha spiegato Sebastian.» Un attimo di silenzio mentre prendi una cucchiaiata di muesli e un sorso di spremuta. «Sai, la capisce bene perché sono parecchio uniti.»

Zara, non smetti un attimo di parlare di Sebastian. So più di lui che di chiunque altro viva a Bristol, anche se lo conosci da cinque minuti e io vivo qui da anni. Non usa l'auto perché tiene all'ambiente. Data la circonferenza del torace, indossa la taglia XL. Vota per i verdi. Tifa il Chelsea. Non è religioso. Non è superstizioso. Ricorda Aidan Turner. Un cavaliere dagli occhi scuri, con braccia pelose che ti eccitano. Il suo film preferito è *Love Actually*, lo fa piangere ogni volta. Trentadue anni.

Sa come trovare il punto G e ti ha confessato che sei la prima persona di cui si sia mai innamorato. Ha detto di amarti, due minuti dopo averti conosciuta. Un vero romantico. Da urlo. Lo ami anche tu. Sai che mi piacerà, quando lo conoscerò. Cosa potrebbe non piacere, in un uomo del genere?

PRESENTE

5

La madre va a trovarla mentre è in custodia, le hanno accordato il permesso di parlarle nell'area visite. La aspetta, circondata da grigia sterilità. Sconvolta dall'accaduto. Da quel che *lei* ha fatto. Esausta dopo aver guidato fin lì dalla costa del Lancashire.

Lei intanto ha percorso il corridoio con il secondino venuto ad accompagnarla nell'area visite, ignara di chi avrebbe trovato ad aspettarla. Non gliel'hanno detto. Pensava si trattasse di un nuovo interrogatorio. Aprono la porta e la fanno entrare, e ad accoglierla c'è l'immagine abbacchiata della madre. A quella vista sussulta, di colpo in affanno, di colpo a corto di fiato.

Madre e figlia superstite stanno l'una davanti all'altra, gli sguardi allacciati. Di fronte a sé, la madre vede una giovane donna malridotta, occhi cerchiati per la mancanza di sonno, capelli scarmigliati, mani tremanti. Sente l'odore del sangue dell'altra sua figlia. La figlia vede la fragilità terrena del cordoglio materno. Il danno che è stato inflitto. Il lutto, più virulento di una malattia.

La madre muove un passo verso di lei. Si abbarbicano l'una all'altra. Dapprincipio, il contatto fisico prende il posto delle parole. Per un po' nessuna delle due riesce a dire nulla. Più la madre la stringe, più l'urlo nella sua testa si ritira. Poi, piano, piano, ricacciando indietro le lacrime, racconta alla madre quel che è successo. Quel che ha fatto sua sorella.

Arriva il giorno dell'udienza per la cauzione. A scortarla fuori dalla cella mandano un secondino dagli occhi amichevoli e dal sorriso comprensivo. La solidarietà la trafigge come la lama di un coltello. Cerca di scrollarsela di dosso, è troppo chiusa emotivamente per riuscire a sopportarla. Distoglie lo sguardo dal secondino mentre entrano nel cortile e lui la consegna a una guardia.

Per la prima volta da giorni, l'aria fresca le investe il viso. Inspira con avidità, la beve come fosse champagne, ma prima che riesca ad appagare la sete la fanno montare su un furgone. Un carro bestiame. Almeno, quello è l'aspetto. Il genere di veicolo che porta agnelli e giovenche al macello. Il genere di veicolo che ha visto sferragliare su e giù per l'autostrada un'infinità di volte, e ogni volta le ha fatto pensare a quanto dovesse essere triste trovarcisi imprigionati.

È rinchiusa in un affare analogo, ora, nel suo recinto personale, dotato di sedile e finestrino piazzato in alto. Tutto quello che riesce a intravedere da lì è il cielo. Lo osserva attentamente. Cielo a pecorelle. Azzurro chiaro. Pennacchi bianchi. Meravigliosi pennacchi bianchi. Le piacerebbe tanto essere lì con loro, a volare e fluttuare, a inspirare aria fresca. Il furgoncino parte, e lei si ritrova sballottata di qua e di là. In preda ai conati. *Occhi sull'orizzonte, guarda lontano*, si dice. Riporta il pensiero sui pennacchi in cielo, ma la nausea rimane. Ha la nausea, e ricorda.

Finalmente il furgoncino si ferma con uno scossone nel parcheggio sul retro del tribunale penale. E adesso la sua esperienza diventa surreale. Non riesce a credere che stia succedendo a lei. È come se stesse accadendo a qualcun altro e lei lo stesse guardando dall'alto. Un'altra persona viene ammanettata a un agente di mezza età con i capelli grigi e forforosi. Un'altra persona viene fatta montare su un piccolo ascensore che la trasporta in una cella al piano sotto le aule. Un'altra siede sulla panca in legno ad assicelle, la testa tra le mani, in attesa di essere convocata. Un'altra si ripiega in se stessa, chiude la mente e lascia che il tempo trascorra in una bruma indistinta.

Dopo un po', il grigio agente di mezza età è di nuovo davanti a lei. «C'è il suo avvocato. Il difensore, non il legale di famiglia.»

Viene accompagnata giù per un corridoio serpeggiante, oltre due porte di metallo, e infine eccola nella stanza in cui si incontrano i legali. Un uomo la aspetta, seduto. Un uomo più o meno della sua età. Si alza al suo ingresso. Ha occhi d'ambra dorata e ondulati capelli biondo rame che scendono fino a sfiorargli la cima delle spalle. Spalle da giocatore di rugby. Le sorride, e spunta una fossetta. Si alza, gira intorno al tavolo di plastica e la raggiunge.

«Buongiorno. Sono Theo Gregson, il suo legale.» Voce forte, profonda.

Le prende la mano e gliela stringe piano. Gli occhi di lei sprofondano nei suoi. Non ha l'aspetto di un avvocato. Sembra più il cantante di un gruppo rock tutto sesso. Elastico e virile. Pronto a montare sul palco per lanciarsi in un riff.

Theo si riprende la mano. «Sediamoci, dobbiamo parlare dell'udienza per la cauzione.»

Torna al suo posto, dall'altro lato del tavolo. Lei gli si accomoda di fronte. Lui si toglie i capelli dagli occhi.

«Ho studiato il caso. Di norma in un processo per omicidio non concedono la cauzione, ma lei ha chiarito fin dall'inizio di avere agito per legittima difesa, quindi voglio provarci.»

Lo guarda negli occhi d'ambra.

«Grazie.»

Il tempo è volato. La fanno sedere al banco degli imputati, dietro una parete di vetro, al suo fianco un agente pingue con la faccia rossa. Guarda la madre, in prima fila nella tribuna riservata al pubblico, la testa girata ansiosamente verso di lei. Le sorride attraverso l'aula. Un sorriso appena bisbigliato, ingarbugliato dal dolore. La madre indossa il suo miglior tailleur pantalone nero abbinato a una blusa larga e ornata di volant, che nasconde le maniglie dell'amore. Una vista che le strazia il cuore, gli occhi le si colmano di lacrime.

Distolto lo sguardo dalla madre, scandaglia l'aula in cerca di Sebastian. Non c'è.

Gli avvocati siedono sulle file di panche disposte al centro dell'aula. Richard Mimms e il difensore-rockstar, le teste vicine, immersi in una fitta conversazione. L'umore le si risolleva per un istante. Davvero riusciranno a tirarla fuori? Poi il peso che sente nello stomaco si gonfia e la reinghiotte. Ovunque andrà da adesso in poi, sua sorella non ci sarà. Tornare a casa sarà d'aiuto? I ricordi della gemella attenueranno il senso di colpa o lo peggioreranno?

Sovrappensiero, osserva i legali della controparte. Un uomo alto e sottile, che parla con una piccola asiatica carina dal viso pulito. Sono gli avvocati dell'Ufficio del procuratore della regina. La pubblica accusa. Per forza, chi altri potrebbero essere? Non sopporta di guardarli. Meglio il pavimento. Il suo piede, infilato nella pratica ballerina che la madre le ha fatto avere in cella.

Torna ad alzare la testa per cercare un'altra volta Sebastian. Ancora non c'è.

La guardia le dà una leggera gomitata. La corte si sta alzando per l'ingresso del giudice. Un giudice dal volto leonino, bardato in una toga rosso sangue. Entra piano, con grazia, ricorda un cigno o un sovrano. China il capo per salutare gli astanti, e tutti tornano a sedersi. Il giudice chiede al suo avvocato di presentare il caso.

Theo Gregson si alza. Spalle taurine. Capelli folti che sbucano sotto la parrucca lasciandola in equilibrio precario sulla sua testa, come un cappellino da signora. Dà un colpo di tosse prima di parlare. Il giudice non lo perde di vista un attimo.

«Vostro Onore, chiedo che venga fissata una cauzione per la mia assistita, l'imputata, cittadina modello. Mai avuto problemi con la giustizia prima d'ora. È stata accoltellata e ha ucciso la sorella per legittima difesa. L'ha chiarito fin dall'inizio, fin da quando ha chiamato il 999. Non sussiste rischio di fuga, né potenziale pericolo per la società.» Prende fiato. «La mia richiesta si basa sulla vulnerabilità emotiva in cui versa. Ha perso la gemella. Dovrebbe essere a casa, non in carcere.»

Il giudice prende la parola. «La ringrazio, avvocato Gregson.» Vocali allungate. Una voce quasi ecclesiastica.

Theo si siede.

«La pubblica accusa vuole esprimersi?» domanda il giudice.

Un legale della controparte si alza. Quello che aveva notato prima, con la schiena lunga e magra.

«Ci opponiamo alla cauzione, Vostro Onore. L'imputata è così instabile da avere accoltellato e ucciso la gemella. Riteniamo che sia più sicuro per tutti gli interessati, inclusa lei stessa, se rimane in custodia.»

Il giudice aggrotta la fronte per un secondo.

«Cauzione negata.»

PASSATO

6

Miranda

Suonano alla porta. Vado ad aprire. Entri in quella scatoletta di fiammiferi che è il nostro ingresso tenendogli la mano, gli occhi incerottati a lui. Li stacchi con riluttanza e me lo presenti. Sebastian.

«Ciao.» Nel salutarmi, tiene lo sguardo nel mio per un attimo di troppo.

«Ciao.»

Per come la vedo io, avrebbe bisogno di una passata di rasoio. Indossa jeans griffati: azzurro stinto, strappi piazzati ad arte. Stivaletti dall'aria vissuta, in pelle scamosciata marrone. Maglione girocollo nero, in cachemire. Un orecchino nero, a perno, al lobo sinistro. Discreto ma originale. Sento la studiatissima ombra di barba sfregarmi la guancia mentre si protende a baciarmi. Odore di menta. Deve essersi appena lavato i denti. Due passi e siamo nel soggiorno con cucina a vista.

«Piacere di conoscerti, Sorella.»

«Puoi chiamarmi Miranda» rispondo con un sorriso.

«Ma certo, Miranda. Molto più fascinoso di Sorella.»

«Non quanto Sebastian, però.»

Sorride. Questo sorriso è senza dubbio uno dei pezzi forti nell'artiglieria delle sue attrattive.

«Sì, in effetti ho un nome vagamente lezioso.» Fa una pausa. «Non essenziale, tipo Jude.»

«Cosa c'entra Jude?» gli chiedo.

«Niente.» Un altro sorriso. «È solo il nome di una persona che conoscevo un tempo.»

Zara, tu e il tuo amante mi seguite verso il divano, avvinghiati come piante rampicanti. Vi verso un calice di vino a testa, tu ti districhi per prenderlo e a quel punto sediamo tutti in fila: Sebastian al centro del nostro ampio divano marrone, la mia coscia sinistra premuta contro la sua destra. Mi scosto un poco. Si volta verso di me e mi spara un altro sorriso. Gli resisto e abbasso lo sguardo. Non contraccambio.

Prende un sorso di vino. «Come va il lavoro?»

«Faticoso. Orario pesante, ma nonostante tutto è gratificante.»

«Zara ti ha detto che ho fatto un colloquio alla Harrison Goddard?»

Mi sforzo di non sogghignare. «Mi pare. Di tanto in tanto accenna a te.»

«Mi hanno chiamato. Giusto oggi.» Mi guarda. «Ho accettato.»

Mi si chiude lo stomaco. Quindi. Il ragazzo di mia sorella verrà a lavorare nel mio ufficio. Un uomo dagli occhi pericolosi e dal sorriso abbagliante.

«Quando inizi?»

«La settimana prossima.»

«Tieniti pronto. Gli piace prendersi la loro libbra di carne.»

«Ecco perché amo la fotografia» intervieni tu. «Mi concede libertà, autonomia.»

Rabbrividisco fino alle viscere. Le tue parole suonano totalmente false, artefatte. E invece è vero, hai sempre adorato la fotografia, fin da ragazzina.

«Ci sono abituato. Nella ditta dove lavoravo prima, a Londra, era la stessa cosa» prosegue Sebastian.

«Cosa ti ha spinto a lasciare la capitale?» In realtà non mi interessa, lo chiedo giusto per fare due chiacchiere. «Non è forse *la* metropoli per eccellenza? La città ideale?»

«Sono nato qui. I miei genitori vivono ancora qui. Volevo tornare dove sono cresciuto. È molto più piccolo, molto più pittoresco di Londra.»

Si stufa di colpo di parlare con me. Protendendosi verso di te, ti bacia. Vi fondete sul divano, un'unica piovra multitentacolare. Quando avete finito di esplorarvi le bocche a vicenda, Sebastian recupera il bicchiere di vino dal pavimento. Mi fissa, di nuovo propenso a conversare con Sorella.

«Che ne dici di passare a trovarmi uno di questi giorni? Ti offro da bere, e in cambio tu potresti darmi qualche dritta prima che inizi in ufficio» propone con un sorriso e un lampo negli occhi.

Qualche giorno più tardi, diretta al lavoro a piedi, sto risalendo Park Street con la borsa appesantita da un faldone quando sento il cellulare vibrare in tasca. Rispondo.

«Miranda.» La sua voce nel mio orecchio.

«Sebastian.»

Lo sento respirare all'altro capo.

«Ce la fai a venire da me stasera, come avevi promesso? Mi tornerebbe davvero comodo conoscere la situazione alla Harrison Goddard.»

Promesso? L'ho fatto? Non ricordo di aver promesso proprio niente. D'altro canto, se ha il numero del mio cellulare significa che gliel'hai dato tu, Zara, quindi come posso rifiutare?

«Questa sera va bene?» insiste.

«Mah, direi di sì.»

«Caspita, non metterci tutto questo entusiasmo!»

«No, voglio dire, va bene. Non vedo l'ora.»

E così, dopo una lunga giornata di lavoro, eccomi qui davanti alla sua dimora edoardiana, nel quartiere di Clifton. Apre la porta e subito mi regala il suo sorriso da spaccone. C'è qualcosa di ribelle in lui. Un pirata dei nostri tempi. L'Errol Flynn dell'era moderna.

«Entra.» Nell'ingresso (magnolia scipito) ci sono solo un portaombrelli e uno specchio.

«Seguimi» ordina.

Ciao ingresso, buongiorno salotto. Una dimora elegante. Una stanza con portefinestre che affacciano su un giardino perfettamente curato. Una stanza fredda, però. Ingessata. Nessuna fotografia. Tutto bello ordinatino. Nessun ninnolo.

«Da quanto la tua famiglia vive qui?»

«Mamma ci è cresciuta.»

Un attimo di silenzio, poi: «Posso portarti qualcosa da bere? Un calice di vino? Whisky? Gin tonic?».

Si protende verso di me, un sorriso negli occhi. L'angolo della bocca gli si arriccia, come fosse sul punto di ridere.

«Una tazza di tè, grazie.»

La risata. Esagerata, reboante.

«Zara l'aveva detto che eri una tipa da tè.»

Mi irrigidisco. «E questo cosa vorrebbe dire?»

«Niente, niente. Era solo una battuta. Allora, quale vuoi? Un tè nero? Ho l'Orange Pekoe. Oppure uno più affumicato, il Lapsang Souchong.»

«Un tè normalissimo, grazie, niente di ricercato. Bello forte.»

Altra risata. Testa indietro. Rauca. «Non pensavo che fossi una da tè forte.»

«Mi sembra un po' presto per inquadrarmi.»

«Prego, mettiti comoda. Vado a preparare il tè.»

Se ne va. Affondo in uno dei divani in pelle color crema. Pallidi, signorili. Incolori. Mi guardo intorno. Il dipinto sopra il caminetto sembrerebbe un'imitazione di Rothko: rettangoli chiari, nessun soggetto. La libreria è inquietante: autori disposti in ordine alfabetico come in un negozio, o in biblioteca. Bret Easton Ellis, James Joyce, Franz Kafka, Vladimir Nabokov, John Updike.

Sebastian torna con passo felpato, portando una tazza di tè per me e un tumbler di whisky per sé. Mi porge la tazza e mi si siede accanto sul divano. Scivolo più in là.

«Zara dice che ti racconta tutto, quindi immagino tu sappia già che ho frequentato altrove l'università e poi lavorato a Londra.»

«So pure che hai un curriculum eccellente.»

«Anche tu, mi hanno detto. Siamo forse anime gemelle?»

Conficca gli occhi nei miei. Mi scosto ancora un po' e prendo un altro sorso di tè, poi cambio argomento. «Dimmi, cosa volevi sapere della Harrison Goddard?»

«Chi evitare. Con chi fare rete.»

«Vedi, faremo capo a due uffici diversi. Io mi occupo di revisione dei conti, tu invece sarai sulle acquisizioni. I nostri reparti si incrociano solo di rado.»

«Peccato.»

Mi si avvicina e prende un sorso di whisky. Un sorso ingordo. Una sorsatona. Mi dà un buffetto sul ginocchio. «Eddai. Avrai pure qualche notizia piccante su qualcuno.»

Mi stizzisco. «Notizie piccanti? È questo che cerchi?»

«Oh, sì, ti prego.»

«Be', mi dispiace ma non ne ho. E se anche ne avessi, pensi che spiattellerei tutto a una persona che ancora non è nemmeno entrata in ditta?»

«Non si sa mai.»

«In tal caso, non mi conosci proprio.»

«Per l'amor del cielo, Miranda, sei così sulla difensiva! Sto solo cercando di socializzare, di conoscerti meglio, appunto.»

Gli sorrido e faccio spallucce. «Allora, notizie piccanti o amicizia?»

«Entrambe.» Tace un attimo. Gli occhi cercano di agganciare i miei. «O forse potresti semplicemente spiegarmi come avete fatto a diventare tu una ragioniera, e tua sorella un'artista.»

«A me interessano i numeri, a lei la fotografia. Cosa c'è di strano?»

«Di solito le gemelle amano le stesse cose.» Mi posa una mano sul braccio. «Non credi?»

La tolgo. «Non necessariamente.»

Gli si sono scuriti gli occhi. «Sei in piena fase di negazione.»

«Negazione di che?»

«Ancora non lo so. Mi piacerebbe scoprirlo. Sei una gran bella ragazza, Miranda. Tu e tua sorella mietete vittime. Ma chi di voi è la più focosa? Tu sei la più grande. Dimmi, sei tu? Che ne pensi?»

Appoggio la tazza sul tavolino di vetro che ho davanti e mi alzo. «Non voglio finire invischiata in discorsi di questo tipo.»

«E in cosa vorresti finire invischiata?»

«In niente.»

Un ghigno machiavellico. «Avventurosa, eh?»

Come ha fatto Zara a trovare questo tipo? Be', in effetti non è mai stata un granché nel giudicare le persone. Tutti quegli uomini. Mai quello giusto. Neanche io ho mai incontrato quello giusto, ma non ne ho provati così tanti. Almeno, gli uomini con cui ho avuto delle storie io erano affidabili. E educati.

Me ne vado senza salutare. Lui non cerca di fermarmi. Non mi insegue.

Attraverso l'ingresso color zucchero a velo. Esco sulla strada, anni fa una via piena di edifici interessanti da un punto di vista architettonico, ora più che altro invasa dai bidoni multicolori della differenziata. Avanzo sotto una lieve acquerugiola. Ci stava provando? O cercava solo di essere amichevole? Come la maggior parte delle donne, ho uno speciale sesto senso che mi aiuta a prendermi cura di me. Un sesto senso che mi permette di capire quando è solo amicizia. D'ora in poi starò in guardia, con questo tizio.

Una volta a casa, Zara, ti trovo a rovistare nella cartella del corso di fotografia.

Il viso ti si illumina appena mi vedi. «Com'è andata?» Occhi nocciola dorato, caldi e affettuosi. «Ha una bella casa, vero?» D'un tratto hai un'aria pensierosa. «Anche se, a quanto pare, i suoi lo fanno impazzire.»

«Devo inviargli un dossier sulla ditta» dico con il tono più dolce che mi riesce di sfoderare.

«Sto giusto finendo una cosa per l'università, e poi lo vedo.»

«Mangi con lui o con me?» mi informo.

«Tu cosa offri?»

«Insalatona di superalimenti. Ce n'è abbastanza anche per te, se vuoi.»

Arricci il naso. «No, grazie.»

Il modo in cui denigri la mia cucina mi irrita. Ma questa sera non ho voglia di mangiare con te, in ogni caso. Preferisco rimanere da sola. Non sono in vena di chiacchiere. Non voglio dimenticare che il tuo ragazzo stava flirtando con me. Ti lascio a mettere ordine tra le tue fotografie, preparo il mio mix di alimenti ad alto valore nutritivo e mi ritiro in camera da letto in cerca di un po' di tranquillità.

7

Sebastian

Jude, ti ricordi la volta che siamo andati a fare trekking nel parco dei Brecon Beacons dopo la maturità? Tre giorni di camminate e campeggio sulle montagne del Galles; tre giorni senza vedere nessuno. Niente negozi. Niente musica. Mattinate di luce vivida su distese di erica rossa. Stare a guardare il sole che scompariva oltre l'orizzonte alla fine della giornata, lasciandoci avvolti nell'intimo isolamento regalato dal buio. Una pace nera, soprannaturale.

E la notte che ci siamo accampati sul Pen y Fan? Ustionarci le dita e le facce mentre ci tenevamo stretti al falò, bagnati dalla sua luce. Quella sera, in quel momento, il mondo aveva smesso di girare. Jude e Sebastian. Niente e nessun altro. Una vita completa. Un universo completo.

Mi sento così quando mi stringo a Zara. Solo per un istante, l'intero mondo si ferma.

8

Miranda

Sebastian ha iniziato questa mattina alla Harrison Goddard, era già in ufficio quando sono arrivata io, seduto nell'angolo opposto al mio nel nostro comune open space. Alle undici in punto l'ho guardato fare lo slalom tra i cubicoli, diretto alla macchinetta del caffè. L'abito dal taglio aderente. Italiano. Camicia di seta. Scarpe lustrissime, a punta.

Ha alzato lo sguardo proprio nell'unico istante in cui lo stavo fissando e mi ha fatto l'occhiolino. Non ho risposto. Ho abbassato gli occhi e sono tornata a studiare lo stato patrimoniale che stavo controllando. Un po' più tardi si avvicina alla mia scrivania, mi mette le mani sulle spalle. Di norma al lavoro non vengo toccata proprio da nessuno. Faccio un salto. Mi giro ed eccolo qui, che mi guarda brandendo il suo sorriso.

«Ah, sei tu. Ciao.»

Si mette a ridere. «Non intendevo spaventarti, ho solo pensato che fosse il caso di salutare.»

Profuma di legno di sandalo e sigarette.

«Benvenuto alla Harrison Goddard.» Mi sforzo di sembrare sincera.

«Grazie.» Conficca gli occhi nei miei. «Hai tempo per un caffè?»

«No, scusami, devo proprio chiudere questa prati...»

«Ti prego, Miranda. È importante che impariamo ad andare d'accordo. Per il bene di Zara.»

Mi ammorbidisco. «Okay, dai, qualche minuto lo trovo.»

Ci dirigiamo all'area break. «Come sta andando?» esordisco.

«Mai andata meglio.»

La sua voce suona artificiosamente alta. Pomposa. So che se anche stesse faticando ad ambientarsi non lo ammetterebbe. Gli rivolgo un sorriso zuccheroso.

«Bene.»

«Mi sono guardato in giro e ti ho vista seduta lì, con un'aria annoiata. Perciò ho pensato che avessi bisogno di un intervallo. Qualcosa per tirarti su.»

«Un caffè con te, il perfetto solleva-umore?»

Il sorriso gli si allarga. «Esatto.»

«Grazie. Senti un po', ancora non ti manca Londra?» butto lì, annaspando in cerca di un argomento.

«Nient'affatto. Perché dovrebbe? Bristol è la città perfetta.»

Dritto per la sua strada, il tipo che non concede spazio ai ripensamenti.

«Cosa posso offrirti?» chiede.

«Un espresso, grazie.»

Attacca a premere i tasti della macchinetta, e io inizio a sedermi. L'area break della Harrison Goddard. Un incrocio tra una caffetteria in serie e un grande magazzino. Tranquilla, ma asettica. Troppo verde. Sebastian mi raggiunge con i due caffè in tazze di porcellana bianche sovradimensionate. Piattini dalla forma strana, un biscottino sul lato. Le ha riempite fino all'orlo, qualche goccia deborda mentre le appoggia.

Prendo un sorso. Il caffè è forte, mi pizzica la lingua. Mi lascia il segno sui denti.

«Che problema c'è, Miranda?» Mi guarda con insistenza. «Anche se mi hai dato il benvenuto, non posso fare a meno di notare che il tuo atteggiamento nei miei confronti è alquanto... caustico.»

Appoggio la tazza. Prendo un respiro profondo. È stato lui a chiedere, quindi vada per la verità.

«Sono preoccupata per mia sorella. È vulnerabile.»

«Vulnerabile? Perché?»

«Non te l'ha detto?»

Inarca un poco le sopracciglia e scuote la testa. «No.»

«Be', chiedilo a lei.» Prendo fiato. «Ma ti prego, non ferirla. Non lo sopporterebbe.»

Sorseggia il suo caffè, gli occhi scuri che mi guardano pensierosi. «Cosa ti fa credere che potrei ferirla?»

Silenzio. Contatto visivo troppo prolungato.

«Il modo in cui ti sei comportato con me quando sono venuta a casa tua.»

Fa spallucce. «Non avrai pensato sul serio che stessi flirtando con te, vero?»

Avvampo per l'imbarazzo. «Me lo sono chiesta, sì.»

Rovescia indietro la testa e ride. Una risata squillante, stridente. «Oh, Miranda, per l'amor del cielo! Stavo solo scherzando. Ma di certo te ne sarai resa conto, no? Volevo solo sondarti.»

«Sondarmi? Cosa sono? Un fondale marino?»

Altra risata, che alla fine si trasforma in un ghigno. «Sondarti per vedere se Zara poteva fidarsi di te.»

Sputacchio. «È una vita che si fida di me!»

I suoi occhi mi scrutano a fondo, mi mettono a disagio.

«Puoi fidarti di una persona per tutta la vita, e *zac* che ti tradisce. Ma per capirlo avevo bisogno di sfilarti il terreno da sotto i piedi.»

Distolgo lo sguardo e mi concentro volutamente sul muro alle sue spalle. «Ti illudi di grosso se pensi che qualcuno che neppure trovo attraente possa sfilarmi il terreno da sotto i piedi.»

«Permalosetta, eh? Sei tu a illuderti, pensando che stessi flirtando con te. O forse sei una di quelle convinte che tutti gli uomini siano sempre lì a provarci. Comunque, credi che dirci a vicenda quanto non ci desideriamo sia il modo migliore per diventare amici?»

«Date le circostanze, credo proprio di sì. Stiamo tracciando i confini. Fondamentale in qualunque amicizia che si rispetti. Il nostro confine è platonico.» Lo ribadisco. «Platonico. Platonico. Platonico.»

«D'accordo.» Si esibisce in un sorriso forzato ma comunque incandescente. «E platonico sia. Hai vinto. Per la cronaca, comunque, platonico era tutto quello che avevo in mente fin dall'inizio.»

I suoi occhi tornano a fondersi nei miei.

9

Zara

Bristol è una città fichissima. La città ideale. L'aria salmastra. Lo strido rauco dei gabbiani. L'architettura georgiana. Banksy. Band originali. Bar originali. Negozietti indipendenti che esistono solo qui, altro che catene e franchising. Il morbido accento del posto, che rotola sulla lingua dando l'impressione che le persone ci nascondano sotto una caramella.

Il mio corso è fantasmagorico. La fotografia è una forma d'arte tanto versatile e intellettuale! Per quanto mi sia sempre piaciuto immortalare la realtà, non mi ero resa conto di essere un'artista finché non ho iniziato questo corso. Ho messo insieme ben quattrocento scatti per il mio megaprogetto, ma ancora non ho detto a nessuno di cosa si tratta. È un segreto speciale, che non vedo l'ora di rivelare.

Miranda, anche tu sei fantastica, con quest'appartamento stiloso, lucido. La mia saggia, premurosa gemella, una sorella che è come una seconda madre. Se ci penso, per me ci sei sempre stata.

Ma soprattutto, e voglio urlarlo da ogni balcone di Bristol, sono al settimo cielo perché sono innamorata persa del mio lui, Sebastian. I lineamenti marcati. La carnagione bruna. L'ombra di barba, testosterone allo stato puro. È la prima volta che perdo completamente la testa per qualcuno, vero, Miranda?

Mi hai sempre presa in giro, dicendomi che mangiavo gli uomini e poi li risputavo fuori.

E da quando sono qui non ho avuto neppure un attacco di panico.

Non dimenticherò mai il primo. Alle superiori. In vista della maturità, ci avrebbero fatto svolgere degli esami simulati. Quel giorno avevo il primo. Chimica. Non riuscivo a respirare. Più guardavo le parole sul foglio, e meno riuscivo a leggerle. Erano diventate righe nere ondeggianti, mi nuotavano davanti agli occhi. Presi una E, insufficienza grave. Non un risultato di cui andare fieri. Non come i tuoi, Miranda.

Quella brutta esperienza ha reso ancora più stressanti gli esami veri e propri. Se ripenso al passato, mi rendo conto che alla sola idea mi pareva di dover affrontare il patibolo. Non è che ci fosse molto da disquisire: la mia esistenza stava giungendo al termine. Esami, morte. Chiuso. Con il corso di fotografia, invece... Tutt'altra storia. Lo sento super naturale, è come una parte di me, un mio prolungamento.

Dopo quella prima volta è stato un bombardamento costante, continuo. Un attacco di panico dietro l'altro. L'unico modo per attenuarne gli effetti era tagliarmi. Gli attacchi di panico mi buttavano a terra. Tagliarmi mi tirava su. Tanti, tanti attacchi. Tanti, tanti tagli.

L'ultimo l'ho avuto la sera prima di venire a Bristol. Da quando mi trovo qui, sono spariti. Cosa li ha fermati? L'odore di sale nell'aria? Il modo in cui Sebastian si fonde nella mia anima? Cosa mi consentirà di liberarmi delle lamette una volta per tutte? O buttarle sarà sempre un'impresa al di là delle mie possibilità?

10

Miranda

Osservo dita delicate preparare lo spinello, spargere il tabacco, distribuirci sopra l'erba. Arrotolare stretto. Leccare il bordo della cartina, tenerla pigiata con gesto disinvolto, esperto. Hai sempre saputo rollare la canna perfetta, vero, Zara? Io non sono mai stata brava. Non saprei nemmeno dove trovare la roba. Però nessuna di noi due fuma molto. Questa sera ti ho tutta per me. Io e te, e la migliore Colombian Gold offerta dal mercato.

Siamo distese sul tappeto davanti alla televisione. Sulla pancia, l'una di fronte all'altra.

I tuoi occhi dorati si aguzzano sotto la luce della serata invernale mentre accendi e fai il primo tiro. Aspiri con forza, come stessi assorbendo l'elisir di lunga vita. Un cipiglio di passaggio mentre ti concentri. Trattieni. Trattieni. Trattieni. Rilasci. L'aroma muschiato dell'erba si sprigiona nell'aria. Denso. Appiccicoso. Nauseabondo. Dolce. Mi passi lo spinello. Stessa routine. Trattenere, trattenere, trattenere. Rilasciare. La cannabis mi dà l'impressione di fluttuare.

«Tu e Sebastian. Non pensi stia andando troppo in fretta?» Prendo fiato. «È una forte attrazione, o amore a prima vista? Non pensi che potrebbe essere solo desiderio?»

«Sapevo che me l'avresti chiesto.» Sospiri, lo sguardo lontano. «Ma non lo è, è decisamente amore. E quando ami così tanto qualcuno, desideri essere amata a tua volta. Vuoi possederlo.» Resti in silenzio per un attimo. «La mia paura è di amarlo troppo.»

«Cos'ha di speciale rispetto agli altri?» domando restituendoti la canna.

«Sembri disapprovare.»

«No. Sono curiosa. Interessata. Voglio sapere.»

Lo spinello ti si sta esaurendo in mano. Fai un tiro con lentezza infinita, quindi torni a parlare. «È imprevedibile. Tenebroso. Sempre a mille.»

«Non credi che se fosse più misurato sarebbe più rilassante?»

«No. Misurato è noioso.»

«Quindi per te tenebroso e imprevedibile significa amore?»

«Ora stai travisando le mie parole. Non ho detto questo.»

«E dai, dimmelo. Dimmi dell'amore, sul serio.»

«Devo citare la Bibbia o Shakespeare?»

«No. Dimmelo con parole tue.»

«Quando lo sfioro, qualcosa mi si agita dentro.»

«Questo è sesso.»

«Se mi trovo con lui in un locale affollato, non vedo nessun altro.»

«Questa è asocialità.»

«Penso a lui in continuazione, anche quando non siamo insieme.»

«Prova un po' a fare la contabile, invece che la studentessa di fotografia.»

«Questa è spocchia.»

Scoppi nella tua risata travolgente. Alzi la canna, d'un tratto in vena di proclami.

«Senti, Miranda, quando ti innamori di qualcuno lo capisci, tutto qui. È una realtà fisica, una certezza che ti si radica dentro. E da quel momento, il resto della tua vita gira intorno a questa cosa. E la certezza del tuo amore diventa il perno intorno a cui ruota tutto il resto.»

PRESENTE

11

Cauzione negata. Di nuovo nel carro bestiame. Per un po' procede rumorosamente su una strada dritta, forse l'autostrada. Poi sterza e piega per stradine secondarie. Nausea infinita. Disagio infinito. Perfino quando si ferma, lei ancora sente il terreno muoversi sotto i piedi. Continua ad avere conati anche una volta scesa, mentre dal furgoncino la scortano nel cortile della prigione.

L'edificio le si staglia davanti. Si direbbe un liceo costruito negli anni Sessanta. Architettura soporifera, bassa, squadrata. Circondata dall'aperta campagna. Verde a perdita d'occhio. Alberi e alberi e alberi. Faggi e querce, frassini e aceri. Aria che sa di fresco. Aria che sa di pulito. Ma non la respirerà a lungo. Presto verrà rinchiusa.

È l'unica detenuta in arrivo oggi. Nessuno da guardare. Nessuno con cui identificarsi mentre la guardia le fa attraversare il cortile.

All'interno, l'area di registrazione ricorda la reception di un albergo. Premier Inn? Travelodge? Quasi, ma non proprio. Qui, l'addetta al check in è una secondina. Una secondina dai lucidi capelli biondi raccolti in uno chignon. Un'insegnante di danza, più che una guardia. La maestra di ballo le porge dei fogli. Un sacco di fogli. Un mucchio di istruzioni. Sulla routine del carcere. Su quello che le succederà.

Le consegna anche una valigia, l'ha lasciata sua madre. Ora reca un'etichetta, che dice che è stata controllata. La maestra di ballo, che è anche Signorinella Efficienza e Miss Burocrazia, smalto rosa tenue e mascara impeccabile, la sottopone a un fuoco di fila di domande, formale, spedita. Alla fine dell'interrogatorio, chiama un'altra guardia affinché venga a portarla dentro. Calcando il tono su *dentro*, facendolo suonare più sinistro possibile.

«Prima che entri, ti devono perquisire» la avvisa Signorinella Ballo Efficienza Burocrazia.

Le si chiude lo stomaco. Il petto va in fiamme. Sta forse per avere un attacco di panico? Ha visto troppi film in cui le donne vengono sottoposte a perquisizioni integrali. Signorinella Ballo Efficienza Burocrazia le indica una porta di fronte al banco accettazione. Lei bussa.

«Avanti» proclama una voce attempata.

Prende un respiro profondo, pronta al peggio. E invece si ritrova in una stanzetta asettica, e con sua sorpresa vi scopre una guardia donna, sui sessanta, che le sorride. La tasta con dolcezza. Tanta dolcezza, troppa, secondo lei quella non trova mai nulla. Dev'essere facilissimo portare dentro qualcosa di nascosto. Anche questo la preoccupa. Lo stomaco torna a contrarsi.

«Fatto» commenta la secondina. «È la tua prima volta in carcere?»

«La prima e l'ultima.»

Una risata squillante. «Buon per te. In bocca al lupo.»

Di nuovo nell'ingresso. La guardia successiva la sta aspettando. La guardia che la porterà *dentro*. Un grosso uomo muscoloso con occhi sporgenti e testa calva. Trascinandosi la sua voluminosa valigia rossa, lo segue nella cella di smistamento.

«Questa sera sei l'unica arrivata» le dice in tono leggero, da *facciamoci due chiacchiere*.

Non gli risponde.

La cella di smistamento è uno stanzone lungo e rettangolare.

Non ha finestre, solo porte. Al centro, su più file, sono disposti alcuni divani grigi di lana ruvida.

«Qui è dove aspetti che ti accompagnino nella tua cella. Dove vieni esaminata.»

Occhi Sporgenti se ne va. Lei si siede su uno dei divani ruvidi e aspetta. Tenta di leggere un po' delle scartoffie che le hanno dato, ma ce n'è una montagna. Non afferra una parola che sia una.

Il passo successivo ha l'aria di una vera e propria offensiva. Una sfilza di secondini. Che le consegnano altre carte, che lei non riesce a leggere. Che vanno da lei, le fanno domande, spuntano le sue risposte su moduli pieni di caselle. Domande. Un'infinità di domande. A cosa servono? È mai stata depressa? Ha qualche allergia? Ha mai fatto uso di stupefacenti? Fuma? È possibile che sia incinta?

A un certo punto, in mezzo a tutta quella baraonda, arriva una detenuta. La saluta, chiede se vuole una tazza di tè. Una tazza di tè?! Come potrebbe essere d'aiuto? A un certo punto, in mezzo a tutta quella baraonda, arriva un'infermiera, che le controlla la pressione e spunta altre caselle. Dopo un po' arriva un dottore. Non sa bene quando, tra la compilazione di un modulo e un controllo medico, si ritrova con una notevole collezione di buste di plastica. Bucherellate, ovviamente. Una con tutto ciò che era contenuto nella valigia. Una con la biancheria per la branda: cuscini, lenzuola, piumino. Una con la sua fornitura di posate e stoviglie di plastica. Una con quelli che vengono definiti "articoli voluttuari", da morir dal ridere: carta, penna e una busta preaffrancata per scrivere a casa, bustine del tè e biscotti. Classici secchi da inzuppare e digestive. Caterve di buste di plastica.

A un certo punto la accompagnano in un cubicolo dove le viene concesso di fare una telefonata. Il cuore frulla come le ali di un uccello in gabbia mentre cerca di chiamare la madre. Dieci squilli, e la sua voce in segreteria. Sospira. Dov'è? Perché questa volta non c'è quando ha bisogno di lei? Proprio questa volta. Finora c'è sempre stata.

Sepolta sotto una montagna di carte e buste di plastica, aspetta di essere accompagnata in cella.

Alla fine arriva una secondina dall'aria terrificante, capelli scuri legati in una coda.

«Ciao, sono Vanessa. Ti accompagno nell'ala successiva.»

Ha una voce molto mascolina. Camminano affiancate lungo un corridoio vuoto. La passeggiata più lunga della sua vita, per un corridoio brulicante di condutture e tubature. La guardiana ha un mazzo di chiavi appeso alla cintura, tintinnano minacciose. Superano una porta di metallo. Altro corridoio tortuoso. Altra porta. Porte e serrature e corridoi. Su per scale di metallo. Lei fatica sotto il peso delle sue quattro grosse buste di plastica. L'altra non si offre di aiutarla. Non spetta a lei.

Arrivano nell'ala in cui i detenuti trascorrono le prime settimane, per acclimatarsi.

«È tardi. Sono già tutte dentro per la notte, è per questo che c'è così silenzio» spiega la secondina con la sua voce rauca.

Lei guarda l'orologio: le 18.45. È prestissimo. Ha un brivido. L'altra sta aprendo la porta della sua cella. Entrano insieme, e subito lei lascia cadere a terra le buste di plastica. La cella è piccola, angusta, spoglia. Proprio come l'aveva immaginata. Proprio come ha visto in tante serie televisive.

«Per qualche giorno sarà tutta tua per darti modo di ambientarti, visto che sei una novellina.»

Lei si guarda intorno con maggiore attenzione. Letti a castello con sottili materassini in plastica azzurra. Pavimento di cemento. Una sedia rigida, scontrosa, braccioli di legno. Un tavolino. Un lavabo. Una doccia. E un wc con appena una leggera tendina da doccia che penzola floscia dal soffitto, per la privacy. Prega in silenzio di non arrivare mai a dover condividere la cella. Più la esamina, e più si rende conto che è sudicia.

E in quel momento capisce. Non ci sono colf, in galera. Sono i detenuti a pulire. La fonte di quella sporcizia è la persona che era rinchiusa lì prima di lei. Chiazze marroni tutto intorno al wc, alcune anche sulle pareti. Macchie di sangue secco su uno dei materassi di sotto. Guarda quel casino e le viene un conato. La guardia la sta osservando.

«Domani posso farti avere un po' di roba per pulire.»

«Sì, per favore. Grazie.»

Ha gli occhi umidi. Vuole piangere. Vuole uscire.

Vanessa le appoggia una mano sul braccio. «Stai tranquilla. La prima sera è sempre dura.»

La guarda con occhi che ardono di gentilezza e poi se ne va, richiudendosi la porta alle spalle.

Lei si sforza di ignorare lo scatto della serratura. Con mano tremante apre il sacchetto che contiene la carta da lettere e la busta. Si siede al tavolino e scrive a Sebastian. Implorandolo di andare a trovarla. Vuole spiegargli.

PASSATO

12

Zara

Prima mattina, Miranda sta già spadellando in cucina, di sicuro si prepara il porridge. Sebastian e io siamo avvinghiati, nudi, a letto. Sa dei miei tagli, ora, quindi non ho bisogno di nascondergli le cicatrici. Dice che il pensiero di me che lo faccio lo eccita. Non l'ho ancora fatto davanti a lui, anche se continua a chiedermelo. Dice che il massimo sarebbe farlo insieme, un giorno. Un giorno. Non ancora. Adoro stargli vicina nuda. Pelle contro pelle.

«Mia mamma viene a trovarci il prossimo fine settimana» gli spiego.

Non risponde. Si irrigidisce un poco. Rimango lì, la testa sul suo torace, inspirando il suo respiro.

«Weekend fra donne, dunque?» domanda alla fine.

«No. Non proprio. Ha solo pensato di venire a fare una scappata.»

«A me suona da weekend fra donne.»

Ostentando nonchalance, gli passo l'indice sul tatuaggio.

«Pensavo che magari potresti venire a pranzo con noi, una volta. Giusto per conoscerla.»

Mi guarda negli occhi.

«No, grazie. Incontrare le madri delle ragazze non fa per me.»

Fa una pausa.
«Non ancora.»
Un'altra pausa, questa volta più lunga.
«Magari mai.»
E neppure io ho ancora incontrato i suoi. Vengo sopraffatta da un'ondata di paura. Perché tutto questo evitare i genitori dell'altro? A dispetto delle sue dichiarazioni d'amore, sono solo un'avventura?

13

Sebastian

Jude, vuole farmi conoscere la madre. Di già. Per ovvie ragioni, non me la sento. Non credi che sarebbe eccessivo?

Gli incubi sono tornati. E vanno peggiorando. Ieri notte ho sognato che eravamo nell'ingresso. Vi vedevo muovervi al rallentatore, tutti. Dapprima, mamma si protendeva a prendere la giacca, sai la pelliccia di agnellino che indossava sempre? Allungava il braccio, ancora e ancora, e poi la mano, per sfilare la giacchetta dal gancio appendiabiti. Cinquantasette anni. Mani già segnate dall'età. Maculate come pelle di rana. I tre diamanti incastonati sull'anello di fidanzamento mandavano lampi nella luce che ci pioveva addosso dalla finestra con i vetri a piombo.

Mi ha guardato con un sorriso, e ho visto infittirsi il ventaglio di rughe che le si dipartiva dagli occhi. Nel sogno ero consapevole di non averle mai voluto tanto bene come in quel momento. Di colpo mi ero reso conto di quanto fosse fragile. Come se fino a quell'istante l'avessi data per scontata. Ci ripeteva sempre che i genitori *vanno* dati per scontati. Che quello è il loro ruolo. Dispensare così tanto amore da renderlo un tutt'uno con l'esistenza. Amore come aria, indispensabile e onnipresente. Un sottofondo fisso. L'ho presa tra le braccia e l'ho stretta. Non avrei più voluto lasciarla andare. Ma non ho avuto scelta. Il suo corpo mi si è dissolto tra le mani.

A quel punto mi è venuto incontro papà. Con la sua tenuta

preferita, cantante country incrocia ragioniere. Camicia a quadretti. Jeans con la piega.

E tu, Jude. Nel mio sogno continuavi a scendere le scale, in loop. Non arrivavi mai in fondo. Allungavo la mano nel tentativo di afferrarti, di tirarti giù con noi, ma le nostre dita non giungevano mai a sfiorarsi.

E poi all'improvviso il ritmo del sogno è cambiato. Non eri più sulle scale, ma nell'ingresso. La mamma è ricomparsa. Papà le teneva la mano, e anche tu, Jude. Tutti e tre, allineati mano nella mano, avete raggiunto la porta d'ingresso. Mi sono piazzato sulla soglia per impedirvi di andarvene, ma a quel punto stavate marciando, falcate decise che mi venivano incontro. E quando mi avete raggiunto, mi avete attraversato, perché i vostri corpi non erano corpi ma ombre.

Mi sono svegliato parlando alle vostre ombre. Urlando. Implorandovi di tornare. Solo allora mi sono reso conto che non c'era nessuno. Nessuna famiglia. Nessun fantasma. Ho allungato la mano verso il barattolo di pillole che tengo accanto al letto e ho preso del diazepam, per calmarmi.

14
Miranda

Mamma è in città, Zara, e io e te siamo il suo comitato di benvenuto alla Bristol Temple Meads Station. Felice di potermi affrancare dal tailleur, indosso i miei abiti casual da fine settimana, jeans Hugo Boss e maglioncino dolcevita in misto seta. Tu, come sempre, sei in stile moderno-artisticheggiante. Ancora non ti sei sbarazzata del tuo look gonna-con-scarponi. Vedendo i tuoi capelli mamma fa una smorfia, ma non dice niente. Nonostante il tuo abbigliamento strambo, abbraccia te per prima, come sempre.

Sebastian si è dileguato. Svanito nel nulla. Ogni sua traccia è stata rimossa dal mio appartamento. Nessuno spazzolino scalcagnato sul lavabo. Nessun rasoio. Nessun dopobarba. Per far stare comoda mamma, le hai lasciato il tuo letto e ti accamperai sul divano. Questo fine settimana sei a terra, Zara. Cupa, imbronciata. A dispetto del tuo umore, scarpiniamo a destra e a manca per farle vedere la città. Una mostra d'arte all'Arnolfini, audace e di grande effetto, seguita da tè e torta alla caffetteria. Una visita al piroscafo *Great Britain*, ora trasformato in museo.

Sabato sera. Cena al Ribshack, sul lungofiume. Tu però sei sempre più pensierosa. Rannuvolata. Dopo una conversazione alquanto artificiosa, vai al bagno. Gli sguardi degli uomini ti seguono. Gli sguardi degli uomini ti seguono sempre, nonostante il tuo bizzarro abbigliamento. Sono le vibrazioni che emani. La figura perfetta. Gli zigomi perfetti.

Io faccio del mio meglio per essere carina, ma sono alta e sottile e del tutto priva di seno. Quando mi applico attentamente l'eyeliner, mi lusinghi sempre dicendomi che sembro un incrocio tra Lily Allen e Keira Knightley. Eh, magari! Di fatto, tutto quello che vedo quando mi guardo allo specchio è una donna seria con occhi grandi e naso prominente. Look antico Egitto che vira al pagliaccio.

«Cos'ha che non va?» chiede mamma non appena ti allontani.

«È giù perché questo fine settimana non vede il suo ragazzo.»

«Ma mica glielo impediamo. L'abbiamo invitato a unirsi a noi questa sera, no?»

«È questo il problema. Non capisce perché lui non voglia venire.»

Mamma increspa la fronte, preoccupata. «Aveva altro da fare, o non voleva incontrare me?»

«Non lo so. Ed è evidente che non lo sa neanche Zara. È per questo che è così irritabile. Trascorrono un sacco di tempo insieme, ma sono agli inizi. Si conoscono da pochi mesi. Non dobbiamo angosciarci.»

Gli occhi preoccupati di mamma luccicano nei miei. «Io mi angoscio. Lo sai, non sopporterebbe di venire ferita.»

«Lo so.» Le appoggio una mano sul braccio. «Se mai si arrivasse a rischiarlo, la incoraggerei a rompere. Dai, mamma, va tutto bene. È tutto sotto controllo. Siamo adulte, ora.»

«Non è mai *tutto* sotto controllo. E come faccio a non preoccuparmi? Continuo a ricordarmi di sei mesi fa. E se succedesse di nuovo? Se questa volta si facesse male davvero?»

Non lo dico a mamma, ma l'episodio di sei mesi fa continua a perseguitare anche me. Non solo il ricordo, ma quello che mi ha riferito Zara in seguito. Il sangue. L'esaltazione. Il sollievo. Solo *dopo*, si è resa conto di avere tagliato troppo a fondo. Si è seduta sulla tazza – era al lavoro – e ha cercato di fermarlo. Ha premuto e premuto su un fiotto incessante di sangue. Troppo debole per andare in panico. Ha continuato a premere finché il mondo si è fatto nero.

Ricaccio indietro il ricordo ed eccomi di nuovo al Ribshack di Bristol, gli occhi su mamma. Per quanto ora sia un po' più paffuta, è ancora morbida e carina. Assomiglia un poco a te, Zara, con gli occhi castano chiaro e i capelli biondi. Probabilmente io assomiglio un po' più a papà, Mr. Esimio Sconosciuto.

«E se succedesse di nuovo? Se questa volta si facesse male davvero?» ripete mamma.

«Si sente ancora regolarmente via Skype con il suo terapeuta. Le fa bene.» Un'altra pausa. «Sul serio, mamma, secondo me è a posto.»

Quand'è che le cose sono cambiate, i ruoli invertiti? Quando sono diventata io quella che rassicura, tra me e lei? Le stringo la mano. Mi restituisce la stretta. Gli occhi si calmano, si addolciscono.

Zara, stai tornando dal bagno, procedi a zigzag tra i tavoli, quasi sorridi sotto il broncio. Cozzi contro un uomo di una certa età che ti fissa un po' troppo a lungo mentre ti scusi.

Finalmente ci raggiungi. «Su. Chiediamo il conto. Appena arriviamo a casa voglio mostrarvi il mio progetto per il corso.»

Sembri un po' più tranquilla.

Torniamo a piedi. A braccetto sul lungofiume. Superiamo il crocchio di fumatori davanti al pub dello sport, le teste vicine mentre chiacchierano e fumano con fare cospiratorio. Gruppi di ragazze in minigonna procedono a grandi falcate e ridacchiano, dirette in qualche locale. Un uomo di mezza età porta a spasso un westie. Un altro strimpella una chitarra accasciato a terra, un berretto al suo fianco per tirar su qualche moneta. Luci elettriche screziano l'acqua, ingentiliscono la città, sfaldano il buio. Ed eccoci a casa, il bicchiere della staffa.

Mamma e io sediamo sul divano, un calice di vino a testa. L'alcol smussa gli spigoli, ci aiuta a rilassarci. Zara, tu sparisci in camera tua e torni con il portfolio.

«Il mio progetto» annunci tutta orgogliosa, piazzando la cartelletta sul tavolino.

Mamma la apre, e ci protendiamo in avanti per vedere meglio. Prima immagine: un ingrandimento A4 del viso di Sebastian. Il suo bel viso rude, con un sorriso sicuro di sé. Mamma volta pagina. Dieci piccole fotografie del tuo ragazzo. Dieci espressioni diverse. Tutte ridenti o sorridenti. Altra pagina. Altri ritratti di Sebastian. Alcuni seri. Uno accigliato. Uno con le sopracciglia inarcate. Centinaia di fotografie. Un unico soggetto. Primi piani. Un sorriso. Un ghigno. Un broncio seducente.

Sebastian. Sebastian. Sebastian, ovunque guardiamo.

Mamma e io ci scambiamo un'occhiata preoccupata. Zara Cunningham. Quanto sei innamorata?

PRESENTE

15

In libera uscita per il funerale della sorella. Seduta dietro su una volante, la sirena che strepita.

Tre ore di autostrada per tornare alla sua città natale. Tre ore seduta in silenzio a guardare tir e automobili. La nuca del conducente. Le mosche che si schiantano sul parabrezza. Tre ore a ricordare la sensazione della pelle di sua sorella che si lacerava mentre lei affondava il coltello. La testa della sua gemella che si rovesciava all'indietro mentre gli occhi si annebbiavano. Un'immagine che non scorderà mai più.

La volante esce dall'autostrada all'altezza dello svincolo per Tidebury, avviluppandola nella familiarità. È come se sua sorella fosse lì. Come se non se ne fosse mai andata. Fantastica di averla accanto. Il suono lieve del suo respiro mentre le appoggia il capo sulla spalla, i capelli arruffati che odorano di muschio.

Alla rotonda l'auto svolta a sinistra, supera Warren Farm, si dirige verso la Southport Road. Dritta su Paradise Lane, oltre le elementari. Sta seguendo il percorso che erano solite fare a piedi al rientro da scuola, con il curvone all'angolo della via, oltre quella che una volta era una scuola privata circondata da magnifici terreni e di recente è stata trasformata in un complesso residenziale. Ecco, vivevano qui. Le si rivolta lo stomaco. All'incrocio l'auto prende a sinistra. Quell'incrocio. A fine primavera si fermavano sempre ad ammirarlo, diventa una distesa di campanule. Lo stomaco si fa di pietra. Ancora a sinistra, ed ecco la chiesa.

St Peter's. La chiesa anglicana cui facevano capo le loro elementari. Quella che durante l'anno scolastico hanno frequentato ogni mercoledì mattina, per sei anni, dai cinque agli undici. Sei lunghi, lenti anni. Da piccoli, il tempo è distorto. Camminare dalla scuola alla chiesa, mano nella mano, lungo Church Path, all'ombra screziata di ippocastani e platani. Entrare nel suo antro consacrato. Odore di cera e silenzio. La voce tonante del parroco. Noia elevata dal rispetto. Gemelle unite per sempre, immortalate nel ricordo, mano nella mano in eterno.

Il conducente parcheggia di fronte alla chiesa; il carro funebre e l'auto per la famiglia arrivano e si fermano davanti a loro. Vede la bara della sorella, mogano coperto di gigli. La madre si districa dal guscio di metallo nero e si dirige verso la volante. La guardia cui è ammanettata lei scivola lungo il sedile e la accompagna di fuori in quella giornata nuvolosa, l'aria una cascata di bruma umida, il cielo grigio piombo a rispecchiare il suo umore.

A metà marciapiede incontra la madre. Quest'ultima riesce a prenderla tra le braccia senza disturbare la guardia che, rigida, si tiene fuori dalla stretta amorosa.

«Sono tanto, tanto felice che ti abbiano lasciata venire» dice la mamma con voce rotta.

Potrebbe rimanere così per sempre, stretta alla madre in cerca di conforto, ma comincia a piovere. Si trasferiscono all'interno. Superano gli anziani della chiesa che porgono i libretti della funzione. Superano composizioni di rose bianche e gigli. Superano sguardi di brace. La chiesa è quasi piena mentre guadagnano i posti riservati loro in prima fila. Sulla sinistra la madre, la mano tra le sue. Sulla destra, la sua scorta. La madre le stringe la mano e si gira a guardarla, ma gli occhi sono velati, frastornati.

Lei si guarda in giro. La chiesa straripa di persone e di emozioni trattenute. Tante, tante persone. Tre file in piedi sul fondo. Alcune le riconosce dalla scuola. La maggior parte no. Non si era mai resa conto che sua sorella conoscesse così tanta gente. Immagina che una persona morta giovane attragga sempre grandi folle. Un misto di pietà e partecipazione.

L'organo barrisce e tutti quanti si alzano. Lo strumento continua a suonare: profondo, maestoso, solenne. Adagio adagio, sua sorella viene trasportata lungo la navata, avvolta nel suo baccello di morte color mogano. Adagio adagio, in equilibrio sulle spalle dei necrofori, che la depositano con cura davanti all'altare tra gli stalli del coro e scivolano via con delicatezza.

Silenzio.

Il parroco, un attore in un dramma surreale, si posiziona alla sinistra della bara.

«Prima di tutto, cantiamo» annuncia.

L'organo esplode in un fraseggio melodioso. Intonano l'inno preferito di sua sorella. Si inginocchiano. Pregano. Attaccata all'agente è scomodo. Chiude gli occhi per unirsi al coro, ma non riesce a concentrarsi e li riapre. Si volta a guardare le facce, mute e distorte nella preghiera. La congregazione in sovraccarico ecclesiastico. Tutti i pensieri rivolti all'eternità e alla morte di sua sorella. Tutto quell'amore. Tutta quell'energia. Le emozioni dei presenti la sfiancano, la fanno sentire uno straccio.

Torna a guardare avanti, abbassa gli occhi sul pavimento e coglie un lampo di passamaneria dorata. La cintura della veste del parroco. Annidata tra i bioccoli di polvere, in fondo al banco. Si protende molto lentamente, allontanandosi il più possibile dal poliziotto cui è vincolata. L'uomo non se ne accorge. Riesce ad afferrare quel cordone dorato con due dita, lo infila nella tasca del cappotto.

Le preghiere sono terminate. Si alzano e cantano di nuovo. Ascoltano l'omelia. Da morta, sua sorella è ancora più perfetta che da viva. La madre piange. Lei piange dentro. L'organo pulsa ancora più solenne mentre gli addetti alla bara portano via la sua gemella. Una principessa addormentata diretta al carro funebre, diretta al forno crematorio dove verrà ridotta in cenere. La madre la accompagnerà, lei invece verrà scortata di nuovo a Eastwood Park. Non le hanno concesso neppure di andare alla veglia. Cammina dietro il feretro della gemella insieme alla madre, sempre ammanettata alla guardia. La testa bassa, il mare del tappeto azzurro della chiesa che la inghiotte.

All'improvviso alza il capo per riguadagnare l'equilibrio. Sebastian. Seduto in fondo a un banco. Gli occhi che la inceneriscono, furiosi. Le sta riversando addosso una collera mai vista. Il cuore le si ferma. È terrorizzata. Sta cercando di sopprimerla con lo sguardo. Vuole soffocarla. Affogarla. Per un istante rimane paralizzata. Anche il poliziotto è costretto a fermarsi mentre lei cerca la forza di spezzare il contatto visivo con Sebastian. Nella nebbia della mente, vede Theo. Gli occhi gentili di Theo cacciano quelli di Sebastian. Occhi d'ambra che sciolgono il dolore. Confortanti come miele.

16

Seduta nell'auto di ritorno alla prigione, dopo il funerale, sta piangendo. Le lacrime le cadono silenziose lungo il viso. Non riesce a bloccarle. Vorrebbe essere morta insieme alla sorella. Il giorno in cui la sua gemella è morta, anche la sua vita si è fermata. Se solo fosse morta lei al posto suo. Sarebbe stato tutto più semplice. Questo non è vivere. Corpo e cervello intorpiditi. Non riesce a pensare. Non riesce a sentire. Non godrà mai più di niente.

L'immagine della madre afflitta è un fuoco ustionante, corrosivo, doloroso. Gli amici di sua sorella, il loro cordoglio. Gli occhi di Sebastian. Gli occhi di Sebastian che le dicono quanto la detesta. Le dicono che non l'ha mai amata. Ha sempre amato sua sorella.

Se vivesse in America, la spedirebbero sulla sedia elettrica. Se fosse vissuta un centinaio d'anni prima, l'avrebbero impiccata. Nell'odierno Regno Unito, deve trovare da sola il modo di ammazzarsi. Sfiora il cordone dorato che ora, dopo che l'hanno liberata per qualche istante dalle manette per consentirle di andare in bagno, le cinge la vita. Lo stomaco le si chiude. Non sa bene a cosa potrà fissarlo. Ma troverà un modo. Le persone lo fanno spesso, persino in carcere, anche nell'era moderna.

Il suo poliziotto la sta fissando. Le dita cercano le sue. Le stringono. «Diventerà più facile, vedrai. Questo è il giorno più brutto. Quando rientrerai in carcere ti aiuteranno.»

Le parole restano a fluttuare nell'aria, inefficaci, prive di significato. Aiuto. Come possono aiutarla? La sua disperazione è arrivata troppo in là.

Di nuovo a Eastwood Park. L'accettazione. L'attesa, con il viso inondato di lacrime. In un'altra stanza, dove un secondino sovrappeso le rivolge un sorriso pigro, la perquisisce appena. D'un tratto, però, la ricerca si fa più scrupolosa. Le dita sondano, insistono. Scopre il cordone, glielo sfila.

«E questo cos'è?»

Non gli risponde. Rimane in piedi in silenzio, sempre in lacrime. L'uomo fa scattare un cicalino, chiama rinforzi. In capo a pochi istanti arrivano altri due secondini.

«Tenetela d'occhio. Controllate ogni mossa.»

La prima guardia se ne va, portandosi appresso il cordone. Lei si siede e continua a piangere mentre i due nuovi agenti le si piazzano ai lati e non la perdono di vista un attimo. Torna quello sovrappeso, le cosce che frusciano l'una contro l'altra mentre cammina, le si avvicina.

«Ho saputo che questo è stato un giorno molto difficile, per te. Faremo del nostro meglio per aiutarti. Ti portiamo in una cella nuova, nell'ala speciale, e ti mandiamo subito un medico.»

Lei piange e piange, la testa tra le mani.

La cella nell'ala speciale non ha lenzuola, solo il materassino azzurro e una coperta troppo spessa per farne un cappio. Nessun gancio. Nessuno spigolo vivo. Una prateria, neanche un divisorio, e una grossa finestra sulla porta così che ogni suo gesto possa essere osservato, ventiquattro ore su ventiquattro. Sorveglianza antisuicidio in grande stile. Zero privacy.

Si è cambiata e indossa un pigiama di carta. Le hanno sottratto persino la biancheria. Si stende sul letto, sotto la coperta, e continua a singhiozzare. Il tempo è svanito. Non conta più nulla. A un certo punto, mentre fluttua nel suo vuoto, arriva il medico.

Capelli fulvi e umidi occhi azzurri. Pelle chiarissima. Quasi trasparente. Porcellana fine, delicata. È giovane e snello e molto preoccupato. Si inginocchia al suo capezzale.

«Sono il dottor O'Byrne. Sono qui per cercare di aiutarti. Ce la fai a sederti e parlare con me?»

Lei non si muove. Il pianto cessa per un istante e poi ricomincia.

«Ti prego» la scongiura. «Ti prego, smetti di piangere. Per favore, parlami. Altrimenti, dopo il trauma che hai vissuto oggi, sarò costretto a sedarti.»

Un movimento sotto la coperta. La testa fa capolino. Sta inspirando forte nel tentativo di bloccare le lacrime, il viso rosso e chiazzato dopo quel lungo pianto.

Il dottor O'Byrne si protende verso di lei. «Cosa provi?»

«Non posso vivere senza mia sorella. Vorrei essere morta io» replica, i goccioloni che insistono a rigarle il viso.

«È per questo che hai nascosto quel cordone? Volevi usarlo per toglierti la vita?»

Si asciuga la faccia con la mano. «Sì.»

«Non hai pensato a tua madre? A quanto le mancheresti?»

«Ho ucciso anche lei, insieme a mia sorella. Mamma starà meglio senza di me.»

«No. No. Tua madre ti vuole bene. Ha bisogno di te. Verrà a trovarti il prima possibile. Facciamo così: ti prescrivo degli antidepressivi, e intanto chiedo che ti mandino quanto prima un terapeuta.»

Riempie d'acqua la tazza di plastica che le hanno lasciato sul lavabo. «Tieni, prendi questi.»

PASSATO

17

Zara

Siamo al pub, il Roebuck, davanti al caminetto, guardiamo le fiamme contorcersi e guizzare. Io sto sorseggiando un gin tonic, Sebastian si culla una pinta.

«La visita di mamma è andata bene, però mi sei mancato, Sebastian.»

«Anche tu mi sei mancata.»

I suoi occhi brillano intensamente nei miei. Mi ci smarrisco.

Recupero la parola solo dopo svariati secondi. «Ma ti sono mancata io, o solo il mio corpo?» Mi sforzo di usare un tono scherzoso, leggero, cui aggiungo di proposito una nota indolente.

«Mi sei mancata tu. Tutta.» Si protende sopra il tavolino in mogano che ci separa e mi afferra la mano. «Ovviamente.»

Gliela lascio stringere, e poi me la riprendo. «Tu che hai fatto?»

Si dimena, a disagio. «Sono stato a casa.»

«Con i tuoi?»

«No. Loro sono via. In crociera.»

«Allora hai visto qualche amico?»

«Avevano tutti da fare.»

Cala il silenzio. Torniamo a guardare il fuoco. Sorseggiamo i nostri drink. Sebastian ha un'espressione dura, imbronciata. «Vedi, Zara, la verità è che a volte ho semplicemente bisogno di un po' di tempo tutto per me» sbotta qualche minuto dopo.

Le sue parole mi mandano in panico. Sta per mollarmi?

«Vale per tutti» riesco a dire mentre gli rivolgo quello che mi auguro sembri un sorriso comprensivo.

«Ma nel mio caso è diverso.» Ora l'espressione è burrascosa. «A volte se non sto da solo, *completamente* solo per un po', mi sento come se... come se...» Balbetta, la voce gli si spezza. «Come se il mio mondo fosse sul punto di svanire per sempre. Come se il cielo potesse crollarmi addosso e schiacciarmi se non fuggo, ogni tanto, io e nessun altro.»

Recupera la pinta dal tavolino e prende una lunga sorsata. Osservo il suo pomo d'Adamo salire e scendere mentre inghiotte.

«L'importante è che tu poi abbia voglia di tornare.»

Lo sguardo gli si addolcisce. «Tornerò sempre, Zara.»

Rientriamo all'appartamento, andiamo dritti a letto senza neppure chiudere le tende e facciamo l'amore. Urgente, appassionato. I nostri corpi cantano all'unisono. Alla fine ce ne stiamo lì soddisfatti, fianco a fianco, le dita che si sfiorano.

«È il momento. Questa notte. Tagliamoci» sussurra Sebastian.

Mi si stringe lo stomaco. Rotolo su di lui e lo bacio.

«D'accordo, amore mio.»

Sguscio dal letto tremando per l'eccitazione. E per la paura, solo un po'. Frugo nel cassetto della toeletta in cerca del pacchetto nuovo di lamette, nascoste sotto i collant. Poi torno a letto, gli prendo la mano e lo conduco in bagno. Accendo la luce. Dopo il morbido chiaro di luna che bagnava la camera da letto, la luce alogena della stanza da bagno è fredda, cruda. Ci ferisce gli occhi, ci acceca.

Rimaniamo fermi un attimo, nudi. La vista si adegua al tipo di chiarore. Guardo Sebastian. Mi sta davanti, alto, peluria scura sulle gambe e sulle braccia, torace muscoloso. Adoro il tatuaggio del serpente che gli si attorciglia sullo stomaco, fauci spalancate, lingua biforcuta che termina proprio alla base del pene. Mi eccita da morire. Sebastian si protende verso di me. Mi fondo in lui. Ci baciamo. Dapprima con dolcezza, poi avidamente. Mi scosto.

«Dammi il braccio.»

Si fida di me. Mi porge il braccio. Lo faccio avvicinare al lavabo. Gli volto il polso all'insù e lo premo contro il bordo del lavandino. Gira la testa per baciarmi di nuovo, le labbra dure contro le mie. Un morso, non un bacio.

«Tagliami» sussurra.

«Stringi forte» lo istruisco, la voce rotta. Con mano tremante, prendo una lametta nuova e la dirigo verso il suo polso. Quello che mi fa vibrare è eccitazione, non panico. So come farlo. Come tagliare senza recare danno. Il terapeuta mi ha insegnato. Sono una professionista. Ho imparato moltissimo, dopo il primo incidente. In fatto di tagli, nessuno è più esperto di me. So come farlo a dovere. Quanto a fondo. Quanto.

Mi mordo il labbro. Abbasso la lametta verso il suo polso. Gli sfioro la pelle. La sento lacerarsi. Sebastian inspira forte. Il suo respiro nel mio, il modo in cui le labbra gli si schiudono appena. Mi eccito. Vedo la stria di sangue. Lo stillicidio. Dolce stillicidio. Dolce, dolce stillicidio. Dolce sfogo.

«Lo senti?» gli chiedo.

Chiude gli occhi.

«Lo sento» bisbiglia.

Mi alzo in punta di piedi e gli sussurro nell'orecchio: «E adesso devi farlo tu a me».

Fermiamo il suo sangue. Disinfettiamo la ferita e la fasciamo.

È nervoso. Avverto la sua esitazione mentre mi taglia. Ma è bello. Bellissimo. Il dolore. Il dolore che porta via il dolore. L'istante di euforia. Un'euforia che nessuno che non sia un autolesionista è in grado di capire. Un'euforia che non si può spiegare.

Sebastian mi aiuta a fermare il sangue, gli occhi nei miei mentre mi medica. Tenendoci per mano torniamo a rifugiarci a letto, ci abbracciamo. Ci baciamo a lungo, pomiciando come adolescenti alla loro prima festa. Quando ancora pomiciare non significa preliminari. All'improvviso Sebastian si stacca.

«Non mi fido di tua sorella» annuncia.

Le parole mi colpiscono come proiettili. Arretro appena, il mio corpo che fugge dal suo. «E perché mai?»

«È bacata.»

«Bacata? Starai scherzando. Se c'è una a posto è lei, non come noi.»

Il mio amore giace sulla schiena, i capelli scuri scompigliati che risaltano contro il bianco del cuscino. Al chiaro di luna vedo che sta scuotendo la testa.

«E io ti dico che è lei quella deviata.»

Il suo atteggiamento mi lascia di stucco. Miranda, sei sempre tanto gentile con lui, tanto sollecita. Sebastian trascorre un sacco di tempo da noi. O almeno lo faceva, prima della visita di mamma, e adesso che se n'è andata è tornato di corsa.

«È molto premurosa» replico risentita. «A volte diventa un po' autoritaria, è vero, ma ha un cuore grande come una casa. E se talvolta è un pelo troppo dispotica è solo perché ci tiene. So che in certi momenti può dare l'impressione della madonnina infilzata, ma...»

«Una madonnina infilzata. Esatto.» Manca poco che ringhi. «Hai messo il dito sulla piaga. È proprio questo suo atteggiarsi a madonnina infilzata a non convincermi.»

È proprio questo suo atteggiarsi a madonnina infilzata a non convincermi.

La sua frase mi riecheggia in testa. Tremo nell'anima. Per una frazione di secondo lo capisco, e poi basta. Allontano le sue parole. Voglio bene a mia sorella. Gliene vorrò sempre. Gliene ho sempre voluto.

18

Sebastian

Jude, non mi piace ammetterlo ma tagliarci mi ha eccitato. Sono disgustato di me stesso. Com'è possibile che ferire la donna che amo mi scaldi? Non ci si crede, vero? Forse è perché mi ha fatto sentire parte di lei. Ma non succederà di nuovo. Voglio aiutarla a smettere. Lo sai che non sopporterei di fare del male a qualcuno che amo. Non un'altra volta.

Attraverso la stanza e vado a prendere il diazepam. Mi siedo, la testa tra le mani, in attesa del suo effetto calmante. Chiudo gli occhi e vi vedo di nuovo tutti sul vialetto, aspettate che io tiri fuori l'auto dal garage.

La mamma che gira la testa. Papà che sorride, si porta le dita alla bocca e si accarezza i baffi. Tu che mi guardi, il sole che brilla dietro la tua testa come un'aureola. È così che ti penso, a volte. Come un angelo che splende su di me dal cielo, circondato dai fiori che bordavano il vialetto d'accesso: lupini, dalie, delfini. Non ce la facevo più a vederli lì, sai? Li ho estirpati. Ora il vialetto è cinto da cespugli e arbusti. Neanche l'ombra di un colore.

19

Miranda

Le dieci di lunedì mattina. Seduta alla mia scrivania. Anastasia Sudbury, la responsabile del reparto contabilità, si sta dirigendo verso di me. Con lei c'è Sebastian, che regge una scatola di cartone. Cosa può mai volere Anastasia? A parte le volte in cui deve fare le valutazioni, non comunica mai con i subalterni al livello mio o di Sebastian. Per la precisione, di solito ci guarda *attraverso*, come fossimo trasparenti.

Arrivano alla mia scrivania, Sebastian con un sorriso volpino.

«Buongiorno, Miranda» esordisce Anastasia.

Urca! Non pensavo ricordasse il mio nome di battesimo.

«Dobbiamo occuparci di un nuovo progetto per cui serve che il reparto revisione dei conti e quello acquisizioni lavorino di concerto. Risultato, Sebastian ti si affiancherà per un po', anche fisicamente» mi comunica gesticolando vagamente verso di lui.

Il mio nuovo collega annuisce, il sorriso sempre più smagliante. Denti ultrabianchi, talmente perfetti che dovrebbero usarli per lo spot di un dentifricio. Anastasia gli indica la porzione di scrivania vuota accanto a me, e subito lui si mette comodo e comincia a spacchettare.

«Questi sono incartamenti sull'acquisizione di cui vi dovrete occupare.» La capa mi deposita davanti un faldone zeppo.

«Seb si occuperà della parte relativa ai costi. Tu devi verificare che abbiano adempiuto agli obblighi fiscali.» *Seb.*

«E i progetti che stavo seguendo ora?» domando.

«Dovrai continuare a occuparti anche di quelli, ovvio.»

Ovvio, come no. Già sono strapresa. Ma quel che Anastasia vuole, Anastasia ottiene. So per esperienza che è meglio non discutere con lei. Ci ho provato, ahimè, in diverse occasioni. Mai servito a nulla. Per quanto complicato, dovrò adeguarmi.

«Va bene. D'accordo. Mi ci metto subito.»

«Ecco, sì, brava. Voglio la prima bozza entro tre giorni.»

Tre giorni. Qui ci vorrebbero tre mesi. Se ne va attraversando tranquilla il nostro open space da pivelli, diretta alla sua tana, ignorando tutti come suo solito. A loro volta anche gli impiegati fingono di ignorarla, e sotto il sottile strato della simulazione il silenzio è assordante. Non appena Anastasia sparisce, ecco tornare l'allegro chiacchiericcio di sottofondo. Mi giro verso Sebastian. Sta ancora spacchettando fascicoli e fascicoletti.

«Benvenuto.» Mi costringo a sfoderare un sorriso, ma immagino non risulti molto convincente. Mi preoccupa la mole di lavoro che mi è piombata addosso, e mi preoccupa avere Sebastian seduto a mezzo metro. «Quand'è che l'hai saputo?» mi informo.

«In effetti lo sapevo da un pezzo, ma Ana mi aveva chiesto di non parlarne.»

«*Ana?* Siete in confidenza?»

«Perché, qualcuno lo è?»

Scoppio a ridere. «Okay, ne parliamo più tardi. Adesso devo assolutamente concentrarmi.»

Apro il dossier che ho davanti. La fusione più grande in tutta la storia della Harrison Goddard. Ore e ore di lavoro. Chiudo gli occhi e cerco di non pensare a tutte le altre faccende di cui mi dovrei occupare. Ma è dura. Mi sfrecciano per la mente i bilanci fiscali per la Edmonson's International, la Berlin Bank, lo studio legale J.J. Cohen, la Abe Pharmacy, la AJT Consultancy... *Calma, Miranda, giù la testa e pedala.*

In un primo momento non riesco a credere a quel che sta succedendo. Una mano mi accarezza l'interno coscia. Suppongo sia tutta immaginazione. D'istinto, la afferro e la allontano. Ma ecco che la sento di nuovo. Apro gli occhi. Sebastian. La sua mano è *davvero* sul mio interno coscia. Proteso verso di me, sogghigna.

Boccheggio. «Cosa accidenti credi di fare?»

Non risponde.

«Mi stai molestando?»

«No.»

«E allora? Ci stai provando?»

«Ti sto offrendo l'occasione di sentirti addosso la mano di un vero uomo.»

Cerco di pensare a una replica intelligente e arguta, qualcosa che lo mortifichi. Ma le mie reazioni sono troppo lente. Perciò salto in piedi e corro in bagno, mi chiudo nel primo cubicolo, abbasso la tavoletta e uso la tazza come una sedia. Resto lì così, la testa tra le mani, tremante. È la prima volta che mi capita di venire molestata sessualmente.

Non so bene come dovrei comportarmi.

Cioè, lo so.

Devo denunciarlo, immediatamente.

Ma Sebastian è il ragazzo di mia sorella. E lei è ultravulnerabile. Oddio, ma che ha fatto? Non riesco a crederci, giuro. Ho bisogno di tempo per pensarci. Perché l'ha fatto? Che caspita di problema ha? Non posso raccontarlo a Zara. Se lo facessi, lei non mi crederebbe. E se mi credesse, la consapevolezza di ciò che Sebastian ha fatto la distruggerebbe.

Rimango seduta su quella tazza per mezz'ora prima di decidermi a lasciare il mio rifugio. Per quanto sia difficile, so che devo cercare di far spostare Sebastian su un altro incarico. Respiro a fondo per mantenere la calma, raggiungo l'ufficio di Anastasia e persuado la sua segretaria a farmi passare.

«Perdonami, Anastasia, ma credi che potrei lavorare con un altro collega anziché con Sebastian? Sai, è il ragazzo di mia sorella. Abbiamo un rapporto troppo stretto» la imploro.

Pian piano, vedo i suoi occhi farsi di granito.

«Mi stai facendo perdere tempo, Miranda. Detesto essere interrotta per niente.» Si toglie i capelli dagli occhi. «Sebastian ha molta più esperienza di tutti gli altri, in questo campo specifico. È per questo che ho scelto lui.» Un'alzata di quelle sue spallucce smilze. «Decidi tu: o lavori con lui o te ne vai. Fai come ti pare, ma per favore esci dal mio ufficio.»

20

Zara

Sono stretta tra le sue braccia mentre si assopisce. Le dolci dita del sonno mi sfiorano, trascinandomi verso l'oblio. Mi sento come se mi stessi librando. Librarsi. Volare. Senza peso. Onnipotente. Eterna.

Ma succede qualcosa. Strepiti. Qualcuno sta urlando. Qualcuno scalcia. Qualcuno grida. Mi sveglio. È Sebastian, ancora profondamente addormentato. Gli occhi chiusi, si azzuffa con il lenzuolo, sferra pedate, se lo attorciglia intorno alle gambe. Mena botte, torna a scalciare. Un pugno mi prende in pieno sul petto, strillo. Gli lancio un urlo, lo afferro per le spalle e lo scuoto per svegliarlo. Spalanca gli occhi ed emette un gemito. Mi si aggrappa con tutte le sue forze, come un bambino spaventato.

La voce è appena un sussurro. «Ho avuto un incubo.»

Sta tremando. Gli accarezzo la schiena. Gli accarezzo i capelli. Il respiro rallenta.

«Calmati, calmati. Cosa succedeva?»

«Ero in auto.» Non riesce a tenere ferma la voce. «Stavo guidando. Era tutto confuso. Sfocato. L'altro conducente non ci ha visto.»

«Ci? Noi? Chi altri c'era con te?»

Si scosta, si tira su a sedere. «Nessuno... Non ricordo.» Non trema più. Il respiro si è fatto regolare. «Ieri sera devo avere bevuto troppo. Faccio sogni molto vividi quando bevo troppo.»

21

Miranda

Sebastian sembra stare sempre con noi. Nel mio appartamento. È successo in un lampo. Dal primo istante in cui vi siete visti, siete dovuti stare insieme. Lui non sembra propenso a trascorrere molto tempo nella casa di famiglia. A quanto pare ultimamente non va molto d'accordo con i suoi. Si è addirittura messo a versarmi una sorta di retta, a mo' di affitto. Zara, sei stata tu a insistere. A me non è che vada molto, rende troppo formale la sistemazione. Troppo difficile tirarsi indietro.

Inoltre sono ancora costretta a lavorare con lui. Grazie al cielo non mi ha più molestata. Perciò forse si è trattato di un'aberrazione. *Una tantum*. Mi piacerebbe tanto riuscire a crederci. Ma un lupo può perdere il vizio? Credo di aver fatto bene a non dirtelo, Zara, visto che ne sei tanto innamorata. Eppure in certi istanti, per quanto di rado, mi prende la paura che non conoscere la sua vera natura possa finire per essere fonte di dolore, per te.

Non appena lo penso ecco che cambio idea, mentre rivivo gli attimi di terrore che ho provato entrambe le volte in cui per poco non te ne sei andata. La sensazione si ripresenta con una chiarezza vivida, nitida. Io che attraverso l'ospedale non sapendo se sei viva. A quel punto ricordo a me stessa che non dovrò mai, mai parlarti del suo comportamento. In fondo al cuore so che è la scelta giusta.

E così, per la prima volta in vita nostra, da quando hai conosciuto Sebastian tra noi si è frapposta una qual certa distanza. Tra noi, che siamo sempre state tanto unite. Malgrado tutte le nostre differenze. Malgrado la tua pessima prova alla maturità, e la conseguente rinuncia a frequentare l'università. Malgrado il mio successo, la mia laurea, il mio lavoro. Malgrado tu sia tanto estroversa, mentre io decisamente riservata. Cos'è stato a dividerci? È colpa mia? È perché non hai mai voluto bene a nessuno quanto ne volevi a me, fino a ora? Fino a ora, ogni volta che ho avuto bisogno di te, eri sempre stata a mia completa disposizione.

PRESENTE

22

C'è sua madre. È venuta a trovarla, e le hanno concesso di vederla da sola. Stanno usando la sala riservata ai colloqui con gli avvocati, perché il direttore del carcere è talmente preoccupato per la sua vulnerabilità che le riserva un trattamento speciale, privilegi come se piovesse. Oggi i secondini le hanno persino permesso di indossare i suoi abiti. Jeans e T-shirt. Sta mangiando pochissimo, quindi i jeans le pendono addosso. Più magra del magro. Più pallida del pallido.

Anche sua madre è l'ombra di se stessa. Non appena la vede, la prende tra le braccia. La tiene stretta, come quando era piccola. Le accarezza i capelli. Le accarezza la schiena. La bacia. Il corpo della figlia si rilassa un poco, si fonde nel suo.

«Ti voglio bene» dice la madre. «Mi hai spiegato cos'è successo. Lo sai che ho capito che non hai avuto scelta. Ora sei tu che devi scendere a patti con l'accaduto. Tu che devi perdonarti.»

«Non riuscirò mai a perdonarmi.»

La figlia si scosta per sedersi al tavolo di plastica, continuando a gemere e singhiozzare, la testa tra le mani. Un pianto irrefrenabile. Il panico gorgoglia nel cuore della madre.

«Smettila. Ti prego, smettila. Ho già perso una di voi. Non posso, non voglio perdervi entrambe.»

Gira intorno al tavolo e si inginocchia accanto alla figlia, abbarbicandosi a lei per quanto le è possibile.

«Ti prego, non crollare. Ti voglio un bene dell'anima.»

23

Ogni giorno sembra uguale all'altro. Solido. Sfocato e grigio. Le stanno somministrando un'infinità di pillole. Antidepressivi, ansiolitici, sonniferi. La prima cosa al mattino. L'ultima la sera. In tempi migliori ci avrebbe fatto una battuta, avrebbe detto che tintinnava per quante pillole ha in corpo. Ma ora è troppo abbacchiata, le battute sono un ricordo distante.

La notte è un sollievo cadere nell'oblio del sonno chimicamente indotto. Un sonno che non è sonno. Un sonno che non la ristora. Al mattino, quando si sveglia, ha l'impressione di doversi strappare dal coma. La testa le rimbomba e si sente pesante, pesantissima. Come fosse fatta di metallo, non di ossa e tessuti e carne. Le fa male il collo. Le fa male tenere su la testa e la luce le trafigge gli occhi come un laser, dolorosa. Ogni volta che si muove è come se gli arti dovessero aprirsi un varco tra i mattoni.

I secondini non si fidano di lei. Lei stessa non si fida di se stessa, non sempre, quando la lasciano sola. Continuano a darle abiti di carta, perché non li possa usare per impiccarsi. Eppure di fatto possono stare tranquilli: non ha l'energia necessaria a suicidarsi. Ci vuole troppa grinta.

Di tanto in tanto la mente le si schiarisce per qualche minuto, riportandola indietro nel tempo.

Cammina mano nella mano con la sorella lungo Fisherman's Path, a Tidebury. Il silenzio del vialetto sabbioso è come un bozzolo intorno a lei. Nessun rumore di passi, lì. Il palmo della gemella caldo contro il suo. Il dolce profumo dei pini. La brezza marina le sussurra sulla guancia. Per qualche secondo, dimentica. Per qualche secondo, sente la presenza della sorella come fosse ancora viva. Ma poi ricorda e il cordoglio la inghiotte.

Talvolta la sua mente va ancora più indietro. È di nuovo una bimba, seduta con la sorella sulle ginocchia della madre. La madre profuma di vaniglia e lavanda. Indossa il suo maglione di mohair preferito, quello che è tanto confortante quando le appoggia la testa sul seno.

Non dura molto. La madre e la sorella svaniscono. La solitudine torna a farla sua, devastante. Imprigionata nella solitudine dalle 17.45 a colazione. Una solitudine che fa male. Una solitudine che strazia. Ma talvolta, solo talvolta, il dolore scaccia tutto quel grigio.

PASSATO

24

Zara

Al ritorno dalla lezione serale di fotografia ti trovo distesa sul divano, una padellata di verdure abbandonata a metà cottura sul fornello. Nell'appartamento aleggia un silenzio sinistro, innaturale.

«Cos'è successo? Dov'è Sebastian?»

Apri gli occhi – sono rossi, gonfi – e ti tiri su a sedere. «Abbiamo litigato. Se n'è andato furibondo.»

«Litigato? Per cosa?»

Distogli lo sguardo. Il mento ha un tremito. Deglutisci con forza per impedirti di piangere. «Non voglio parlarne. Ti prego, chiedilo a lui.»

«Ma sei mia sorella. Voglio sapere cosa ti ha sconvolta.»

Mi afferri la mano e la stringi. «Credo davvero che sia meglio se chiedi a lui.»

Ci rinuncio. So per esperienza che quando sei di quest'umore non riesco a cavarti nulla.

Mando un sms a Sebastian. Mi aspetta sull'Harbourside. Torno fuori nella frizzante sera di ottobre, l'aria sa di pioggia. Fuori del nostro bellissimo appartamento, con la cucina nuova di zecca, i divani in pelle marrone, il televisore da 50 pollici. Miranda, mi rendo conto che Sebastian e io ti abbiamo invaso la casa. La vita. So che ti abbiamo scombussolata, e che stiamo camminando sul filo del rasoio. Ma ho bisogno di vivere con te. Non posso permettermi un'altra casa. Solo che ho anche bisogno di stare con Sebastian. Il mio amore sta mettendo da parte i soldi per acquistarci un nido tutto nostro. Non appena avremo di che pagare l'anticipo ci trasferiremo. Ti prego, Miranda, sii paziente; presto ce ne andremo entrambi.

Lo trovo che fa su e giù davanti a un bar rumoroso, fumando una sigaretta. Dev'essere proprio turbato. Non fuma quasi mai. Non appena mi vede getta a terra il mozzicone e lo spegne.

«Vieni, entriamo, beviamo qualcosa.»

Il pub puzza di patatine e birra stantia. Il tanfo mi si infila su per le narici, mi dà la nausea. D'altro canto l'acquerugiola si è trasformata in pioggia battente, perciò decidiamo di rimanere qui anziché finire inzuppati mentre cerchiamo un altro posto. Mi dirigo a un tavolino d'angolo. Sebastian va al bancone. Prende un calice di vino per me e una pinta di birra per sé. Non appena torna gli chiedo per cosa avete litigato, Miranda, urlando sopra la musica house sparata a tutto volume.

«Non so da che parte cominciare.» Resta in silenzio mentre si siede. Prende un sorso di birra. «Tua sorella se la prende per niente. È suscettibile, difficile.»

«Di solito sono io quella che viene descritta così. Sicuro di non avere fatto qualcosa che l'ha infastidita?» Gli concedo tempo, centellinando il mio vino.

«Volevo solo darle una mano in cucina. Si è incavolata a morte e mi ha spedito fuori.»

«Tutto qui? Che assurdità. Sono preoccupata per lei. È strana. Magari è stressata per il lavoro.»

Penso a come te la sei sempre cavata alla grande. La tua espressione quando hai aperto la busta con i risultati degli esami di maturità. Estasiata, euforica. Consapevole che saresti partita per Bristol, per andare a studiare matematica. Sapevo che ti aspettava una carriera da urlo. Sei sempre stata un po' saputella. Sempre l'ultima parola in ogni scambio di idee. Ricordi la discussione infervorata che abbiamo avuto qualche anno fa, sulla Cina? Io pensavo che fosse una nazione comunista, ma tu la sapevi più lunga, vero, Miranda? La sai sempre più lunga. Con grande intelligenza, hai obiettato che non poteva essere davvero comunista, dal momento che i cinesi riconoscono il concetto di proprietà privata. Hai sempre ragione. È per questo che ti sei laureata con il massimo dei voti. Per questo hai trovato tanto facilmente lavoro alla Harrison Goddard. Per questo ti puoi permettere il mutuo, anche se è stata mamma a darti i soldi per la caparra. Dimmi la verità, Miranda, la tua vita tanto impegnativa inizia a battere cassa?

«Credi che stia cominciando a risentire dello stress, come è successo a me?» domando a Sebastian.

«Di sicuro lavora sodo.» Beve un altro sorso. «La vedo tutti i giorni in ufficio. Fatica a trovare il tempo di sorridermi. In pratica non alza mai lo sguardo dalla scrivania.» Mi sorride con gli occhi. «Forse deve solo imparare a rilassarsi.»

Forse. Forse è così. Deve solo imparare a rilassarsi. Dopotutto, è sempre stato questo il mio problema. Devo aiutarla. Devo impedire che vada tutto a rotoli.

«Sebastian. Ti amo tantissimo. E voglio bene a mia sorella. Credi di farcela a porgerle le tue scuse? Vengo con te.» Pausa. «Ti prego. Per amore del quieto vivere?»

25

Miranda

«Scusa se ti ho disturbato mentre cucinavi.»

Mi si chiude lo stomaco. Digrigno i denti. *Disturbato mentre cucinavo*. Eppure riesco a mettere insieme un sorriso pallido e a fingere di perdonarlo. Per il tuo bene, Zara. Ma è una pace provvisoria. Ti garantisco che non c'è verso che io permetta a quest'uomo di distruggerti. Né gli permetterò di distruggere me.

26

Sebastian

Quanto casino per niente, Jude. Le ho appena sfiorato il seno mentre si dava da fare con le verdure. Perché le donne la fanno tanto lunga riguardo al seno? È solo tessuto corporeo. Miranda non mi perdonerà mai. Glielo leggo addosso. Nello sguardo fulminante. Nell'inclinazione del capo. Miranda. Una donna con le labbra quasi perennemente rivolte all'ingiù. Una donna attratta dall'oscurità. Una donna da cui Zara deve allontanarsi. Ho bisogno della mia bellissima Zara. Ho bisogno di averla tutta per me.

27

Miranda

Alla nostra età le relazioni sono una battaglia emotiva. Vincitori e vinti. Tantissimo in gioco. Sebastian deve perdere e tu devi vincere, Zara. Nessun altro esito è accettabile, ne va della tua salute mentale.

Sabato mattina. Sebastian è fuori a fare jogging. Tu sei in doccia, ti stai lavando i capelli. Raggiungo a passi felpati la cucina per fare un caffè. Sento l'acqua che scorre, e sento te che canticchi. Canticchi sempre quando sei felice. Lo scrosciare dell'acqua ti rilassa. Ti è sempre piaciuta l'acqua in movimento. Hai sempre amato il mare. Tutte quelle passeggiate lungo il Fisherman's Path per andare in spiaggia, quasi ogni sabato. Fin da quando eravamo piccole e ci andavamo con la mamma. E poi, per anni, in tutti i fine settimana in cui tornavo a casa.

Allontano i ricordi.

Tazza del caffè in mano, mi lascio cadere sul divano e comincio a sorseggiare. Il sabato mi si dilata davanti agli occhi, implacabile. Ultimamente non so mai cosa fare di me quando non sono al lavoro. Penso a te e Sebastian avvinti come edera sul mio divano e vengo sopraffatta da un'ondata di panico. Zara, non riesci a vederlo per ciò che è?

Il tuo borsellino è sul bracciolo della poltrona. Devi avercelo lasciato ieri sera, e poi l'hai scordato. Il tuo piccolo portamonete in pelle. Appoggiata la tazza, mi protendo ad afferrarlo.

Tre tessere, qualche ricevuta, alcune monetine e una banconota da venti sterline, tutta accartocciata. Estraggo la banconota, richiudo la cerniera e passo davanti al bagno in punta di piedi, piano piano. L'acqua si è fermata, ma ti sento ancora canticchiare. Sempre in punta di piedi entro nella mia stanza per gli ospiti, dove al momento alloggiate in due.

È un macello. Il letto è sfatto. Mucchi di vestiti giacciono avvoltolati su entrambi i lati del materasso, gettati a casaccio come se fossero stati sfilati in tutta fretta. Il ripiano della cassettiera è inzeppato di flaconi di profumo e cosmetici. Di certo non è come camera mia, di un ordine asettico. Piazzo la banconota nella giacca sportiva preferita di Sebastian.

Sto giusto superando la porta del bagno quando sbuchi, testa e corpo avvolti negli asciugamani. Viso arrossato dall'acqua bollente.

«Buongiorno.»

«Buongiorno, Zara.»

Non c'è più niente di buono in un sabato mattina. Non ora che entrambe dobbiamo avere a che fare con Sebastian.

28

Zara

«Cos'è successo questa mattina?» chiede Sebastian. «Tu e Miranda stavate urlando quando sono rientrato dalla mia corsetta.»

Sono seduta sul letto con una tazza di caffè, lo guardo mentre si spoglia.

«Ero un po' agitata perché avevo perso venti sterline.» Faccio una pausa. «Le ho ritrovate nella tasca della tua giacca.»

Si irrigidisce. «Non le ho prese io.»

«Non l'ho mai detto.»

Si protende verso di me, le labbra tirate. «Immagino che tua sorella l'abbia insinuato, eh?»

«Sì, infatti. Ma io so che è stata lei.» Prendo un sorso di caffè. «Avevo appena controllato il borsellino, dopo che tu eri uscito a correre, giusto prima di buttarmi in doccia. Mi stavo chiedendo se fosse il caso di andare a fare un bancomat. Fin lì le venti sterline c'erano, sono sparite dopo. E tu eri già fuori. In casa c'eravamo solo lei e io.» Esalo un sospiro. «Perché farlo?»

«Non è evidente? Sta cercando di seminare zizzania.»

Scuoto il capo. «Ma perché, Sebastian, perché dovrebbe volere una cosa del genere?»

Lui alza gli occhi al soffitto, fa spallucce e sorride. «È invidiosa. Non è mai stata tanto unita a un uomo.»

«Ok, ma un conto è desiderare qualcosa di simile al nostro rapporto, un conto è esserne infastidita.»

Chiudo gli occhi per pensare mentre lui recupera la veste da camera e si avvia a grandi falcate a farsi una doccia. Ha ragione, non sei mai stata tanto vicina a un uomo, anche se sei uscita con Adam per due anni, e con Jonathan per quasi cinque. Non sembravi disperata per la rottura, in nessuno dei due casi. Come se non ci avessi messo davvero l'anima, come se, semplicemente, per un po' vi fosse capitato di camminare affiancati nello stesso arco temporale.

Adam era il tuo ragazzo dell'università. Attività in comune: andare in biblioteca, una pausa caffè di tanto in tanto. Per eccitarvi parlavate forse di logaritmi ed equazioni simultanee? Adam passava a dir poco inosservato. L'unico suo tratto memorabile era la mancanza di espressività del viso. È stato lui a lasciarti, appena dopo che avevi dato gli esami finali. Sei tornata a Tidebury poco dopo, emotivamente scollegata, come se la relazione non ci fosse mai stata. Forse è per questo che ti ha lasciato. Perché il rapporto non è mai decollato.

Jonathan, il tuo ultimo fidanzato. Siete stati insieme per cinque anni, avete rotto tre anni fa. Era un contabile, come te. Viveva a Bath. Non ricordo come vi siete conosciuti. Vi vedevate un fine settimana sì e uno no. Mai uno strappo alla regola. Con qualunque clima. In qualsiasi situazione. Dopo che l'avevi lasciato, ti ho chiesto se ti sarebbe mancato.

«No. È per questo che l'ho lasciato.»

E allora perché hai trascorso cinque anni della tua vita con un uomo che ti era indifferente?

Io ho cambiato mille volte. Ma adesso ho Sebastian. Non te ne accorgi? Sebastian è la folgore, Sebastian è elettricità, Sebastian è l'occhio del ciclone.

Perché ce l'hai tanto con lui?

29

Zara

Rientro immersa nella mia bolla di panico personale e scopro che sei tornata prima di me, già seduta al tavolo della cucina a smistare la posta. Pare che il grosso sia finito direttamente nel cestino della carta. Dépliant colorati che pubblicizzano cibo indiano e pizza da asporto. Periodici gratuiti. Giornali gratuiti. Mi guardi e sorridi. Non contraccambio.

«Cosa c'è, Zara?»

«Ho fatto casino con le date di consegna del progetto per il corso.»

Molli la posta e mi vieni vicina, gli occhi colmi di preoccupazione. «Cosa intendi? Sei indietro? Ti manca tanto?» Fai una pausa. «Ti concedono una proroga?»

Il fatto che io non abbia un'istruzione universitaria ti ha sempre angosciata fin troppo. A guardarti si direbbe che ti ho appena confidato di avere un tumore allo stadio terminale.

«Pensavo che la scadenza fosse la settimana prossima, e invece è domani.» Faccio spallucce. Le tue, di spalle, si fanno più larghe. «Quindi dovrò rimanere in piedi tutta la notte per finirlo.» Pausa. «Non è che dopo cena ve ne andate entrambi fuori dai piedi? Non so, potreste sgommare al pub.» Ti irrigidisci, ricordandomi che l'appartamento è tuo. «Scusa, lo so di essere sfacciata. È che ho proprio bisogno di spazio, e devo usare il tavolo della cucina. E sentire la televisione mi distrarrebbe.»

Compare Sebastian. In piedi davanti alla mia camera. Deve averci sentite. Lo guardi, e la fronte ti si increspa impercettibilmente.

«Per me va bene» fa lui. Tu però non hai ancora risposto. Lo fissi, gli occhi che bruciano. Di cosa? Avversione? O lussuria? Ma tu sei Miranda Cunningham. Miranda Cunningham non sa cosa sia la lussuria.

30

Miranda

Dopo cena, Sebastian e io ci rechiamo al pub come da richiesta. Sediamo a guardare un gioco a premi sul grosso televisore appeso nell'angolo. Dopo qualche bicchiere, ci dirigiamo verso casa. È una serata fredda. L'acqua del porto si è trasformata in una distesa screziata di neon, riflessi dei lampioni e della luce che si sprigiona dai ristoranti. Camminiamo in silenzio lungo la banchina guardando il fiume, liquido fuso nel riverbero luminoso, la superficie increspata nella brezza serale. Sentendomi un po' brilla dopo troppi Chardonnay, mi fermo ad ammirare il panorama.

Sebastian mi si ferma accanto. «Bello, vero?»

Annuisco. E poi, dopo essere stato taciturno e rispettoso per tutta la sera, mi attira a sé e cerca di baciarmi. Il corpo mi si irrigidisce per il disgusto. Lo respingo.

«Che cavolo fai? Lasciami stare. Piantala.»

«Non voglio piantarla.»

«Ma... ma... cosa sta succedendo? Che problema hai? Stai solo giocando, con mia sorella?»

«Zara e io non siamo destinati a stare insieme per sempre.»

«E lei lo sa?»

«Se non lo sa, dovrebbe.» Sorride. «Ti piaccio, Miranda?»

«No. Per niente, e lo sai. E se anche fosse, non importerebbe.»

«Niente potrebbe importare di più.»

Mi attira a sé e cerca di nuovo di baciarmi ma lo allontano, con più forza questa volta, pizzicandolo, prendendolo a pugni. Indietreggia con tutta calma, le sopracciglia inarcate con fare interrogativo.

«Quindi vuoi più bene a Zara che a me.»

«Sai perfettamente che a te non ne voglio, Sebastian!»

Ride. Una risata cupa, come quella del cattivo di un film. Torno a casa a passo di marcia, furibonda, tallonata dalla mia nemesi.

31

Zara

Dopo una cena a base di conversazione stentata e abbondanti scene mute, siete usciti insieme a bere per togliervi dai piedi, lasciandomi da sola perché potessi finire il teatrino delle marionette. Il mio progetto per il corso. C'è mancato poco che avessi un crollo quando il mio tutor ha chiesto di vedermi per parlarne perché ancora non aveva ricevuto la traccia. E devo consegnare domani. Non so come è successo, ma ho sbagliato la data *di un mese*! Perderò automaticamente il dieci per cento del punteggio perché non ho consegnato il piano di lavoro.

Il dieci per cento. Cazzo.

E così, mentre sedevo nell'ufficio del tutor, con le pareti tappezzate dei suoi successi – la sua specialità sono fotografie di acqua in movimento –, il mio corpo e il mio cervello hanno iniziato a entrare in modalità "panico da esame". Ma sono riuscita a bloccarmi a un soffio dal baratro. Sono andata in bagno e mi sono tagliata. Mi ha dato energia. Poi sono andata a sedermi al parco a riflettere. L'arte e la fotografia erano tutt'altra cosa rispetto agli esami di maturità che avevo toppato un secolo prima. Con la fotografia ero in sintonia. Nel mio cuore c'era creatività. Ho capito che mi sarebbe bastato prendere qualche anfetamina, per riuscire a stare in piedi tutta la notte, e tutto sarebbe andato bene.

Anfetamina. Sapevo di averne ancora di quella che mi aveva

dato Sebastian, nascosta nel cassetto della biancheria intima. Perciò sono tornata a casa, con l'intelaiatura del mio teatrino e il suo contenuto, e ho nascosto tutto in camera. Non volevo che tu lo vedessi, Miranda. Non ancora. Ce la metti tutta per interessarti al mio corso di fotografia, ma da come ti rallenta la voce quando ne parli mi rendo conto che devi fare uno sforzo. Ho ingerito qualche pasticca prima di cena.

Ora che siete usciti entrambi, mi sento ancor più ottimista. Piena di energia creativa. Prendo un'altra pasticca, tanto per andare sul sicuro, stappo una bottiglia di vino bianco del supermercato, metto la musica a palla e attacco. Mi ci metto di brutto. Copro il tavolo della cucina con un giornale. Vado in camera e recupero il teatro di cartone e i tre burattini di cartapesta: due ragazze, un uomo. Se ne stanno abbandonati sul letto. Afferro i bastoni che li sorreggono e tiro i fili per infondergli vita, poi prendo il raccoglitore con le nostre fotografie. Le pareti e il palcoscenico del teatro ne saranno tappezzati. I volti, i capelli e i vestiti delle marionette saranno fatti di loro brandelli.

Il senso è: siamo tutti marionette, controllate dalle circostanze delle nostre esistenze. Brillante, vero? Ma tu non lo capirai, Miranda. La tua mente è matematica, logica. Uno più uno fa sempre due. Nessuna dose di creatività o ottimismo potrà mai trasformarlo in tre.

Giro intorno al tavolo, bevo, sono euforica, incollo fotografie al cartone e alla cartapesta, che sballo. Mi diverto da impazzire, giuro. Sto facendo enormi progressi. La trance music rimbomba che è un piacere.

Finché, dopo un'ora o giù di lì, vengo interrotta dal vostro rientro.

«Per l'amor del cielo, abbassa quella musica! Cosa diranno i vicini?» mi rimproveri.

«Okay, okay. Datti una calmata, Miranda.»

Abbasso, lasciando un po' di colla sul telecomando.

«Sei ubriaca?»

«Sto creando. Sono in pieno trip.»

Mi guardi male.

Sebastian è tutto rosso. Mi raggiunge e mi bacia, le labbra che indugiano stuzzicanti sulle mie cercando di indurmi ad abbandonare il lavoro.

«Ti aspetto a letto» sussurra.

«No, non aspettarmi. Dormi pure. Resterò in piedi tutta la notte. Sono decisa a finirlo. Lo consegnerò in tempo.»

«Oh, piccola, sei un genio. D'accordo, mi limiterò a sognarti» conclude scomparendo in camera con una strizzata d'occhio.

Miranda, hai una faccia preoccupatissima. È perché hai capito che ho preso qualcosa? O perché sono ubriaca? Sentimi bene, Miranda Cunningham, vino e stupefacenti non toglieranno nulla al mio fantasmagorico teatrino, vedrai. Lo miglioreranno soltanto.

32

Sebastian

Jude, la sorella ha iniziato a contraccambiare i miei baci. Giusto per una frazione di secondo. Lo voleva, sai? Una stupida stronza superficiale, sempre a fingere che non le interesso. Le interesso. Lo so.

33

Miranda

«Ancora a sentirti in colpa per avermi baciato?» chiede intercettandomi mentre sto andando al lavoro.

«Non ti ho baciato» replico seccata.

Getta indietro la testa e ride. «Un po' sì, lo hai fatto, dico bene? Lo volevi.»

Si gira e mi si piazza di fronte, le mani sulle mie spalle. Si protende verso di me. Il suo respiro si mescola al mio.

«No che non volevo.»

«Pensi che tua sorella ti crederà?» Gli occhi castani si scuriscono fino a farsi neri.

«Non c'è bisogno che mia sorella sappia quel che è successo.»

Un sorriso pigro, forzato. «Piccola civetta ipocrita che non sei altro. Ti sembra bello mentire a tua sorella?»

PRESENTE

34

È seduta davanti allo psicoterapeuta, è venuto in carcere per il suo appuntamento. Mezza età, calvo. Occhi nocciola grondanti gentilezza e bocca grande, cordiale, si direbbe sempre in procinto di sorridere.

«Si sente meglio?» mi chiede.

«Un poco. Ma visto che partivo da parecchio in basso, di certo non vuol dire che sto bene.»

L'altro si appoggia allo schienale e aspetta il seguito.

«Mi sento sgonfia. Stremata. Come se potessi a stento sorreggere la testa.»

«E come va con il pianto?»

«È quasi cessato.»

«Bene.» Fa una pausa. «Ma quando arriva, cos'è a innescarlo?»

«Mah. Niente. Tutto. Non saprei.»

«Tenga un diario, potrebbe essere utile. Così la prossima volta ne parliamo.»

Lei chiude gli occhi. Ricorda. L'ultima volta che è scoppiata in lacrime è stato quando è uscita in cortile per l'ora d'aria. La brezza sulle guance, è stata quella la molla. Essere fuori. Un improvviso promemoria di quella che era la sua vita.

Qualche ora dopo è seduta di fronte a Theo Gregson nell'area adibita agli incontri con i legali. Theo è vestito sportivo oggi, jeans e maglia da rugby. I capelli folti sono appena stati lavati e nel locale aleggia un lieve sentore del suo dopobarba alle erbe. Origano. Salvia.

«Il signor Mimms era impegnato. Oggi è il procuratore legale di turno. L'unico, quindi è pieno fin sopra le orecchie.» Theo fa una pausa. «Perciò ho deciso di venire da solo. Giusto per sapere come va.»

Come può rispondergli? Non vuole che lui sappia fino a che punto è stata male. Non apre bocca; si limita a guardarlo in quei suoi occhi d'ambra.

«Le hanno riferito qualcosa?» gli chiede dopo un po'.

«No, niente. Ho solo pensato che sarebbe stata dura per lei, dopo il funerale. Volevo sapesse che l'ho pensata.»

Non può dirgli che, da quando le pillole hanno iniziato a fare effetto e ha smesso di piangere in continuazione, anche lei l'ha pensato. Quanti anni avrà? Sarà ancora single come lei? Possibile che un uomo tanto attraente sia ancora libero?

Distogliendo lo sguardo da lui, lo conficca nel pavimento. «Grazie.»

«Serve, sapere che altri la pensano?»

Lei torna ad alzare il viso e lo guarda negli occhi. «Sì.» Gli sorride. «Certo che serve.»

«Bene. In tal caso, continuerò a farlo.» Si abbandona contro lo schienale e accavalla le gambe. «Ha avuto notizie di Sebastian, ultimamente?»

Lo stomaco le si chiude. «No.»

Se solo potesse spiegare a Sebastian quel che è successo. Perché non è venuto a trovarla? Dov'è finito? Sta attraversando uno di quei suoi periodi di claustrofobia in cui teme che il cielo gli crolli addosso e lo schiacci? Uno di quelli in cui non riesce a comunicare con nessuno e ha bisogno di stare da solo? Cosa crede che sia accaduto? Di cosa la ritiene responsabile?

«Ho bisogno di verificare qualche dato su di lui» dice Theo.

Il battito le accelera. «Quali?»

«La sua famiglia. Da dove viene e così via.»

Gli occhi ambra la tengono al laccio.

«Be', è di Bristol. Questo lo sapete. Vi ho dato l'indirizzo. Sia io sia mia sorella siamo andate a casa sua. I suoi sono dottori, non so bene di che tipo. Però non li abbiamo mai incontrati.» La voce le si spezza. «A conti fatti, non era neanche un anno che lo frequentavamo.»

Quasi un anno da quando l'ha conosciuto. L'anno più lungo della sua vita.

«Non mi sembra che sappia molto di lui.»

«Già.»

«L'ho visto al funerale di sua sorella. L'ha fissata a lungo, vero?»

«Sì. Uno sguardo che mi ha spaventata. Era molto... intenso.»

«L'ho notato.»

Scende il silenzio. Theo riaccavalla le gambe e torna ad abbandonarsi contro lo schienale. «Ha cercato di contattarla da quando è chiusa qui?»

«No.»

«Non lo trova strano?»

«Sì. Certo che sì. Dev'essere furibondo per quanto accaduto.» Prende fiato. «Gli ho scritto di nuovo.»

«E?» la incalza Theo.

«E niente, non risponde. Boh, magari le mie lettere non gli arrivano.»

Per un istante, gli occhi dell'avvocato si velano di preoccupazione. Si è rabbuiato. Theo, sempre tanto ottimista. Ma poi il cipiglio si distende, le labbra si increspano in un sorriso. Chinandosi, l'uomo apre la ventiquattrore. La classica portadocumenti da azzeccagarbugli, pelle nera con i manici. Estrae un sacchetto della catena Waterstones.

«Le ho portato qualche altro libro e una scatola di cioccolatini. Chick-lit, roba leggerina. Ho pensato che l'avrebbe tirata un po' su.»

Sopraffatta da tanta gentilezza, riesce appena a mormorare un grazie.

PASSATO

35

Sebastian

Pronta a mentire alla sorella. L'ho beccata in pieno. Mi dà i brividi. Non è degna di Zara, tanto virtuosa e gentile, com'eri sempre tu, Jude. Zara e io siamo sul divano a guardare la televisione. La mia mente però non è qui bensì in un altro luogo, incastonato nel cuore della mia memoria. Ti ricordi la nostra ultima vacanza sulla neve, Jude? Quel giorno speciale in cui ci siamo allontanati dal resto della compagnia? Quando siamo andati fuoripista per la prima volta, solo tu e io?

Ti ho seguito giù per il pendio. Era facile vederti, con quella tuta da neve verde-gialla. Ti ero venuto dietro perché volevo proteggerti. Aiutarti in caso di caduta. La neve era così fresca che scintillava di umidità. Soffice al tocco, come piume d'oca. Ma non ci sono state cadute, vero? Hai sempre sciato con grande maestria, un'eleganza incredibile. Planavi giù per quella china come se i tuoi piedi fossero ali.

A volte, quando chiudo gli occhi ancora riesco a sentire il silenzio di quelle cime. Il vento tagliente sulla pelle. L'odore della legna che arde nel caminetto, la fragranza dei pini.

Alla fine della giornata, per tornare a casa siamo dovuti passare di nuovo dalla pista regolamentare. Dopo la neve fresca, il terreno lì sembrava ricoperto di ghiaccio. Piatto, strano. Ci siamo fermati all'ultimo bar, quello al limitare dell'impianto. Alcuni austriaci attempati facevano baldoria, ballavano con gli scarponi da sci ai piedi. Ci siamo seduti a guardarli. Ti è sempre piaciuto osservare la gente, proprio come a me. Abbiamo chiesto due birre grandi e ci hanno portato dei boccali enormi, un litro a testa. Il tuo viso arrossato era euforico, gli occhi sgranati, felici.

Ti fidavi ciecamente di me. Allora non sapevi che, sei mesi più tardi, ti avrei ucciso. Ci rimaneva così poco tempo, ed eravamo così felici. Tutto sommato è stato meglio non saperlo, non credi?

PRESENTE

36

Ormai sono settimane che non versa una lacrima. Si sente fiacca, ma risoluta. Un po' per volta sta tornando in carreggiata. Non crede in Dio, ma di sicuro qualcuno si sta prendendo cura di lei. Una secondina si è recata nella sua cella ieri, una donna con capelli scuri e occhi castani – con borse scure sotto – e un piercing d'oro alla narice. Una bellezza asiatica. Snella ed elegante. Si è fermata al centro della cella e le ha sorriso.

«Ti hanno dato un lavoro in biblioteca.»

«Grazie.»

«Presentati domani mattina durante la libera circolazione.»

"Libera circolazione". I momenti in cui ai detenuti è permesso di spostarsi in autonomia. Cinque minuti al mattino per presentarsi al lavoro. Porte sbloccate. Porte richiuse in fretta alle tue spalle. Una vita fatta di porte chiuse. Una vita passata a sentire il rumore di chiavi e serrature.

"Libera circolazione", e lei cammina nel corridoio. Si ritrova al fianco di Jane. La sua ascoltatrice preferita. "Ascoltatori": detenuti addestrati da quelli dell'associazione Samaritans a prestare orecchio ad altri detenuti bisognosi d'aiuto. E lei era talmente messa male che ha avuto bisogno di un'ascoltatrice quasi ogni giorno. Jane è andata da lei tanto di frequente da essere diventata un'amica. È una biondina di mezza età, voce esile, carnagione pallida e sopracciglia chiare. Più che chiare, quasi invisibili. Non c'è niente di aggressivo in lei. Per essere finita lì dentro, devono averla incastrata.

Al momento, la passività garbata di Jane è il massimo che lei riesca a tollerare. Jane è gentile, e lei ha bisogno proprio di gentilezza. Le prende la mano e scendono insieme lungo il corridoio, dita intrecciate. È qualche giorno che non si vedono.

«Come va?» le aveva chiesto allora Jane.

«Non malaccio.»

«Quindi bene. È un passo avanti.» Jane aveva preso fiato. «Ti stai ancora flagellando?»

Lei era scoppiata a piangere.

«Ho detto qualcosa di sbagliato?»

«Era un modo di dire che usavamo anche mia sorella e io» era riuscita a spiegarle tra i singhiozzi. «Comunque sì, mi sto ancora flagellando, e immagino che lo farò a vita.»

«Andrà meglio, vedrai.»

«Come fai a esserne tanto certa?»

Jane l'aveva guardata con occhi tristissimi. «Ci sono passata.»

Jane, tanto dolce e gentile. Non credeva alle sue orecchie.

«Sentire la mancanza della persona che hai *ammazzato*?» le aveva chiesto con voce squillante di sorpresa.

«Sentire la mancanza di qualcuno che non avrei mai più visto.» Un sospiro. «Alla fine il senso di vuoto si attenua.»

«No, non succederà. Ho ucciso la mia gemella. Era una parte di me.» Era calato il silenzio.

Oggi, mentre scendono insieme lungo il corridoio, Jane le fa un'altra domanda. «Dove stai andando?»

«Mi hanno assegnata alla biblioteca.»

«Congratulazioni, professoressa.»

«Professoressa. Ah ah.»

«Be', all'università ci sei andata.»

«Come chiunque, di questi tempi.»

«No, non chiunque. Non qui dentro. Devi essere una professoressa per ottenere un posto in biblioteca.» Jane le stringe la mano. «E comunque, sei una professoressa per me.»

PASSATO

37

Zara

Sono seduta sul letto a guardare Sebastian che si veste. Tira su i jeans, abbottona l'automatico appena sopra la coda del serpente tatuato.

«Il prossimo fine settimana vado nel Lake District con i miei» annuncia.

Sentendogli citare i genitori, mi irrigidisco. Il mio tallone d'Achille. Siamo molto uniti, eppure ancora non me li ha fatti conoscere.

Faccio il possibile per non suonare stizzita. «E dove andate di bello?»

«Borrowdale.»

«Beati voi!» replico sperando in un invito.

Che però non arriva. Sebastian continua a vestirsi, si infila un maglione nero con lo scollo a V.

«Trekking, immagino?»

Comincia a sembrare un interrogatorio. Annuisce e sorride. Un sorriso appena accennato, incerto. Anni luce dal suo, tanto sfolgorante.

«Qualche occasione speciale?»

Gli occhi si scuriscono. «Il compleanno di mamma.»

Non riesco a trattenermi oltre. «Sebastian, perché non vuoi farmi conoscere i tuoi?»

Viene a sedersi sul letto, accanto a me. Mi prende la mano. «Mi dispiace, è solo che ancora non è possibile.»

«Ma perché no? Usciamo insieme da mesi, ormai. Qual è il problema? Ti vergogni di me?»

Mi cattura gli occhi con i suoi. «Assolutamente no, non pensarlo nemmeno.»

«E allora cosa? Dimmelo. È importante. Mi sento esclusa da una parte fondamentale della tua vita.»

«Sistemerò tutto in fretta, te lo prometto.»

«Vorrei poterti credere.» Interrompo il contatto visivo per guardare fuori dalla finestra.

«Se mi amassi, mi crederesti» ribatte.

«Non posso amare qualcuno che non mi ricambia.»

38

Miranda

Ci sono guai in paradiso. Sebastian è uscito con una faccia da temporale. Tu sei ancora chiusa in camera. State forse per rompere?

Due ore dopo. Sebastian non è ancora tornato. Tu ancora non ti sei fatta vedere. Traffico in giro per casa, rassetto un poco. Mi bevo un caffè. Do un'occhiata al giornale. Non ce la faccio più, devo sapere cosa succede. Preparo un tè e busso alla tua porta.

«Entra» rispondi fiacca.

Apro e le mie narici vengono aggredite da un mix di profumo troppo dolce e sudore rancido. Ma non fate mai circolare un po' d'aria, qui dentro? Guado un fiume di indumenti abbandonati e mi avvicino al letto. Non riesco a vederti, Zara. Sei solo un bozzo sotto le coperte.

«Ti ho portato una tazza di tè» proclamo allegra. Troppo, mi sa, per la tua mattinata.

Il bozzo si muove. Fai capolino, i capelli più sconvolti che mai, gli occhi rossi. Siedo sul bordo del materasso, ti porgo il tè.

Mi ringrazi tirando su con il naso.

«Cosa fai oggi?»

Spallucce. «Non saprei. Sono arrabbiata con Sebastian.»

«Cosa ha fatto?

«Il prossimo fine settimana va via con i suoi e non mi ha invitata. Mi preoccupa. È come se non mi considerasse abbastanza importante.»

Eccola qui. È la mia occasione.

«Hai tutte le ragioni di prendertela. Sarebbe decisamente ora che li conoscessi.»

Uso il tono perfetto. Disinvolto. Obiettivo. Proprio quello che ci vuole perché mi ascolti. E a questo punto, lo dico.

«Non sono medici, sai?»

39

Zara

Le tue parole sono una coltellata, per poco non rovescio il tè.

«Cosa vorresti dire?» sputacchio.

«I suoi. Ho chiesto a un amico di cercarli nell'albo dei medici. Non ci sono.»

Stai gongolando. Cosa c'è, Miranda? Perché tutto questo bisogno di cogliere Sebastian in fallo? Che male può mai averti fatto?

«Magari sul lavoro usano nomi diversi» suggerisco.

Oggi i tuoi occhi grigi sono più piccoli del solito, sembrano gli occhietti di un criceto: minuscoli, rotondi. Non so come reagire. A dispetto delle mie parole rabbiose di questa mattina, non voglio credere che Sebastian mi abbia mentito. Non appena se ne è andato, furibondo, ho capito che avrei dovuto fare del mio meglio per appianare la situazione. Non voglio che ci allontaniamo. Se mi ha mentito, di sicuro l'ha fatto per una buona ragione. E in ogni caso lo perdonerei, perché lo amo. Ma subito mi blocco. Anche tu mi mentiresti solo per un buon motivo. Mi sento tirare da tutte le parti, sono combattuta. Sono stanca.

«Hai le chiavi di casa sua?» mi domandi.

«No. Però so dove tiene quella di scorta. Perché?»

Ti protendi verso di me. «Il prossimo fine settimana, quando tutta la sua famiglia sarà via, andiamo a dare un'occhiata, vediamo se scopriamo qualcosa.»

Ti fisso a bocca spalancata. Sul serio, Miranda, che cos'hai? Sei tirata, fuori di te, i nervi a fior di pelle.

«È violazione di domicilio, lo sai?» obietto.

«Non esattamente. Sai già dove si trovano le chiavi.» Gli occhi grigi trascolorano in argento. «Se qualcuno dovesse scoprirlo, basta che dici che hai perso la carta di credito e volevi controllare se per caso l'avevi lasciata lì. Semplicissimo.»

«Sarà semplice per te, Miranda, ma non lo è per me. Sebastian è il mio ragazzo. Si fida di me.»

«Si fida di te?» Inarchi le sopracciglia con fare condiscendente, cosa che mi irrita a morte.

«Sì, certo!»

«Quindi secondo te la fiducia è importante?»

Sospiro. «Ovvio.»

«In tal caso, dobbiamo proprio farlo. Devi saperne di più di lui, per riuscire a fidarti a tua volta.»

40

Zara

Il sabato successivo, a dispetto della mia reticenza mi ritrovo a camminare al tuo fianco mentre ci dirigiamo a casa di Sebastian. All'arrivo sollevo la grossa pietra nascosta sotto il cespuglio di choisya accanto all'ingresso e recupero il mazzo di scorta. Mentre varchiamo il cancello lo sento tintinnarmi in tasca. Mi fa sentire in colpa.

Risaliamo il vialetto lasciandoci alle spalle il tappeto erboso, rasato alla perfezione. La bordura di cespugli, curatissima. Suono il campanello. Passi nell'atrio. Qualcuno sta venendo ad aprire. Oddio. Non ce la faccio. Vorrei essere invisibile. Sono agitatissima. Chiudo gli occhi e li riapro. Sebastian. Ha un aspetto trasandato. Non si è sbarbato. Ha i capelli sporchi. Profonde occhiaie nere rivelano che ha dormito poco.

«Oh, cielo! Zara, Miranda, che ci fate qui?»

«Potremmo chiederti lo stesso.»

«Vi lascio parlare» intervieni tu.

Sento i tuoi passi far scricchiolare il brecciolino del vialetto mentre ti allontani. Miranda, ti sono davvero grata per averci lasciati soli. Voglio risolverla a modo mio. Sebastian e io restiamo a fissarci. Non saprei dire chi dei due è più sorpreso. Lui non sta sorridendo, però non sembra neppure arrabbiato. Quanto a me, ho lo stomaco sottosopra. Il cuore che corre.

«Entra. Parliamone» mi invita in tono pacato.

Magari ci sono anche i suoi. Forse è la volta buona, ora li incontro. Percepisco il silenzio nell'istante stesso in cui entro. I suoi non ci sono.

«Perché non sei più andato nel Lake District? Dove sono i tuoi?»

«Vieni in salotto. Ti spiego.»

Ci accomodiamo su due divani in pelle posti l'uno di fronte all'altro, continuando a guardarci con occhi colmi di stupore. Ho bisogno che vada tutto bene, un bisogno disperato. Sebastian mi è tanto caro, tanto familiare. Ormai è parte della mia vita.

«È saltato fuori un problema al lavoro di mia madre, un'emergenza.»

«Sul serio?» Faccio il possibile per non lasciar trasparire l'irritazione, ma non sono sicura di esserci riuscita. «Sono confusa, Sebastian. Ho appena scoperto che i tuoi non sono sull'albo dei medici.»

Socchiude gli occhi. «Certo, perché non sono medici.»

«Ma avevi detto che lo erano.»

Si leva dagli occhi una ciocca che gli era caduta sulla fronte. «Sei stata tu a dare per scontato che fossero medici.» Fa una pausa. «Io ho detto che erano *dottori*.»

Mi sforzo di ricordare la nostra prima cena. Ero sicura che mi avesse detto che il padre era ginecologo mentre la madre esercitava in un consultorio di quartiere. Forse non avevi capito bene?

«Hai frainteso» ribadisce. «Io non ho mai detto che erano medici. Sono *dottori*, dottori nel senso che hanno un dottorato. Ricerca scientifica.»

Ci tengo così tanto a credergli che fa male.

«E in cosa sono specializzati? Così li cerco. Voglio dire, Sebastian, sono i tuoi genitori. Ti amo. Voglio sapere di loro.»

«Non li troverai su internet. Lavorano a Porton Down, nel laboratorio della Difesa. È tutto riservato. Mi dispiace di non essermi spiegato bene, Zara. Il fatto è che il loro è un lavoro delicato, è tutto segreto.»

«Ma, ma... perché non mi hai avvisato che non partivate più?»

Il viso gli si accartoccia. «Mi dispiace.» Prende fiato. «Ti ho già parlato prima di questi... momenti di buio. A volte ho semplicemente bisogno di rimanere solo per un po'.»

Si alza e mi si avvicina. «Ora che comunque sei qui, posso convincerti a rimanere per la notte?»

Mi prende tra le braccia e mi bacia, e io mi sciolgo.

41

Miranda

Torno alla mia scrivania dopo la riunione intersettoriale e vedo Sebastian dirigersi verso la macchinetta del caffè. Mi lancia un ghigno da vipera. Dopo il pasticcio della sua mancata escursione al Lake District, pensavo che Zara avrebbe capito che non era il caso di fidarsi di lui. Sfortunatamente, invece, sembra più presa che mai. Ha voluto sapere se avrei accettato che continuasse a vivere con noi, a patto di pagare un po' di più per le spese. Non sapendo come dirle di no, mi sono vista costretta ad accettare.

Ora fingo di ignorarlo – visto che come al solito vorrei stare in sua compagnia il *meno*, e non il *più*, possibile – e accendo il computer. Sono arrivate venti email urgenti solo nell'ultima ora. Tregua, per carità! *Un* giorno. Per *un* giorno sarebbe bello non essere tanto impegnata. Comincio a scorrerle, ed ecco che ne arriva una nuova.

! IMPORTANTE. ANASTASIA SUDBURY.

Vuole vedermi nel suo ufficio, immediatamente. Per quanto abbia da fare, non posso esimermi.

Mi precipito, come da ordini, e vengo messa in attesa per quindici minuti. C'è di peggio, trattandosi di Anastasia Importante Sudbury. Quando la segretaria finalmente mi invita a entrare, trovo la mia responsabile seduta dietro la scrivania, magra come un chiodo, con un abito grigio che le aderisce più di un guanto. A dispetto dell'abbigliamento inappropriato alla situazione, l'espressione è talmente dura che sembra lì lì per recarsi a un funerale.

«Siediti!» comanda.

Ubbidisco, lasciandomi cadere sulla sedia bassa di fronte alla scrivania. Mi guarda da sopra i mezzi occhiali.

«Sai perché ti volevo vedere?»

Scuoto lentamente la testa.

«Ho le prove che hai scritto un'email parecchio sgradevole e poi hai cercato di far ricadere la colpa su Sebastian.»

«Non è vero.»

«Forse non mi hai sentita. Ho le *prove*. So che ti occupi di conti e non di legge, ma sono sicura che capisci comunque cosa significa.» Si protende verso di me con occhi di granito. «L'ufficio informatica ha rintracciato la provenienza dell'allegato, in teoria spedito da Sebastian. Arriva dal tuo computer. Hai qualcosa da dire in tua difesa?»

«Posso vedere?»

«Prego.»

Digita sulla tastiera, quindi volta lo schermo del laptop verso di me. Un'email in cui Sebastian sparla di uno dei nostri clienti principali. È follia. Come può attribuirmi una cosa del genere?

«Non l'ho scritta io. E non l'ho spedita.»

«I tecnici non hanno dubbi. Viene dal tuo indirizzo IP.»

Non riesco a crederci. Mi do un pizzicotto. È un sogno, per forza. E invece fa male. Sta succedendo davvero. È reale.

«Devi credermi, Anastasia, sono stata incastrata. Non ho niente a che vedere con questa faccenda.»

«Per questa volta, sono disposta a passarci sopra» concede magnanima, sventagliando il braccio destro per aria. «La catena di email è stata interrotta. Ci ha pensato Sebastian non appena l'ha vista. Abbiamo detto ai clienti che siamo stati hackerati, e che ora abbiamo migliorato la sicurezza.» Si abbandona contro lo schienale, espansiva. «Sei una che lavora sodo. Non vogliamo perderti solo perché hai in corso una disputa domestica con il ragazzo di tua sorella. Ma fa' in modo che non succeda più.»

42

Zara

Questa sera tocca a me "cucinare". Sono andata da Marks & Spencer e ho preso tre piatti precotti a dieci sterline l'uno e un sacchettino di piselli congelati. Li ho cacciati nel forno, accuratamente preriscaldato, così ora devo solo passarli al microonde per quattro minuti prima che ci sediamo a cena. Sebastian ha preparato la tavola. Compiti fatti. Si può bere.

«Cosa vuoi?» mi chiede lui.

«Mah, direi vodka.»

«Shottini? Vodka tonic? Vodka e arancia? Vodka e ghiaccio?»

«Non annacquiamola. Vada per gli shottini.»

Ci accoccoliamo sul divano e attacchiamo a bere. Già dopo il primo shot mi sento invadere da un piacevole tepore.

Non sto più nella pelle. «Sai il teatrino? Ho ottenuto il massimo dei voti.»

Fa un sorriso da orecchio a orecchio, sembra davvero superfelice per me. Versa altri due bicchierini. Li ingolliamo in un sol sorso.

«Te l'avevo detto mentre lo facevi, che eri un genio. "La mia piccola è un genio." Ricordi?»

Altro shot.

«Certo che me lo ricordo.» Bevo. «Miranda ne sarà felice. Non vedo l'ora di dirglielo.»

«Faccia di ghiaccio Cunningham. Non è mai felice di niente.»

«*Faccia di ghiaccio*? Cosa ha fatto per meritarsi un soprannome del genere?»

Mi protendo verso di lui per vedere la sua espressione.

«Tua sorella è una stronza complessata» dice senza tanti giri di parole.

È serio. Gli occhi non mandano il solito luccichio ammiccante. Mi si rivolta lo stomaco. Da qualche parte, nell'angolo più remoto e sepolto del cervello, sono forse d'accordo con lui? Respingo il pensiero.

«Sei sempre a lamentartene, e lei invece è mega disponibile nei tuoi confronti. In pratica vivi a casa sua! Cosa ha combinato per infastidirti tanto?»

«Non mi fido.»

Mi scosto impercettibilmente. «Non ti fidi di Miranda? La persona in cui ho più fiducia da sempre?»

Seb è ancora ultraserio. Serio, e intenso. Lo guardo negli occhi. Scuri occhi resinosi.

«Il tuo atteggiamento mi mette a disagio» gli faccio presente.

«E a me mette a disagio tua sorella.»

Rabbocca di nuovo i bicchieri. La vodka mi rilassa. Stempera le sue parole.

«Cos'è successo?» gli domando calma.

«Niente di cui tu debba preoccuparti. Una cosa di lavoro.»

«Sembrate andare abbastanza d'accordo quando siamo qui tutti e tre insieme.»

«Il problema è ciò che succede quando tu non ci sei» risponde con una smorfia sprezzante.

D'un tratto sento freddo. Sebastian mi attira a sé e mi bacia. Gli sento la vodka nell'alito. Il freddo che mi ha avvolto il cuore diventa ghiaccio mentre il battito mi si interrompe per un istante. Cosa combini, Miranda? Ci stai provando con lui alle mie spalle? Gli fai delle avance al lavoro? Ma figuriamoci, mi zittisco da sola. No. Miranda Cunningham. Sei dritta come un fuso. Non lo faresti mai.

43

Miranda

Sono furiosa con Sebastian. È stato lui a incastrarmi, per forza. Può accedere facilmente al mio computer, sia a casa sia qui, al lavoro. Ho rafforzato le password. Ora il mio portatile è peggio di Fort Knox.

«Buongiorno» borbotta raggiungendo la nostra comune scrivania. Passi lenti, movenze studiate. Cosa pensa di essere? Il sesso fatto persona?

Si accomoda. Come al solito, scosto il più possibile la sedia dal punto in cui si trova lui. Mi guarda con un sorriso. Un sorriso pigro, lascivo. Scuote il capo.

«Anastasia è parecchio nera per quello che hai fatto. Devi prendere in modo più professionale questa nostra collaborazione, sai?» Torna a scivolarmi vicino, vengo investita da una zaffata di menta. Si dev'essere appena lavato i denti.

«Quello che *io* ho fatto?!» Lo fisso in cagnesco, decisa a fargli abbassare lo sguardo.

E, per una volta, vinco io.

Ciò nonostante, sono iperconsapevole della sua vicinanza mentre fissa lo schermo del computer, aggrotta la fronte, legge, di tanto in tanto corregge qualcosa.

Squilla il telefono, è il suo. «Buongiorno, Anastasia.» Voce roca, profonda. «Ma certo. Vengo subito.» Si alza e mi guarda ammiccando. «Il capo vuole vedermi. Che dici, sta per darmi una promozione?»

«Non saprei. La compagnia ha denaro da buttare in pessimi investimenti?»

«Grazie per l'aiuto e l'incoraggiamento, Miranda. Li apprezzo davvero tanto.»

Si allontana con la solita indolenza, tutto compiaciuto per l'arguta battutina. Cielo, non lo reggo più! Digrignando i denti, lancio un'occhiata al suo lato di scrivania e mi accorgo che ha lasciato qui il computer.

Beccato! Possiamo giocare in due, sai, Sebastian?

Controllo lo schermo, clicco sul documento a cui stava lavorando e altero un pelo le cifre.

44

Zara

Miranda è più seria che mai. Sguardo inacidito, bocca piegata all'ingiù. Sebastian è strano e sulle spine ogni volta che ce l'ha intorno. Sono seduta in bagno, sulla tazza con la tavoletta abbassata, in cerca di una pausa da entrambi mentre rifletto sul loro rapporto. Sul modo in cui Miranda evita attentamente di sfiorarlo, o di guardarlo negli occhi. Sul modo in cui lui rifugge la conversazione normale per tuffarsi nel sarcasmo ogni volta che c'è lei. Perché il sarcasmo, la sua arma di difesa? Da cosa si sta proteggendo? Cosa posso fare per riavvicinarli? La distanza che li separa è colpa mia?

Estraggo la lametta dalla custodia dell'iPhone e mi stringo un laccio intorno al polso, accingendomi a tagliare. Reggo la lametta con mano tremante mentre osservo le cicatrici sul braccio sinistro. Inspiro ed espiro a fondo, per prepararmi. Accavallo le gambe. Premo forte il braccio sinistro sulla gamba leggermente rialzata. Mi piego in avanti per tenerlo fermo. La mano destra si abbassa, pronta ad agire. Ma qualcosa mi ferma. Non ce la faccio. Il mio corpo non è pronto per il dolore. Non ancora.

Chiudo gli occhi e penso al viso di Sebastian durante l'orgasmo. Li riapro, e taglio. Taglio lungo la seconda cicatrice. Il sangue prende a stillare. Lentamente, all'inizio. Poi un rivolo. Poi un fiume. Oh, la dolce, dolce euforia del sangue.

45

Miranda

Seduta alla scrivania, sorrido dentro di me. Quando sarà il caso di far notare l'errore di Sebastian? Un fremito d'eccitazione mi agita lo stomaco.

Squilla il telefono. Anastasia.

«Miranda, nel mio ufficio. Immediatamente.»

Magari l'ha già scoperto, e ha bisogno di qualcuno che lo sistemi. Evvai! Questa volta l'ho fregato. Sento il suo sguardo seguirmi mentre mi allontano.

Non faccio in tempo a mettere piede nell'ufficio di Anastasia che la sua assistente personale, di solito tanto lenta nel farmi entrare, mi invita ad accomodarmi.

Anastasia. Occhi di ghiaccio e labbra tirate, come sempre. Tailleur pantalone nero spalmato addosso e catena d'oro massiccio al collo. Capelli biondo tiziano – tinti – legati in un basso chignon elegante. Ci sediamo l'una di fronte all'altra, ai due lati della scrivania, occhi negli occhi.

«Quello che sto per dirti, Miranda, è estremamente grave.»

Mi si arricciano le budella, il cuore parte a razzo.

«Questo è il primo avvertimento scritto. Sei a rischio licenziamento.»

Le parole sono un pugno nello stomaco, mi mandano KO. Mi porge una busta con il mio nome.

Non riesco a respirare. «Ma perché?»

«Hai violato il computer di Sebastian.»
«Non è vero!»
«Oh, sì che è vero!»
Per un attimo, cala il silenzio.
«Vuoi che andiamo avanti a fingere?» incalza.
Non rispondo.
«Ecco, brava, evita di insistere. Sebastian ti ha ripreso con l'iPhone. Stava venendo qui, ma si era scordato i documenti di cui dovevamo parlare e così è tornato verso la scrivania. Era a pochi metri quando ti ha vista digitare sul suo laptop. Ha tirato fuori l'iPhone e ti ha filmata. È venuto subito da me a farmi vedere tutto. Ora abbiamo controllato le cifre, ed è evidente che sono sbagliate. I dati per un cliente chiave, Miranda! È un'inadempienza contrattuale gravissima. Mi sono scaricata il filmato. Lascia che te lo mostri.»
Gira verso di me lo schermo del computer ed eccomi lì, allungata sopra la mia parte di scrivania per arrivare al computer di Sebastian e cambiare le cifre. Sono sicura che ha lasciato il computer aperto di proposito, sperando di indurmi a fare una stupidata come questa. Dio, quanto sono idiota! Come ho potuto farmi trascinare fino a questo punto?
«C'era già stato un "incidente", e avevo deciso di ignorarlo. Ora però è troppo. Altri due avvertimenti e sei fuori.» Il panico mi travolge. «Sono certa che quando ti hanno assunta ti hanno illustrato i termini contrattuali.»
Cerco di soffocare l'ansia, devo essere lucida. Vedo una sola via d'uscita. Devo spiegarle.
«Il primo incidente. Non sono stata io» borbotto con voce fioca, rotta. «Penso sia stato Sebastian.» Gli occhi gelidi di Anastasia si induriscono ulteriormente. «Non avrei dovuto cercare vendetta, è stato un grosso errore. Ma adoro il mio lavoro. Ti prego, concedimi un'altra occasione, scorda tutta questa faccenda.» Mi ignora, neppure mi guarda. Non sono riuscita a guadagnarmi la sua attenzione. Devo impegnarmi di più. Mi piego in avanti.

«Sebastian e io stiamo avendo qualche problema.»

Un guizzo d'interesse. Le si illuminano gli occhi. Si allunga verso di me, protendendosi sopra la catasta di documenti che ricopre la scrivania.

«Che tipo di problemi?»

Se le parlo delle molestie sessuali, sono certa che capirà quanto grave è la situazione. Quanto sono vulnerabile.

Poi però penso a te, Zara. Molto più vulnerabile di me. E la domanda di Anastasia rimane ad aleggiare nell'aria, inevasa. Non posso dirlo.

La mia responsabile torna a adagiarsi contro lo schienale. «Non posso passarci sopra, Miranda. È la prassi della ditta. Proprio non posso» conclude, chiudendo il file video.

Lascio il suo ufficio sentendomi persa. Il mondo che ho costruito per me stessa sta andando in frantumi.

46

Zara

Miranda è rimasta a letto tutto il fine settimana. Sono passata più volte in camera sua per controllarla, sentire come stava. Ha continuato a ripetermi che era solo stanca, che voleva rimettersi in pari con le dormite.

Non è da lei essere stanca. Ha sempre energia da vendere. Negli ultimi dieci anni, che io sappia, non ha mai fatto un giorno di malattia. Visto che lei non era in forma, Sebastian e io siamo stati fuori il più possibile. Sabato sera, cena da Luigi. Domenica, pranzo da Arnolfini. Poi in giro mano nella mano ad ammirare le opere d'arte. Ma tutto questo gironzolare non è servito a placare la mia preoccupazione. Perciò adesso – domenica sera, ci stiamo preparando ad andare a letto – sento che è il caso di parlarne con Sebastian.

«Secondo te che cos'ha? Non è da lei. Pensi sia malata? Lei dice di no, ma tu le credi?» gli domando mentre mi dimeno per sfilarmi i jeans superaderenti.

Seb si rannuvola. «Stavo aspettando che te lo dicesse lei. È a terra. È nei guai al lavoro, guai grossi.»

Rimango fulminata. Miranda Cunningham. Grossi guai sul lavoro. Miranda ha sempre preso molto sul serio la sua carriera.

I jeans finalmente sono a terra. Siedo sul bordo del materasso in canottiera e mutandine e lo fisso, occhi sgranati.

«Ma Miranda adora il suo lavoro. Cos'è successo?»

Sebastian mi raggiunge. «Non volevo essere io a dirtelo, ma l'hanno beccata mentre cambiava di proposito alcuni dati sul mio computer.»

«Cosa?! Ma perché?»

«Voleva farmi passare per incompetente.»

«E perché mai avrebbe dovuto volerlo?»

Mi cinge le spalle con un braccio. «Ho cercato più volte di dirtelo, Zara, è gelosa di noi. Vuole allontanarci. Ma noi non glielo permetteremo.» Prende fiato. «È guerra aperta, e dobbiamo fare la nostra mossa.»

Mi prende la mano e la stringe deciso.

«Non ci sono mai state guerre con mia sorella.» Mi sento completamente svuotata.

47

Miranda

La presunta allegria del Natale sta montando attorno a me, e tutte queste ipocrite manifestazioni di gioia mi fanno letteralmente impazzire. Le carole mi bisbigliano all'orecchio, intonate da gruppetti di volontari che chiedono offerte per strada, immancabile sottofondo in ogni locale. Le lucine colorate mi fanno l'occhiolino dai rami spogli delle betulle sul lungofiume e la sera, al porto, l'acqua screziata di neon è più bella che mai. L'aria fredda mi punge il viso mentre corro al lavoro.

Zara, non ti ho raccontato quel che è successo in ufficio. Non ce la faccio. Mi vergogno troppo. Mi vergogno così tanto che il primo fine settimana dopo il fattaccio sono rimasta a letto tutto il tempo. Sono stata veramente un'idiota. Infantile. Di lì a poco hai cominciato a guardarmi in tralice, e ho capito che Sebastian ti aveva messo al corrente. Okay, chiudiamola qui. Lo sai. Non serve più che ne parliamo. Ho intenzione di metterci una pietra sopra. Una pietra tanto gigantesca da spedire questa brutta storia nel dimenticatoio per sempre, non si ripeterà più. Con il tempo la nota di biasimo sul mio stato di servizio sbiadirà, e io potrò ricominciare da capo.

E adesso, sei riuscita a convincermi a dare una festa di Natale. Una festa di Natale! È il colmo. Dapprincipio ho opposto resistenza. Non sono certo d'umore natalizio. Ma tu hai continuato a insistere e insistere, e alla fine ho ceduto. Sei convinta che dare una festa mi tirerà su di morale. Mah, magari ci provo. Sebastian sta preparando il suo vin brûlé, l'appartamento è saturo delle fragranze dell'arancia, dei chiodi di garofano e della cannella. Decisamente troppo dolce per me.

«Il segreto è non avere fretta e filtrarlo a puntino» commenta ammiccando.

Sorrisi atomici e fossetta sempre in bella vista non sono sufficienti. L'eleganza non sa neanche cosa sia. Deve aggiungerci pure la strizzatina d'occhio.

Zara, tu e io andiamo all'Ikea a comprare un albero di Natale in plastica e qualche decorazione che non costi troppo. Per quanto ci sforziamo di metterlo dritto, l'albero continua a crollare. Persino il Natale è complicato, di questi tempi. Tu e Sebastian organizzate la scaletta musicale per la festa. Troppo anni Settanta, gente. Slade e Wizard. Gli Slade sono i preferiti di Sebastian. Ma non è troppo giovane per roba del genere? I suoi invisibili genitori devono avere gusti pessimi.

E ora eccoci qui, tutti e tre seduti sul divano, a bere vin brûlé dai bicchierini di plastica appena prima che abbiano inizio le danze.

«*Mmm*, non è male come pensavo» concedo.

«Te l'avevo detto!» replica Sebastian cingendo le spalle a entrambe, gesto che mi strappa una smorfia.

A questo punto si fruga in tasca ed estrae una manciata di pasticche colorate. Mi irrigidisco. Ecstasy. Che cavolo fa? La droga degli adolescenti irresponsabili, e lui ha ampiamente superato i trenta. Allunga la mano e ti offre l'intero assortimento. Ti osservo studiare con attenzione le pasticche per poi sceglierne una azzurro chiaro e inghiottirla, annaffiandola con un lungo sorso di vin brûlé. Ne prende una anche lui. E a quel punto mi fissate entrambi. Sebastian mi porge il palmo, ancora zeppo. Scuoto la testa. Non l'ho mai presa. Sono sempre riuscita a gestire la mia esistenza senza bisogno di stupefacenti.

«Eddai, Miranda. È la droga dell'amicizia. Provaci. Concedi un'occasione all'amicizia» insiste lui.

«Ti aiuterà a rilassarti. Sai, sorellina, ne hai davvero bisogno» aggiungi tu.

«È questo l'effetto? Serve a rilassarsi?»

«Certo. Perché credi sia tanto popolare?»

Non è da me, ma mi sono sentita davvero giù, ultimamente, e allora prendo in considerazione l'idea. Ho sempre la tachicardia. Lo stomaco quasi perennemente strizzato. Forse se riuscissi a rilassarmi starei meglio. Allungo due dita titubanti. Scelgo una pasticca rosa, me la porto alla bocca con circospezione, prendo un respiro e caccio giù con un sorso di vino. Scende senza troppi problemi. Resto seduta qui con voi, e aspetto. Non succede niente. Mi sento esattamente come prima. Il nodo allo stomaco è sempre qui, mentre Sebastian mi respira sulla guancia. Suona il campanello. Vado io.

I primi ospiti. Tre ragazze del tuo corso di fotografia, Zara. Non le conosco. Tutte vestite di nero con rossi rossetti sgargianti, manco stessero per fare un provino per il *Rocky Horror Picture Show*. Nero, rosso e calze a rete. Una delle tre, la più procace, ha seni da diva del porno e un piercing al centro del naso. Proprio davanti, stile toro.

«Prego, entrate» le invito mentre tu ti avvicini e sbuchi alle mie spalle.

Mi superano come fossi invisibile e ti fagocitano in un abbraccio.

Pochi minuti, e il mio minuscolo appartamento brulica di vita e rimbomba di musica anni Settanta. Sebastian balla in mezzo al salotto, agita le braccia per aria, si contorce, ondeggia, salta rumorosamente, circondato da un drappello di invitati che lo imita. In piedi in un angolo, bevo il mio vino e li osservo. Guardo, come al solito, senza alcuna voglia di unirmi alla mischia.

Ma di colpo ecco che il mondo mi viene incontro. La musica mi cresce dentro e ne divento parte. D'un tratto mi ritrovo in mezzo al salotto, scalza, volteggio alle spalle di Sebastian emulando ogni sua mossa. Lui si gira a guardarmi e mi abbaglia con un sorriso. Saltiamo nella musica. Più veloci, più veloci. Infrangiamo la barriera del suono. *Siamo* la musica. La pulsazione. Il ritmo. Il suono. Balliamo tutta la sera. In certi momenti ci sei anche tu, Zara, che piroetti con noi. In altri sei con la tua congrega di streghette dalle labbra rosse, vi girate intorno. Un caleidoscopio rosso e nero in lontananza.

E poi Sebastian mi prende per mano e mi allontana dalla pista. Riempie un bicchiere d'acqua al rubinetto della cucina, me lo porge.

«Manda giù» ordina.

Dove sei, Zara? Ancora a ballare con le tue amichette?

Bevo. L'acqua è un nettare, urca come rinfresca. Mi sento parecchio strana, ora. Ho la testa leggera. Il viso di Sebastian è tutto sfocato.

«Se mollo Zara...» mi dice. Sarò anche poco lucida, ma quelle parole le capisco eccome. Che cavolo dice? Mollare Zara?

«Se mollo Zara, uscirai con me?»

Incespico all'indietro. «No! Certo che no. Perché dovrei?»

«Ma... ma... sarei libero.»

La stanza mi si muove sotto i piedi. Sto ancora ondeggiando al ritmo della musica. Mi rallenta i riflessi, mi rende difficile pensare. Difficile. Ma non impossibile. Attraverso la pulsazione della stanza e la musica, mi chiedo: chi si crede di essere? Da dove è uscito fuori? So che mi ha deliberatamente incasinata sul lavoro. E adesso cosa pensa di fare?

«Credi che sia importante se sei libero oppure no? Che mi interessi qualcosa oltre al fatto che non voglio che tu ferisca mia sorella?» Esalo un sospiro. «No, non voglio uscire con te. Non sei il mio tipo. E se anche lo fossi, Zara non mi perdonerebbe mai.»

«Quindi è più importante lei di me? Non mi ami neanche un po'?»

Lo stomaco mi si annoda ancora di più. «Non ho mai detto di amarti, Sebastian. Ti sopporto solo per il bene di mia sorella. Piantala di inventarti balle su di me.»

Mi allontano lentamente, cercando di tenere insieme corpo e pensieri. Ti trovo, Zara, e ballo con te per il resto della festa.

48

Zara

Festa di Natale. Saltare, piroettare, zompare al ritmo della musica. Ballare con Sebastian. Ballare con le mie amiche del corso di fotografia. Miranda, le definisci una congrega di streghe perché sono tutte vestite di nero. Ballare con te, Miranda. L'ecstasy ti si addice. Sei la regina della festa. Il party ruota intorno a te. Anche Sebastian stava ballando con te, prima. Braccia per aria, felici. Sapessi quanto sono contenta che andiate d'accordo. Finalmente. È un secolo che volevo vedervi così. Quando balla con me, Sebastian mi stringe forte. Mi dice quanto mi ama. Per tutta la vita, dice. Il nostro amore è per tutta la vita. Quant'è bello? Vita. Amore. Vita. Una bellissima vita.

49

Miranda

Siamo seduti in una paninoteca su Park Street.

«Non mi sembra vero di essere a pranzo con te. A cosa devo l'onore?» È il lunedì dopo la festa, e gli occhi di Sebastian sfavillano un po' troppo nei miei.

Prendo un respiro profondo per calmarmi. «Ho una domanda da farti. Perché stai ancora con mia sorella, quando sabato hai parlato di porre fine alla vostra relazione?»

Si appoggia allo schienale e mi fissa pensoso, le braccia conserte. «Tu non vuoi stare con me. Rimanere con lei è l'unico modo che ho per starti vicino.» Si protende sul tavolino di formica e cerca di afferrarmi la mano, ma io arretro d'istinto, rapida.

«Non ti credo» ribatto, le mani ora dietro la schiena. «E comunque non è onesto nei suoi confronti.»

Sebastian sorride, un sorriso pigro, forzato. Troppo lento per essere sincero. «È una scelta tua, Miranda. Non incolpare me.»

La rabbia e una sensazione di claustrofobia mi si attorcigliano dentro.

«Sei impossibile, Sebastian.»

«È quello che ti piace di me.» La voce è calma, misurata.

Stringo i denti e contraggo la mandibola nel tentativo di soffocare le emozioni. Ma è inutile. «È quello che *odio* di te» sbotto, il tono che gronda astio.

Il sorriso si allarga. «C'è una linea sottile tra odio e amore.»

«Non parlarmi così. Il nostro rapporto non è un cliché.»

«Quindi pensi che abbiamo un *rapporto*?»

La lingua accarezza il termine, maliziosa.

È frustrante, non fa altro che tormentarmi. «No. Non lo penso. Mai fatto. Mai lo farò.» Taccio per un attimo, l'ondata di rabbia che si trasforma in un fiume impetuoso. «Levati dai piedi, Sebastian. Devi lasciarmi in pace. Piantala di vessarmi.»

Ora il suo non è più un sorriso, è un ghigno rabbioso. «Che linguaggio forbito.»

«Dico sul serio. D'ora in poi, gira alla larga.»

«Anche io dico sul serio, Miranda. Non posso starti lontano. Non ce la faccio.»

I suoi occhi sono come buchi neri che vogliono inghiottirmi. Mi terrorizzano.

«Se fai del male a mia sorella, ti ammazzo. Devi trattarla con rispetto. Onestà. Se non vuoi stare con lei, diglielo.»

Assume un'espressione incredula, arretra appoggiandosi allo schienale. «Devo forse dire alla polizia che mi hai minacciato?»

Mi sporgo su di lui. «Tu prova a incasinare ancora la situazione e vedrai cosa succede.»

Torna il sorriso. «È commovente vedere quanto le vuoi bene.»

«È pazzesco vedere quanto bene vuole lei a te. Quella povera ragazza ha bisogno d'aiuto.»

50

Zara

Sto setacciando casa in cerca dell'orologio e, già che ci sono, butto lì la notizia sforzandomi di non darle troppo peso.

«Per Natale non vengo a casa, Miranda. Resto con Sebastian.»

Il nostro primo Natale separate. Ci ho pensato a lungo, davvero. Sono straziata dal senso di colpa all'idea di non stare con te e la mamma, ma Sebastian e io sentiamo il bisogno di un po' di tempo per noi. Da soli. Alzi lo sguardo dai registri contabili che stavi riordinando. Hai la bocca spalancata. Sei sconvolta. Come se non riuscissi a crederci.

«Mamma ci rimarrà malissimo. Non puoi invitarlo a unirsi a noi?» proponi con voce sommessa.

I fascicoli che avevi in mano sono caduti a terra, ma non sembri essertene accorta. Li raccolgo e li appoggio sul tavolino. Mi stai fissando come fossi una criminale.

«Smettila di guardarmi così» ti imploro.

Non smetti. La bocca ancora mezza aperta.

«Abbiamo solo bisogno di stare un po' da soli. Approfitteremo del fatto che i suoi sono via. Andiamo a casa sua.» Prendo un respiro profondo e faccio spallucce. «Non è così strano che una giovane coppia desideri trascorrere del tempo da sola, Miranda.»

«Forse no, ma non è un po' strano che i suoi siano di nuovo via? Eddai, Zara, quanto sai davvero di lui?» Lasci che le parole facciano presa. «Devi conoscerlo prima di concedergli la tua fiducia.»

Oddio. Non un'altra volta, ti prego.

PRESENTE

51

Theo Gregson è tornato a trovarla. Indossa un paio di pantaloni nocciola dorato, in tinta con gli occhi. L'avevano avvisata in anticipo del suo arrivo, perciò si è fatta bella. Capelli appena lavati. Un velo di trucco. La sua maglietta di Kid Rock preferita.

«Come va?» si informa lui.

«Bene.» Mette insieme un sorriso, per quanto pallido. «Riesco quasi a godermi il lavoro in biblioteca.»

«Quasi?»

«Be', di questi tempi non è facile riuscire a godermi qualcosa.»

L'avvocato si abbandona contro lo schienale, le braccia conserte. «Le anticipo che purtroppo questo momento non sarà molto godibile.»

«Intende la sua visita?»

«Già.»

«Perché?»

«Ecco, mi disturba il fatto che non mi voglia raccontare cosa è successo tra lei e Sebastian. I dettagli.»

Gli occhi sono allacciati. Lei siede immobile. Non risponde.

«È importante che lo faccia» continua. «Altrimenti non riusciremo a ottenere il verdetto che vogliamo.»

«E crede che essere a conoscenza dei dettagli serva a qualcosa?»

«Quando si è accusati di un crimine, la via migliore è sempre la verità.»

«Non ce la faccio» sussurra lei. «Non posso.»

Theo si allunga sul tavolo e le prende una mano tra le sue. «Per favore. Qualunque cosa sia successa, mi permetta di aiutarla» la supplica.

«Nessuno può aiutarmi.»

PASSATO

52

Miranda

Natale. Solo noi due. Mamma e io. Senza di te, Zara, la nostra casa di Tidebury è silenziosissima. Niente risate in corridoio. Niente trance music che rimbomba dalla tua stanza da letto. Nessuno con cui andare a bere al pub locale la vigilia. Nessuno con cui ridacchiare mentre barcolliamo verso la chiesa per la messa di mezzanotte, i fili dell'albero di Natale a mo' di sciarpa.

Sto bevendo troppe tazze di tisana allo zenzero e non abbastanza alcol. Guardando troppe sit-com grossolane. Ascoltando troppi approfondimenti dei notiziari e troppi bollettini meteo. Facendo troppi discorsi noiosi con mamma, senza te che ci ravvivi. Al momento, da questa casa è stato risucchiato il divertimento.

Giorno di Natale. Nonostante la tua assenza, Zara, ci atteniamo alla solita routine. Aprire i regali appena alzate, prima di vestirci. Mi hai lasciato un pacchetto. Un foulard. Troppo presa da Sebastian, te ne sei dimenticata. Non porto mai foulard. Non ricordi che dicevamo sempre che avremmo aspettato di essere vecchie per indossarli, per coprire i nostri colli rugosi?

Mangiamo all'una in punto, in sala da pranzo, inzeppandoci i piatti di tacchino, salsicce, bacon, patate e cavoletti di Bruxelles. Come sempre. Mangiamo così tanto che alla fine fatichiamo a muoverci e ci buttiamo a letto per un sonnellino digestivo. E poi l'*high tea*. In teoria un pasto leggero, che va a sostituire la cena. In pratica, altro cibo.

«Non ti fidi di Sebastian, vero?» chiede mamma porgendomi una tortina ripiena di frutta secca e mele.

«Cosa te lo fa pensare?»

«Ogni volta che parlo di lui, cambi argomento.»

«Hai frainteso, mamma. Certo che mi fido. È il ragazzo di Zara, e lei lo ama. Perché non dovrei fidarmi?»

Non posso dirle la verità. Quando si preoccupa, mamma si tortura.

53

Zara

Mi manchi, Miranda. Nonostante la tua negatività nei confronti dell'amore della mia vita, trascorrere il Natale lontane non sembra giusto. È la prima volta che non stiamo insieme in questo periodo dell'anno.

Mi manca guardare i tuoi occhi grigi farsi d'argento mentre ci scambiamo i regali. Sebastian e io abbiamo concordato di non farcene. Mi manca vedere il tuo profilo regale che mi ricorda quello di una principessa, il tuo naso che si arriccia un poco mentre ti allunghi a prendere un'altra tortina alla frutta. Mi manca ridere con te in chiesa. Quando mamma prende troppo sul serio il discorso della regina. Quando i cantori di carole, che non sanno affatto cantare, miagolano davanti alla nostra porta.

Giorno di Natale, è solo mezzogiorno, e Sebastian e io abbiamo già ingurgitato troppo champagne. Mi sento sottile, instabile, non abbastanza solida da reggermi in piedi. Devo fare uno sforzo mirato per pensare. Abbiamo messo su della musica che pulsa per tutta la casa grazie alle casse wireless, e ci muoviamo al ritmo di una sorta di valzer funky, i corpi incollati, cantando a squarciagola. Ondeggiamo nell'atrio, piroettiamo per il soggiorno, guancia a guancia in cucina. Quando arriviamo al lavello, Sebastian si blocca di colpo e si scioglie dall'abbraccio.

«Devo collegarmi con i miei via FaceTime.» Rapido, agita il telecomando e spegne la musica.

Recupera l'iPad dal bancone della cucina, lo apre, angola lo schermo in modo che dall'altra parte non mi si veda e si mette in posizione. Ci mette un secolo a sistemarsi sullo sgabello, vuole che i suoi abbiano la miglior visuale possibile, e finalmente fa partire la chiamata.

Lo squillo tremolante di FaceTime trilla nel locale. Suona e suona mentre Sebastian resta seduto dritto, cercando la giusta angolazione del volto, sistemando senza sosta i capelli. I suoi non rispondono. Mi si chiude lo stomaco. Non sono sicura di volere che lo facciano. Non sono sicura di voler parlare con loro così, la prima volta, mezza ubriaca e da usurpatrice di case. Ora che ci penso, lo sapranno che sono qui? Gli squilli continuano. Sebastian interrompe il collegamento. Ci riprova. Alla fine chiude tutto con un sospiro profondo.

«Accidenti! Niente, vado in giardino e li chiamo al cellulare, almeno lì il 4G prende. Qui dentro la ricezione internet fa schifo.» Fa una pausa. «Tu resta al caldo.»

Afferra il giubbotto e scivola fuori dalla porta di servizio. Ferma davanti all'acquaio, lo osservo attraverso la finestra della cucina. Estrae il cellulare di tasca, preme un tasto di chiamata rapida. Fa su e giù per il giardino volgendomi la schiena. Ce l'ha fatta. Ci sta parlando. Continua a passeggiare e intanto chiacchiera tutto beato. Devono essere molto uniti: ha un sacco di cose da raccontare. Ride, sorride, annuisce con vigore. Parlano per un secolo. Finalmente la conversazione termina e Sebastian rientra, si sfila il giubbotto e viene ad abbracciarmi.

«Si stanno divertendo?» gli chiedo.

«Eccome. Alla grande.»

Ha un tono eccessivamente allegro. Compensa troppo. Perché gli mancano? Perché sono tanto spesso lontani?

«Cosa stanno combinando?»

«Si rilassano sulla spiaggia.»

«Pensavo che prima andassero al santuario degli elefanti.»

«No, quello è la settimana prossima» replica sporgendosi a baciarmi.

«Devo avere capito male.»

«Ti mandano un saluto.»

Un pugno mi stringe il cuore. Gli ha parlato di me? Sanno che sono qui? Che sono la sua ragazza? L'amore della sua vita?

«Magari potrei parlarci, la prossima volta che chiamano?» chiedo guardandolo negli occhi.

«Magari.» Lo sguardo gli si fa più intenso. «Magari» sussurra.

Il pugno intorno al cuore si apre, e il battito riparte. O forse questi presunti saluti sono una menzogna?

«Natale insieme da soli, non potrebbe essere più perfetto» mi bisbiglia Sebastian.

Mi stringe di nuovo a sé, premendomi la testa contro il torace come fossi un bene prezioso. Mi fa correre la mano tra i capelli. Tuffo gli occhi nei suoi. Sono increspati in un sorriso, mi dicono che andrà tutto bene.

Ci scoliamo un'altra bottiglia di champagne, ci facciamo due pasticche di ecstasy a testa, e una riga di cocaina. Ed è arrivata l'ora di mettere in forno la pizza di Natale. La pizza di Natale. Una specialità del panificio qui vicino. Ci siamo andati ieri. Crosta spessa. Uno strato di pomodoro, basilico e mozzarella, e sopra tacchino e polpettine. Anche un pizzico di dragoncello, ci ha detto il fornaio. Venti minuti di cottura a casa e tombola. Altro che tutto il casino che tira in piedi mamma per il pranzo di Natale.

Pizza e champagne al tavolo della cucina. La pizza è un po' unta, nuota nell'olio rosso di pomodoro, ma il secco dello champagne bilancia tutto. Gli occhi di Sebastian bilanciano tutto. Ci rolliamo una canna e ce la fumiamo. Quando è ora del discorso della regina, fatico a sentirla. A vederla. Cita alcuni successi ottenuti l'anno passato dalla Gran Bretagna, e Sebastian e io scoppiamo a ridere. Ci sganasciamo come pazzi. Ci rotoliamo a terra dalle risate. Poi Sebastian rotola su di me, mi inchioda le mani sopra la testa e mi bacia con forza. Tanto forte che sembra mi stia mordendo. Chiudo la bocca. Giro la testa.

«Smettila. Ho la nausea, dopo quella pizza.»

Non mi ascolta. Mi sta sfilando le mutandine.

«Piantala, Seb. Non mi sento bene.»

Non risponde. Continua ad abbassarmi gli slip, imperterrito. Cerco di respingerlo ma è molto più forte di me, mi dibatto a vuoto. Mi spalanca le gambe con un ginocchio e mi affonda dentro, come se fosse in trance. Come se non sapesse chi sono, né gliene fregasse niente. Come se non potesse fermarsi.

Non l'ho mai visto così. Mi sento a disagio. Mi sta facendo male. Ho l'impressione di essere lì lì per vomitare. Viene in fretta. Sollevata che sia finita, lo caccio via. Corro in bagno e do di stomaco. Le piastrelle mi assediano, mi si stanno chiudendo intorno. Allungo la mano a toccarle. Scivolano indietro. E poi cominciano a ruotarmi intorno. Il mondo diventa nero.

Mi sveglio la mattina successiva fra lenzuola di cotone egiziano. Per un istante non so dove mi trovo. Poi ricordo. Natale a casa di Sebastian. Pizza unta. Sebastian dentro di me. Io che rimetto nel bagno. Dopo questo, buio assoluto.

Ma lui non c'è. Dov'è? Non dorme al mio fianco. Nell'istante stesso in cui mi tiro su a sedere domandandomi dove sia finito, eccolo entrare in camera con il vassoio della colazione. Caffè, croissant e una rosellina rossa. Appoggia il vassoio sul comodino e si china a baciarmi. Un bacio dolce, tenero.

«Mi dispiace tantissimo per ieri. Giuro che d'ora in poi ci andrò piano con le droghe. Ti amo tantissimo, Zara. Non succederà più, promesso.»

54

Sebastian

Ieri con Zara ho passato il segno. La amo, Jude. La amo tantissimo. Il tempo si ferma quando è tra le mie braccia. Di solito vengo inghiottito da una calma meravigliosa. Non sarò mai più rude con lei. Ero strafatto. Mi ero dovuto drogare per riuscire a tirare avanti. La vigilia era tornato l'incubo.

Ero in autostrada, alla guida sulla corsia veloce, i Kaiser Chiefs che rimbombavano dallo stereo. L'autoarticolato. Ci viene incontro al rallentatore. Metà velocità. Un quarto. Quasi si ferma. Con lentezza infinita, si mangia l'aiuola spartitraffico. Ruote enormi divorano il metallo, lo inghiottono. Io siedo incantato. Paralizzato. Non riesco a parlare. Non riesco a muovermi. Dita bloccate sul volante, inutili, immobili. L'autotreno investe la vettura. L'auto sbanda. Sapore di panico e bile mentre perdo la presa sul volante.

Quante volte sarò condannato a rivivere l'accaduto? È una tortura, Jude. La mattina di Natale mi sveglio tremante, in un bagno di sudore freddo. Prendo una pasticca di ecstasy non appena entro in bagno, un'altra appena prima di pranzo. Nel corso della giornata sniffo coca a più riprese. Per smorzare il dolore, per tirare avanti. Nel primo pomeriggio mi sento ottimista, agguerrito, invincibile, inarrestabile. Disperatamente bisognoso di sfogarmi, di mettere un punto. Così esaltato e su di giri che neanche riesco a fermarmi e a prendermi cura della donna che amo.

PRESENTE

55

Natale. Questa mattina si sente così male che preme il pulsante d'emergenza nella cella. Si manifesta un secondino, che chiama immediatamente la sua ascoltatrice.

Dieci minuti dopo sopraggiunge la dolce Jane Noble. Lei non è neppure uscita dal letto. I suoi piedi non hanno sfiorato il pavimento. Jane avvicina una sedia alla branda e ci si accomoda, la scruta attenta. Lei ha il viso gonfio di lacrime. Capelli unti, arruffati, scarmigliati.

«Brutta giornata, eh?» le domanda piano l'altra.

Lei le afferra la mano, le lacrime che le solcano il viso. «*Brutta* non ci si avvicina neanche. Non sono sicura di riuscire a superarla.»

«Il Natale è sempre brutto. Ma alla fin fine è un giorno. Bisogna superare un solo giorno. Puoi, e ce la farai» la rassicura Jane.

E in qualche modo ce la fa. Supera la giornata. Fa la doccia, si veste. In qualche modo tira avanti. In qualche modo resta in vita. Guarda fuori dalla finestra della cella. Giornata grigia. Acquerugiola altrettanto grigia. Tempo che ti sputa in faccia.

Puoi, e ce la farai. Puoi, e ce la farai. Cammina lungo il corridoio con le altre detenute, dirette in mensa per il pranzo. Prende il suo vassoio e si siede, l'odore del tacchino stracotto e grasso le dà la nausea. Seduta nella mensa di un carcere, a pranzare alle undici e trenta del mattino così che il personale possa tornare a casa presto, le detenute di nuovo rinchiuse per benino nelle rispettive celle.

Sposta qua e là per il piatto un boccone di tacchino rinsecchito. Non parla con le vicine di tavola. Non è neppure del tutto consapevole della loro presenza. Non presta orecchio alle carole. Finché non partono gli Slade: la colonna sonora del Natale con Sebastian. La mente torna indietro. All'anno precedente. Lo stomaco si rivolta. Sebastian, Sebastian. Perché non vieni a trovarmi? Non vuoi neppure parlarmi, ora.

PASSATO

56

Miranda

Ultimo dell'anno. Scendi dal treno e ti tuffi tra le mie braccia, Zara. Ti tengo stretta a me. Profumi di rose e violette. Sei magra, fragile. Al punto che temo di spezzarti in due se ci metto troppo entusiasmo.

«Mi sei mancata tantissimo, Zara. A stare qui senza te intorno, mi è sembrato di vivere in un cimitero.»

«Anche tu mi sei mancata, Miranda.»

Sebastian ti segue poco convinto, prova ad abbagliarmi con il suo sorriso ma non gli riesce molto bene, e comunque io evito il suo sguardo. Si avvicina appena tu e io ci stacchiamo e mi abbraccia.

«Ti sono mancato anche io?» mi sussurra nell'orecchio. Sento il calore del suo respiro sulla pelle.

Mi irrigidisco e mi affranco dalla sua stretta.

Per essere dicembre, è una giornata tiepida. Prendendoci a braccetto, tu e io ci avviamo verso Heathfield Close. Sebastian ti si appende all'altro braccio. Lancia occhiate imperiose a destra e a manca, conficca lo sguardo dentro le finestre di ogni casa, senza remore. Uno sguardo maligno, che non risparmia nulla. I passanti. Le auto parcheggiate.

«Ah, la meraviglia dei sobborghi residenziali» commenta con una smorfia compiaciuta.

«Cos'hanno che non va?» gli domando.

«Troppo provinciali. Retrogradi.»

«Eh, perché il tuo quartiere invece è all'avanguardia e pieno di vita, vero? Tossici e pistoleri...»

«Be', almeno abbiamo la musica. I Beatles hanno esordito alla Colston Hall, ci hanno suonato pure gli Stones.»

«Sta' zitto, Sebastian. Lo sanno tutti che i Beatles sono di Liverpool.»

«Piantatela di bisticciare, voi due. Siamo quasi a casa» ci sgrida Zara mentre svoltiamo l'ultimo angolo e arriviamo a Heathfield Close. Ecco il faggio. Ecco le case dai giardini curati, bordati di siepi e cespugli frondosi.

Sebastian continua a osservare la nostra cittadina natale girando la testa qua e là con aria altezzosa, come se fosse superiore a tutto quanto. È qui da meno di dieci minuti e già è riuscito a irritarmi.

Mamma viene ad aprire con le mani sporche di farina, indossa uno dei suoi grembiuli preferiti. Quello di denim, di Jamie Oliver. Non appena ti inquadra, scoppia di felicità. Si pulisce le mani sul grembiule e ti cinge in un abbraccio vigoroso. Poi si stacca da te e porge rigida la mano a Sebastian.

«Piacere di conoscerti.»

«Vieni, Sebastian, ti mostro la stanza degli ospiti» lo inviti tu con un cenno di quella tua testa dall'acconciatura sempre più irregolare, fatta di ciocche tagliate col rasoio in una foggia insensata. Prendendogli la mano, lo trascini in casa.

Ti segue di sopra divorando le scale con entusiasmo, due gradini alla volta. Io seguo la mamma in cucina, dove è a metà della preparazione del suo piatto forte, boeuf bourguignon, il suo aroma affumicato che satura l'intera casa.

«Pensi che gli piacerà?» mi domanda.

«Probabilmente pensa che mangiare carne sia da snob.»

«Dai, Miranda, dimmi la verità: ti piace o no questo ragazzo?»

«Di solito, sì» mento. «Ma non tanto quanto piace a Zara.»

57

Zara

È bello essere di nuovo con la mia famigliola. Un ultimo dell'anno formale, cenone a lume di candela in sala da pranzo, solo noi quattro. Mamma ce l'ha messa tutta. Tovagliette argentate, calici d'argento, posate d'argento. Salmone affumicato, boeuf bourguignon, fragole e panna. Champagne e chablis. Rioja e sauternes. I concerti di Mozart per corno e orchestra, i suoi preferiti, che strombettano allegramente in sottofondo. Dietro la musica, però, c'è un silenzio sinistro. Nessuno parla granché.

«Com'è stato il Natale senza di me?» vi chiedo.

Tu e mamma vi scambiate un'occhiata.

«Piacevole» risponde lei, lo sguardo vacuo.

«Un festone dall'inizio alla fine» aggiungi tu.

58

Miranda

Cenone di Capodanno a lume di candela. Si direbbe intimo, affettuoso, e invece la conversazione è stentata. Mamma, che di solito chiacchiera fin troppo, sembra imbarazzata e nervosa davanti a Sebastian.

«I tuoi cosa fanno questa sera, Sebastian?» si informa dopo un po'.

«Sono partiti insieme.»

«Ah, sì? Per dove?»

«Destinazione segreta.»

«Ma guarda, che cosa romantica.» Mamma fa una pausa. «È stata una sorpresa da parte di tuo padre?»

«Forse. Io non c'ero. Non saprei.»

Non si parla più dei suoi fino al termine della cena, dopo le fragole con panna. Allora ecco che all'improvviso sei tu a tornare sull'argomento, Zara.

«I tuoi viaggiano parecchio, vero, Sebastian?»

Lui non risponde. Si agita un po' sulla sedia, come fosse a disagio.

«Voglio dire, abbiamo avuto casa tua tutta per noi per l'intero periodo natalizio» continui imperterrita.

«È una casa grande, vero? Non vi siete sentiti un po' soli?» interviene mamma cambiando discorso. Avrei preferito che non l'avesse fatto. Volevo proprio sentire cosa aveva da dire Sebastian.

Tu lo stai guardando fisso, lo sguardo incatenato al suo. «Non mi sento mai sola quando sto con Sebastian.»

Dio, Zara, che leccate. Piaggeria allo stato puro. È davvero quello che pensi? Natale in una casa senz'anima, con l'orrendo Sebastian. Come hai fatto a ridurti così?

«E tu, Sebastian?» insiste mamma. «Ti sono mancati i tuoi genitori?»

Lui si schiarisce la gola, si stringe nelle spalle. «Be', ci sono abituato. Viaggiano parecchio. L'hanno sempre fatto. Lo faranno sempre.»

Mamma e io ci guardiamo di sfuggita. Lei è sempre stata presente per noi. Trova difficile capire dei genitori che non fanno lo stesso. Alza il calice.

«In tal caso brindiamo ai tuoi genitori, ovunque siano al momento.» La voce è tesa.

Ci uniamo tutti al brindisi. «Ai genitori di Sebastian.»

Gli strani genitori di Sebastian. Sono stufa marcia di sentirli nominare. Tiriamo quasi mezzanotte parlando sempre meno, e finalmente, quando mancano cinque minuti all'ora X, stappo lo champagne e ne verso per tutti. Un minuto. Zara, fai il conto alla rovescia ricorrendo all'iPhone. E a quel punto ci prendiamo tutti per mano, ci mettiamo in cerchio e barcolliamo per il soggiorno cercando di ricordare le parole del *Valzer delle candele*. Come sempre, mamma ha gli occhi lucidi.

Finita la canzone di rito, mamma e io ci abbracciamo. Bacetto rapido sulla guancia. Zara, tu e Sebastian siete vicino all'albero di Natale, incollati, pomiciate. Mi stacco dalla mamma e, calice in mano, vi osservo. Le tue labbra, Zara, premute avidamente sulle sue. La sua mano destra che ti sfiora scherzosa il fondoschiena. Ti scolli, recuperi la flûte di champagne. Vai alla televisione, prendi il telecomando e Jools Holland invade la stanza.

Esulti. «Adoro il suo programma!» Ti metti comoda.

«Come può piacerti questo vecchiume?»

Per una volta, mi trovo d'accordo con Sebastian. Eppure si vede che i più la pensano come te, è sempre in onda.

«Zitto, Seb. Non rovinarmi il momento.» Hai il riso nella voce. «Lo guardo tutti gli anni.»

Come se non lo sapessi. Con un sospiro interiore mi avvicino alla porta d'ingresso ed esco, bicchiere in mano. L'aria di mezzanotte è fredda, limpida. La luna piena, sfavillante. Guardando le stelle, ricordo una storia bellissima che mi hanno raccontato tempo fa. In Africa c'è un villaggio in cui ogni bambino riceve il nome di una stella. Poi ogni sera controllano gli astri, e quando a brillare di più è il loro, significa che il giorno successivo avranno l'onore e l'onere di andare a prendere l'acqua per tutti.

Sento scattare la serratura. Mi giro. Sebastian mi ha seguita. Mi raggiunge e mi prende tra le braccia, tanto in fretta che neanche lo fermo, sono lenta a reagire. Troppo alcol, immagino. E poi cerca di baciarmi un'altra volta. Furibonda, serro le labbra e mi irrigidisco. Mi divincolo, riesco a liberarmi. Rientro sbattendo la porta.

La televisione è ancora accesa. Una jazz band suona a tutto volume un vecchio motivo che non conosco, di fronte a loro Jools Holland batte il piede a tempo. Gli occhi sullo schermo, tu e mamma vi state gustando le ultime gocce di champagne.

Con un rapido: «Felice anno nuovo», mi fiondo su per le scale più in fretta che posso.

Scivolo tra le lenzuola, il bacio rubato di Sebastian che ancora mi brucia sulle labbra. Rimango lì a occhi aperti, imponendomi di fare dei respiri profondi. Di rilassarmi. Il sonno striscia verso di me. Sono mezza addormentata quando la porta si spalanca, entra qualcuno. Salto fuori dal letto e accendo la luce. Sebastian. Che si imbeve della mia nudità. I seni. Il monte di Venere, depilato con cura.

«Vattene, Sebastian. Fuori. Di. Qui!»

59

Sebastian

Pensi che la stia spaventando, Jude? Pensi che questo la allontanerà da me? Anche questa volta ha quasi contraccambiato il mio bacio. Mi vuole davvero. È solo che ancora non lo sa.

PRESENTE

60

«Le ho portato un regalo di Natale in ritardo» dice Theo Gregson. «Mi dispiace ma non me l'hanno lasciato incartare.»

Le porge un maglione di cachemire. Viola scuro. Morbidissimo.

«Oh, Theo, grazie. Non avrebbe dovuto.»

Le rivolge quel suo sorriso sincero, affettuoso. «Sì, invece. Mi auguro la tiri un po' su. Ne sta passando tante.»

Lei se lo porta al viso per goderne la consistenza, ci si tuffa dentro. Quando torna ad alzare lo sguardo lui la sta osservando, gli occhi tanto dolci da straziarle il cuore.

«Non potrò mai ringraziarla abbastanza.» Si alza e gli si avvicina. Muore dalla voglia di abbracciarlo per esprimergli tutta la sua riconoscenza. Comportarsi come una persona normale, non come una detenuta. Anche lui si alza, le si avvicina. Lei si ferma appena in tempo. Si guardano, gli occhi allacciati.

«Non mi è permesso abbracciarla, vero?»

Gli occhi di Theo si illuminano di piacere. «Sfortunatamente, no. I secondini ci guardano attraverso la finestrella.» Le sorride. Lei gli sorride di rimando. «Ma non è necessario. Bastano le parole. Volevo solo darle un regalo che dicesse *Forza, ce la farà*.» Fa una pausa. «La buona notizia è che le hanno assegnato il suo patrocinante personale.»

Il sorriso di lei svanisce. Si sente mancare. «Ma ho già lei, Theo.»

«È un processo per omicidio. È un suo diritto, sono tenuti a farlo.»

Tornano a sedersi ai soliti posti, il tavolo a separarli.

«Anche se io non lo voglio?»

«Sì. Devono offrirle la migliore difesa possibile, e questo significa un patrocinante della Corona.» È rigido ora, misura le parole.

«Ma Theo, io mi fido di *lei*.»

«Io ci sarò ancora. Però avrà *anche* un patrocinante. È meglio così, mi creda.»

Dire che è sconvolta è un eufemismo. Si sente svuotata. La fiducia che ripone in Theo è ardente, immensa.

«Verrà ancora a trovarmi?» Ormai è quasi in lacrime.

«Ma certo! Tra l'altro, al momento il patrocinante è impegnato su un altro caso. Ci siamo già accordati: per i colloqui continuerò a venire io.»

La tensione nelle spalle si scioglie e lei esala un sospiro di sollievo. «Allora va bene. Grazie.»

PASSATO

61

Zara

Di nuovo all'università dopo le vacanze di Natale. Sono al settimo cielo. Voti magnifici in tutte le tesine, il corso di fotografia più pazzesco della storia. È uno dei più quotati in tutta la nazione, stando alla *Guida ai migliori atenei* che ho trovato in biblioteca. Allora, sono una grande sì o no?

Ma ciò di cui vado più fiera è che ho chiuso del tutto con l'autolesionismo. Non è stato facile. Ci sono riuscita grazie all'aiuto del mio terapeuta e di Sebastian. Più giorni passano dall'ultima volta, più diventa semplice.

A volte mi succede ancora di svegliarmi con il desiderio di farlo. E allora la giornata è segnata, la voglia non mi molla. A volte mi succede anche nei giorni buoni, all'improvviso, senza un motivo, magari sono lì che aspetto l'autobus per il college oppure sto andando al supermercato, e zac, ci penso. I tagli. Lo sfogo. Il piacere che provavo. Allora mi impongo di distrarmi, mi concentro su qualcos'altro che mi faccia sentire bene. Chiudo gli occhi e penso a Sebastian che dice che mi ama. Oppure penso all'ultima volta che l'abbiamo fatto. La sensazione di averlo dentro di me.

Ieri sera, appena prima di mettermi a dormire (Sebastian era andato a casa sua per qualche giorno), il bisogno di tagliarmi era così forte che ho pianto. Sono rimasta a guardarmi nello specchio a figura intera che abbiamo in camera, domandandomi cosa veda Seb in me. Cosa c'è da amare? Miranda, tu non fai altro che ripetermi che sono bellissima. Che invidi da morire il mio aspetto. Ma com'è possibile? Tu sei così tenebrosa, sensuale, calda. Come puoi invidiarmi dei lineamenti tanto ordinari? Ho sempre avuto molti più uomini di te, ma solo perché sono più amichevole. Gli uomini adorano le donne aperte. Ci si sentono a loro agio. Ma non hai visto come guardano te? Perfino il mio adorato Sebastian, a volte. Anche se si affretta sempre a distogliere lo sguardo.

Perciò stavo lì a osservarmi, e pensavo che sto mettendo su un po' di ciccia. Ultimamente sto cercando di mangiare il meno possibile, giusto quello che serve per sopravvivere. I piatti pronti più ipocalorici del super. A volte riesco a tirare persino con giusto qualche cucchiaiata di quel tuo cibo da conigli, Miranda. Ciò nonostante, ho ancora i seni troppo grossi e la cellulite. Chili di pelle a buccia d'arancia, ho l'interno coscia tappezzato. Se ho già tutta questa cellulite a trent'anni, come diventerò ora dei sessanta? Potrò farmi vedere solo a Halloween?

Ero lì che guardavo tutta quella schifezza al riflesso della luce cruda del bagno e la tempestavo di ditate, quando mi ha preso una gran voglia di acchiappare una lametta e fare qualcosa che mi facesse stare meglio. Molto meglio. Tagliarne via una bella fetta. Il dolore sarebbe stato pazzesco. Che sollievo, sapere di avere finalmente fatto qualcosa per quella cavolo di cellulite. Il mio corpo si merita una punizione. Mi sarei sentita esaltata dalla mia audacia, dal coraggio.

Ma non l'ho fatto. E sono davvero fiera di me. Non vedo l'ora che torni Sebastian per raccontarglielo. Mi avrebbe fatto malissimo. Mi farebbe male ancora adesso. Avrei tagliato a fondo. Un taglio grossolano. Ci sarebbe voluto un secolo per fermare l'emorragia, e mi avrebbe bruciato da pazzi disinfettare la ferita. Ci avrei messo la pomata antisettica, pregando che andasse tutto bene.

Credo che avrei avuto bisogno di un medico. E quando

un'autolesionista va dal medico non è mai una bella cosa. Ti guardano con aria condiscendente, superiore, e ti consigliano di andare da un terapeuta. Se gli dici di pensare ai cazzi loro e che comunque già ne stai vedendo uno, è probabile che ti spediscano a un corso sulla gestione della rabbia, dopo di che scrivono qualcosa di negativo e compromettente sulla tua cartella clinica. Quindi, ecco un altro motivo per cui sono felice di non averlo fatto.

E adesso posso dire che oggi è stata una giornata buona. Una giornata ottima, una giornata perfetta. Fin dalla partenza. Ti ho trovata in cucina, Miranda, e ci siamo fatte quattro risate prendendo il caffè. Poi sono andata alla fermata dell'autobus, camminando immersa nel sole di gennaio. Giovane, felice e innamorata. Avevo lezione solo al mattino, quindi sto già tornando a casa. Tu sei ancora al lavoro, avrò l'appartamento tutto per me. Devo pensare al prossimo progetto per il corso. L'ultimo, quello che da solo vale metà del voto dell'anno.

Nell'ultimo tratto di strada, i miei passi riecheggiano sull'acciottolato del bel viale curato che porta ad Harbourside, e a casa nostra. Infilo la chiave ed entro.

Oggi il nostro bellissimo appartamento è un vero casino. Mi parla della nostra vita. Dell'intreccio del nostro amore. Lattine di birra vuote e bicchieri con sedimenti di vino. Piatti sporchi nell'acquaio. Ceste del bucato che straripano. Il nostro letto sfatto. Non è più un appartamento, ma un'installazione di Tracey Emin. Oggi la nostra casa rappresenta l'urgenza, l'impeto, la passione del nostro amore.

Ci sono tornata da sola di proposito. Ci trascorro pochissimo tempo da sola. Ho bisogno di un po' di tranquillità per buttare giù il progetto per il corso. Mi rollo una canna. La accendo e mi butto sul letto. Inspiro. Trattengo. Trattengo. Trattengo, con gli occhi chiusi. Li apro mentre espiro.

Il mio prossimo progetto riguarderà gli elementi. Lo voglio potente. Deve racchiudere la forza, l'energia dell'universo. La luna. Il vento. I flutti. Il cielo. Un altro tiro. Trattengo più a lungo, questa volta. Ripenso alle vacanze in famiglia. Tu e io, Miranda, che ci teniamo per mano e corriamo incontro all'acqua. Saltiamo sulle onde, ridiamo. Eccolo! Miranda, mi hai aiutata a trovare il mio progetto. La forza del mare.

62

Miranda

Le parole di Anastasia mi riecheggiano in testa, anche se ormai è passato qualche mese.

«La scelta è semplice. O lavori con Sebastian, o te ne vai.»

La mia mente le distorce, le mescola. O lavori con Sebastian o te ne vai. Prima di andartene, creagli casini. Prima di creargli casini, vattene. Lavoro. Casini. Andare.

Non posso creargli casini sul lavoro, perciò lo farò a casa. Sabato mattina. A casa da sola. Sebastian è andato a fare jogging. Zara ha fatto un salto da Costa a prendere il caffè. Entro in camera loro. Dio, che macello. Una distesa di panni sporchi. Il cestino che straripa di rifiuti. Un fiume di lattine di birra si snoda sul comodino.

Guado il disastro e recupero il computer di Sebastian dal ripiano della cassettiera. Siedo sul letto e lo apro. Minimo tempo. Massimo danno. Download. Download.

Download completato.

63

Zara

Seduta a letto, mi gusto il latte macchiato che ho preso da Costa. È una bomba. Sabato mattina. Una pigra giornata di beatitudine mi si srotola davanti. Il laptop di Sebastian è qui accanto a me. Prima le cose importanti: è ora di rimettermi in pari con il blog del *Daily Mail*. Pettegolezzi sulle star, i miei preferiti. Ho sentito qualche voce su Tom Hiddleston e Taylor Swift, devo controllare. Magari al termine del corso potrei prendere in considerazione l'idea di darmi alle foto dei VIP di tanto in tanto, per arrotondare.

Mi porto vicino il computer e lo apro, digito la password. Non faccio in tempo ad arrivare al gossip e al glamour, però. Vengo bersagliata da immagini di corpi nudi che ci danno dentro, pompano, ansimano. Gemiti orgasmici. Capezzoli rosei. Sudore e orifizi. Non lo sopporto. Spengo. Ho appena abbassato lo schermo quando ecco rientrare Sebastian, rosso in faccia dopo il jogging.

«Che succede?» mi domanda.

Torno ad aprire il computer e lo riaccendo, il porno riparte. Tre uomini sopra una donna. Si direbbe uno stupro di gruppo. Mi dà la nausea. Letteralmente. Mi sento il vomito in bocca, lo ricaccio giù a forza.

«Guarda qui» rispondo mostrandogli lo schermo del Mac.

Lo fissa cinereo, scuote la testa. «Non sono stato io. Io non scarico di questa roba.» Gli occhi sputano lampi rabbiosi. «È disgustoso. Non le guardo queste schifezze.»

«Ah, no? E quali guardi?»

Gli occhi restano saldi. «Non ne guardo, punto. Non sono stato io.»

«E allora chi?»

Gli occhi si scuriscono. «Di nuovo quella stronza di tua sorella, immagino.»

64

Zara

Giornate buone. Giornate cattive. Giornate buone. Giornate cattive. Al momento ci sono più giornate buone che cattive. Parlare quotidianamente via Skype con il mio psicoterapeuta aiuta. Anche Sebastian aiuta, più di tutto. È stato lui ad allontanarmi dall'orlo del precipizio.

Quattro del mattino o giù di lì. Lo capisco da come mi sento. Ho molta più energia che alle quattro del pomeriggio. I miei ritmi circadiani sono fuori sincrono rispetto a quelli del resto del mondo. Sebastian dorme al mio fianco. Sento il suo respiro regolare, e in sottofondo lo scroscio costante della pioggia che si rovescia dal cielo. Sono qui che la ascolto tranquilla, ed eccolo arrivare. Quello cui non riesco a sfuggire. Il desiderio di tagliarmi. Un malessere che mi pulsa dentro. Torno a stendermi e gli permetto di precipitare a cascata dentro il mio corpo. Se resto calma, passerà.

E invece questa notte non passa. Calcio via le coperte e mi dirigo in bagno a passi felpati, mi spruzzo un po' d'acqua fresca in viso. Forse una tisana sarebbe d'aiuto. Mamma adora le tisane. Pensando a quanto ci rimarrebbe male se mi vedesse così irrequieta, costretta a mettercela tutta per non cedere, entro nella cucina a vista e metto su il bollitore. Nel silenzio della notte, il suo sibilo sembra una sirena. Quando raggiunge l'apice verso l'acqua sulla bustina, sprigiona un delicato sentore di limone e zenzero. Ed eccoti, Miranda, tutta preoccupata. Indossi la vaporosa vestaglia gialla che ti ha regalato mamma, e le pantofole di lana che ti sei comprata al mercato.

«Che succede?»

Mi porto un dito alle labbra. «*Sstt.* Non svegliare Sebastian!»

Ti avvicini.

«Cosa succede, Zara? Che ci fai in piedi nel cuore della notte?»

«Sto chiudendo una volta per tutte con l'autolesionismo. A volte mi rende insonne.»

Mi fissi a bocca aperta.

«Ti va una tazza di tisana?» propongo. Forse come mamma, come me, anche tu subisci l'effetto calmante di una tisana, te ne lasci distrarre. Sembri parecchio tesa pure tu.

«Dunque la soluzione è una tisana?» Mi rivolgi un sorriso divertito, altezzoso, quasi.

Io ti adoro, Miranda, davvero, ma non quando fai la superiore. Sei sempre stata tu quella intelligente. Sul serio, non è necessario che tu aggiunga la spocchia al tuo repertorio. Non ti si addice. Lasciala perdere, ti prego.

Il tuo sorriso si allenta, diventa più ampio. Ciao ciao arroganza.

Verso una tazza anche a te e ci sediamo l'una accanto all'altra sul divano, sorseggiando. Il divano è sfondato al centro, ci spinge vicine. La mia coscia si addossa alla tua.

Mi guardi negli occhi. «Sono tanto felice che tu abbia smesso con i tagli, Zara! Come hai trovato la forza?»

«Sebastian.»

Ti irrigidisci e distogli lo sguardo.

PRESENTE

65

«Visita legale» annuncia il secondino – Sam – andando a prenderla. «È ora di conoscere il tuo patrocinante.»

In cuor suo, lei sospira. Non vuole un patrocinante. Vuole Theo. Nessun patrocinante, per quanto esperto, potrà mai badare a lei meglio di Theo Gregson.

Sam la accompagna lungo i corridoi tortuosi che portano alla sala colloqui. Pareti bianche. Metallo. Niente luce naturale. Zero finestre. Sam è in là con gli anni, barba grigia, probabilmente vicino alla pensione. Ha una voce forte, però, più del corpo, e ha sempre una parola gentile e un sorriso.

«Vuol dire che manca poco al processo, giusto?» le chiede.

«Un paio di mesi» replica lei mordicchiandosi il labbro nervosa.

«Quindi un paio di mesi e sarai libera.»

A quelle parole il cuore le salta in gola. Possibile? Tornare ad avere una vita, niente più porte che le si richiudono alle spalle. Una vita in cui è lei ad avere il controllo.

Libera.

Sam bussa alla porta della sala colloqui ed entrano insieme, poi lui rivolge un cenno ai presenti e si ritira, lasciandola sola con il patrocinante e il suo bel difensore-rockstar. Theo la saluta con fare incoraggiante. È elegante, oggi. Lindo e azzimato, gli occhi color miele che la guardano luminosi.

Il suo patrocinante è *una* patrocinante. Siede al centro del tavolo, di fianco a Theo. Sui quaranta, zigomi scolpiti, bei lineamenti. Ricorda un po' la biondina degli Abba ai tempi d'oro. A pensarci bene tutti i suoi avvocati somigliano un po' a dei cantanti. Theo, la rockstar stile Roger Daltrey. E il signor Mimms? No, i suoi occhi esausti non le ricordano nessuno di vagamente famoso. La mente le si svuota.

«Sarah Little, patrocinante» la presenta Theo tutto allegro.

Sarah si alza e si allunga sopra il tavolo per stringerle la mano. «Piacere di conoscerla.»

«Vorrei poter dire lo stesso. Avrei gradito di più se ci fossimo conosciute in circostanze diverse.»

«Certo non posso fargliene una colpa.» La voce di Sarah è decisa, le consonanti schioccano rapide, risolute.

La patrocinante le rivolge un sorriso lento e prolungato eppure contenuto, riservato. Non raggiunge il resto del volto. Indossa un tailleur azzurro-Margaret Thatcher che le sta a pennello. Calze bianche. Décolleté nere. Unghie e viso perfettamente curati. Quella che sua madre definisce eleganza impeccabile.

«Ci tenevo a incontrarla.» Pausa. «Theo mi ha detto che avrebbe preferito avere solo lui a rappresentarla, se fosse stato possibile.» Altra pausa. Altro sorriso tirato. «Non la biasimo per avere un'alta opinione di Theo: anche secondo me è bravissimo. Però sarò io a rappresentarla in tribunale, perché è ciò per cui ho studiato e su cui ho fatto pratica. Lui continuerà a essere il suo referente nella fase preparatoria, e le assicuro che durante il processo mi baserò su quanto avrà raccolto Theo.» Tace di nuovo. «Vedrà, andrà tutto a gonfie vele.»

«Lo spero. Lo spero proprio.» La sua voce rimbomba nella stanza, querula, lamentosa.

Sarah getta uno sguardo all'orologio, e proprio allora il suo iPhone manda un ronzio. Si scusa con un sorriso. «Perdonatemi, devo andare.»

Esce, il tailleur perfetto che le accarezza il corpo perfetto. Gambe affusolate. Ginocchia ben definite. Leggiadra. Aggraziata. Calma. Importante. Sarah Little. Impegnata e importante.

«Ci vediamo in tribunale» si congeda in tono spensierato, quasi avessero appuntamento in un pub o in un ristorante. Quasi che incontrare un patrocinante in tribunale sia perfettamente normale.

Ed ecco che Sarah Little è sparita, lasciando nella sala colloqui un poco di sé. La sua concretezza. La sua sicurezza. Il suo profumo di gardenia.

Scende un silenzio rilassato.

Dopo un po', Theo prende la parola. «Sarah è davvero brava. Sa quello che fa. E io sono sempre qui per lei, non lo dimentichi.»

Lei sente la vibrazione del suo respiro. Il calore del suo sorriso. E la morsa che le stringe lo stomaco si allenta un po'.

PASSATO

66

Zara

In questo umido mercoledì sera, tocca a me cucinare. Per una volta, cucino *davvero*. Niente di elaborato, eh, solo una ricettina che ho visto alla BBC: pasta al forno con formaggio e prosciutto. Eppure persino un piatto tanto semplice, per una persona come me che non si è mai interessata di faccende casalinghe, ha richiesto parecchi preparativi e pianificazione. Adesso la teglia è in forno e i profumi del formaggio e dell'aglio che si sprigionano nell'appartamento fanno tanto "nido". Forse dovrei darmi più di frequente a questa cosa dell'angelo della casa. Per accompagnare il cibo ho preso anche diverse bottiglie di Rioja, andranno benissimo con la nostra cena a base di formaggio e prosciutto.

Sento la chiave girare nella serratura e sei tu, Miranda, capelli e cappotto fradici di pioggia. Hai un'aria abbacchiata. Depressa.

«Che succede?»

Mi rivolgi un sorriso zoppicante. «Niente.» Silenzio. «A parte la pioggia.» Ti liberi del cappotto e lo appendi nell'ingresso. Sospiri. «Sono solo stanca. Ho lavorato come un mulo. Sto litigando con la stesura di un documento.»

Certo la contabilità è di una noia mortale, non mi meraviglia che tu sia tanto stressata! Penso al mio progetto sul mare e il cuore mi si riempie di gioia.

«Dov'è Sebastian? Non è ancora tornato?» mi chiedi.

«Non lo so.» Sorrido e faccio spallucce. «Non è una mia proprietà.»

«Pensavo di sì.»

Hai un tono secco. Ce l'hai sempre, quando parliamo di Sebastian. So che devo stare calma. Un giorno imparerai a convivere con il fatto che sono innamorata.

Si sentono dei passi sul marciapiede. Una chiave nella serratura. Ed eccolo, ancora più fradicio di te. La pioggia si dev'essere infittita.

Mi rivolge un sorrisone, mi si avvicina, mi prende tra le braccia e mi bacia. La pioggia che ha sui capelli e sul giubbotto mi si rovescia sulla pelle, solleticandola. Se lo sfila, è talmente zuppo che va ad appenderlo in bagno e solo dopo viene a sedersi a tavola. Accanto a te, Miranda.

«Ehilà. Buonasera.» Protendendosi, ti scocca due baci sulle guance.

Ti osservo sussultare quando ti sfiora, evitare il suo sguardo. A lui piace attrarre a sé il prossimo. Tu lo respingi.

Porto a tavola la terrina e la piazzo al centro. Se ne sta lì tutta fumante sul nostro minuscolo tavolino dell'Ikea. Faccio le porzioni intanto che Sebastian stappa il vino e ne versa un bicchiere a testa.

«Alla salute!» Facciamo tintinnare i calici. Eppure, nonostante tutti i miei sforzi culinari l'atmosfera è mogia. Migliora un pelo quando attacchiamo cibo e alcol. Almeno la ricetta sta avendo successo. Spero che anche le mie novità contribuiscano a risollevare gli umori.

«Il mio progetto sul mare è stato premiato» annuncio rabboccando i bicchieri. «Mi finanziano il video.»

Sebastian sorride. Sembra davvero felice per me. Ti guardo.

«Wow!» Hai gli occhi che sfavillano. Contenti, ma non sorpresi. Mi dicono che hai sempre creduto in me.

«Questo fine settimana andrò a Weston-super-Mare, devo iniziare a lavorarci.»

«Stupendo! Posso venire anch'io? Ho proprio voglia di cambiare un po' aria» dice Sebastian.

Appoggiando la mano sulla sua, scuoto lentamente il capo. «Mi dispiace, amore mio. Mi distrarresti troppo. È solo un fine settimana. Dovrai restare a casa.»

67

Miranda

Dopo la tua appetitosa pasta al forno, Zara, Sebastian va al pub a farsi una pinta, lasciandoci sole a caricare la lavastoviglie. Prendo un respiro profondo.

«Secondo te a Sebastian scoccerebbe molto restituirmi la chiave dell'appartamento mentre tu non ci sei?» chiedo con tutta la noncuranza che riesco a mettere insieme. Peccato che la mia voce non risulti per niente noncurante. È tesa, tirata. Smetti di riordinare le tazze sulla mensola e ti volti a guardarmi.

«Perché? Starò via solo due giorni.»

Sono a disagio, sposto il peso dal piede destro al sinistro, sono in difficoltà. Altro respiro profondo.

«È che non mi va proprio che stia qui mentre tu sei via.»

Reagisci come se ti avessi dato un pugno. O ti avessi ferita con una lama. Ti irrigidisci. Sgrani gli occhi.

«Pensavo fosse nostro amico.» Mi appoggi una mano sul braccio. Rovesci lo sguardo dorato nel mio. «Miranda, per me è importante che si senta parte della famiglia.» Hai gli occhi lucidi. «Non escluderlo. Perché sei così scontrosa con lui? Non riusciamo a capirlo, ci turba.» Ti asciughi gli occhi. «Lo amo tantissimo. Non remargli contro *di nuovo*, ti prego.»

68

Zara

Il fine settimana successivo, Sebastian mi accompagna a prendere il treno e mi aiuta a riporre nella cappelliera tutta la pesantissima attrezzatura che mi devo portare appresso.

«Sicura di farcela, all'arrivo?» chiede preoccupato, gli occhi colmi d'amore.

«Ma certo. Vedrai che qualcuno mi darà una mano a tirarli giù. E dopo prenderò un taxi, quindi nessun problema.»

Gli occhi sono ancora incollati ai miei. «Mi mancherai, Zara.»

«È solo per il fine settimana. Mi mancherai anche tu, ma girare questo video è un'occasione davvero grande.»

«Lo so. In bocca al lupo.»

Si china a baciarmi, la lingua che si avvita intorno alla mia. Mi eccito. E poi se ne va, saturando il corridoio del vagone con le sue spalle ampie e i glutei tonici fasciati dai jeans.

Mentre il treno si allontana, lasciandolo sulla banchina con te, Miranda, mi sento scuotere dalla passione del suo bacio.

69

Miranda

Venerdì sera, dopo il lavoro. Ti accompagniamo alla stazione di Bristol Temple Meads, Zara. Sei pronta a partire per il tuo fine settimana di filmati, gravata da una pletora di aggeggi fotografici e video. Così tanti che neanche riesci a montare sul treno. Ti deve aiutare Sebastian, che sale a bordo con te e scende appena in tempo, proprio mentre il capotreno soffia nel fischietto.

Partita tu, Seb torna verso di me sfoderando il solito sorriso generoso. Osserviamo insieme il treno che si allontana. Oddio, mi sento male.

«Liberi per un intero fine settimana. Cosa facciamo?» Tutto allegro, Seb mi cinge le spalle con un braccio. Mi irrigidisco. Il suo tocco mi brucia.

Scendiamo i gradini, diretti all'uscita, il suo braccio sempre sulle mie spalle.

Lo scrollo via con delicatezza. «In realtà, io trascorrerò il grosso del fine settimana a lavorare.»

«Non hai tempo neanche per una bevuta al volo al pub, ora? Mi farebbe proprio piacere un po' di compagnia.» Fa una pausa strategica. «Zara ci tiene moltissimo che diventiamo amici, lo sai. Giusto un bicchiere?»

Le tue lacrime mi perseguitano, Zara, e così cedo, pur sapendo di agire contro ogni buon senso. «E va bene. Un drink veloce.»

Andiamo da Roebuck. Sebastian prende una pinta, io un gin tonic. Sembra più secco del solito, mi graffia la lingua. Condividiamo un sacchetto gigante di patatine al formaggio e cipolla, aprendolo del tutto e piazzandolo al centro, sul tavolino.

Il pub pulsa della classica allegria del venerdì sera. Un'atmosfera che di solito mi perdo, lavorando sempre fino a tardi. Un mondo fatto di voci alte e risate. Di persone contente di ritrovarsi. Di persone che si divertono. Qui seduta con Sebastian, però, non mi sento per niente partecipe di questa atmosfera. Non so cosa dirgli. Il suo continuo provarci con me dietro le tue spalle mi rende molto, *molto* nervosa. Non riesco a capire cosa lo spinga a farlo. Per quanto amoreggi con me, infatti, quando sta con te sembra totalmente preso.

«Ha smesso di tagliarsi» mi dice.

«Lo so.»

Inarca le sopracciglia. Sembra sorpreso. «Ma allora te l'ha detto?»

«Certo.»

Un sorriso malizioso. «Ti racconta proprio tutto?»

«Non direi. Nessuno racconta mai tutto a nessuno.» Prendo un altro sorso del mio cocktail. È talmente amaro che trasalisco. «Ma sono felicissima che abbia smesso. Me ne sono preoccupata per anni.»

Sebastian tuffa gli occhi nei miei. «Tu l'hai mai fatto? Tagliarti, intendo.»

«No.»

«Mai stata tentata di provarci?»

«No. Non è che i gemelli vogliano sempre le stesse cose.»

«Come fai a saperlo se non ci provi?»

«Non vogliamo neppure *provare* le stesse cose.»

I suoi occhi sono come buchi neri, cercano di fagocitarmi e annientarmi.

«Peccato.»

Il battito del cuore mi rimbomba in ogni recesso. Scolo quel che resta del gin e sbatto il bicchiere sul tavolino. «Grazie del drink, Sebastian, ma adesso devo proprio andare a casa. Devo sbrigare qualche faccenda.»

Mi alzo, infilo il cappotto ma mi gira la testa. Torno a sedermi.

«Problemi?» domanda sollecito. «Ti senti male?»

Lo guardo. Il suo viso non ne vuol sapere di stare fermo. Mi rendo conto di avere bisogno di stare seduta qualche altro minuto prima di potermi incamminare.

«Vuoi che ti porti un altro gin tonic?»

«No, no, grazie.» Ho già bevuto abbastanza.

«Qualcosa di analcolico, magari? Non so, un'acqua tonica?»

Mi arrendo. «D'accordo, grazie.»

Mi lascia e si dirige al bancone. Lo osservo attraversare il locale, sereno, i capelli folti e ondulati, la falcata sicura. Mi gira un po' la testa. A parte quello, però, finalmente inizio a sentirmi rilassata e felice. Forse, dopo tutto, appartenere alla folla del venerdì è divertente. Forse uscire è piacevole. Osservo i gruppi che chiacchierano qua e là. Cominciano a sembrarmi luminosi, interessanti. Seb torna con un'altra pinta di birra per sé e un'acqua tonica per me. E un altro sacchetto di patatine al formaggio e cipolla.

«Grazie.»

Ci spazzoliamo le patatine in due secondi. Alla faccia dei cibi sani. Alla fine ho una gran sete, e l'acqua tonica va giù che è un piacere. A quel punto, Sebastian propone di tornare a casa. Adesso non mi va più di lasciare il calduccio del pub, ma mi costringo ad alzarmi. Domani mi aspetta un sacco di lavoro. Meglio andare.

Per strada mi prende a braccetto, e io glielo lascio fare. Mi sembra un gesto abbastanza platonico. Arrivati all'appartamento, apre lui. Io entro, lui mi segue. Continua a girarmi la testa, perciò mi avvio subito verso la camera da letto. L'idea è di chiudermi a chiave e buonanotte al secchio. Voglio dormire per una vagonata di ore.

E invece non è destino. Sebastian mi prende tra le braccia e mi bacia. La sua lingua nella mia bocca. E, per una volta, la cosa non mi disturba. È piacevole. Gli restituisco il bacio mentre ci avviciniamo al mio letto. Mi sta spogliando. E io glielo sto lasciando fare. E poi rimango lì distesa, le braccia sopra la testa, nuda, a guardarlo mentre si sveste. Prima toglie le scarpe e i calzini. Poi i jeans aderenti, se li sbuccia di dosso rivelando gambe muscolose e un lungo serpente tatuato. Poi la maglietta. E da ultimi i boxer. È peloso. Sono ammaliata dal suo corpo nudo. È tenebroso, bruno. Misterioso. Rimane fermo a guardarmi, in piena erezione.

«Bene. Bene» sussurra. «Sono pronto per te. Ora vediamo di fare in modo che anche tu sia pronta per me.»

Mi è sopra, mi bacia, mi fa guizzare la lingua sulla pelle. Lungo la gola, sui seni, mordendo, stuzzicando i capezzoli.

Fa con calma. Mi gira. Mi prende da dietro. Procede per gradi, godendosi ogni affondo, ogni stoccata, dapprima gentile e poi via via più incalzante. Mi afferra la mano, se la porta ai testicoli, mi invita a stringerli. Ha il respiro sempre più accelerato, l'inguine che spinge sempre più veloce. Di colpo mi grugnisce nell'orecchio e poi basta.

È finita.

Sono esausta, e confusa. Non capisco bene se l'ho sognato o se è successo davvero. Mi accoccolo vicino a lui, con l'impressione che il mio corpo non sia il mio corpo ma una marionetta azionata dall'esterno. A notte fonda mi sveglio stretta fra le sue braccia. Gli osservo il viso, infantile nel sonno, e non riesco a credere a quel che ho fatto. Sto tremando. Mi sento male.

Scivolo fuori dal letto e attraverso l'appartamento a passi felpati, diretta alla doccia. Resto a lungo sotto il getto bollente, per disinfettarmi, per togliermi di dosso il suo profumo. Non voglio solo dimenticare l'accaduto, voglio farlo svanire. Evaporare. Voglio che non ricapiti mai più.

Mi avvolgo in un asciugamano e sgattaiolo furtiva in camera per recuperare i miei abiti, possibilmente senza svegliarlo. Ho bisogno di allontanarmi. Di stare da sola. Di piangere. Di pensare. Ma lui è sveglio, la luce accesa, disteso sopra le coperte, nudo, di nuovo eretto.

«Oggi non sei più *faccia di ghiaccio*, eh?» mi accoglie.

«*Faccia di ghiaccio*? È così che mi chiami?»

Non risponde. Il sorriso si allarga. Temo che scoppierò a piangere. Mi vergogno da morire. Da morire.

«Ho commesso un terribile errore, Sebastian. Non avrei proprio dovuto farlo.»

«Mi sembrava che gradissi.»

«Che abbia gradito o meno non è rilevante. È un piacere che rischia di causare moltissimo dolore.»

«Senza sofferenza, non c'è ricompensa.»

«Non dire banalità. Ho commesso un errore. Mi dispiace. Non voglio avere una relazione con te.»

«E come pensi di riuscirci, visto che sei tanto attratta da me?»

«Non preoccuparti, ce la farò.»

Rovescia la testa all'indietro e scoppia a ridere. «Vieni qui, dolce Miranda. Facciamolo di nuovo.»

«No.»

Scende dal letto e mi raggiunge. Mi sfila l'asciugamano e mi attira a sé. Mi irrigidisco. Oppongo resistenza, ricorro a tutta la mia forza per allontanarlo.

«No, Sebastian. No.»

«Eppure prima lo volevi, eh? Accidenti se lo volevi.»

Non voglio che me lo ricordi. Voglio levarmelo dalla testa. Non pensarci mai più. Cerco di conficcargli un gomito nel costato.

«Ti ho detto di no, Sebastian.»

Ma lui è molto più forte di me. Mi sopraffà. Mi spinge a faccia ingiù sul letto, la bocca schiacciata contro la coperta, quasi non riesco a respirare. Mi blocca a forza le braccia dietro la schiena, stringe forte, mi ha praticamente immobilizzata. Sono curva sul bordo del materasso, esposta, i glutei sollevati.

Non posso fermarlo. Non posso proteggermi. Immagino di essere ancora bagnata da prima, perché entra facilmente. Questa volta però fa male. Molto male. Un dolore lancinante alle pareti della vagina. Un dolore lancinante che temo non passerà mai.

70

Zara

All'arrivo a Weston-super-Mare nessuno mi aiuta con la montagna di attrezzatura che mi serve per girare il video, ma ce la faccio lo stesso. Me la carico tutta sulla spalla destra e zoppico giù dal treno. Appena smonto vengo avvolta dall'effluvio del mare. Quell'odore. Il dolce, penetrante, salmastro odore degli oceani. Gli stridi dei gabbiani. Tanto acuti. Tanto magici.

Il taxi fa lo slalom per le stradine caotiche che corrono dietro il lungomare. Per ora la cittadina mi sembra un cocktail di Bath e Bristol: infilare in uno shaker, agitare, miscelare e *tà-dà*! Una curva di dimore in arenaria molto eleganti e armoniose, molto georgiane. Una sfilza dopo l'altra di agio edoardiano, pratico, pietra chiara a lastroni e cornici delle finestre in arenaria crema. Solidità e comodità immerse nel profumo e nel sapore del mare.

Arrivo in albergo, mollo i bagagli, prendo una cinepresa piccola e vado dritta al mare. Mi sono lasciata conquistare troppo in fretta dall'architettura di Weston, ora quella brutale del lungomare è una delusione profonda. Troppo vittoriana. Grandeur delirante. Sfrontata, implacabile. Narra storie di un'altra era, rifiutandosi di ammettere che la vita è andata avanti. Edifici artefatti. È come se volessero fingere che l'esistenza allora era migliore, quando ormai sappiamo benissimo che per la maggior parte della gente era di gran lunga peggio. E davanti a tutto ciò il molo, un affare puntuto che spezza malamente la curva della baia. È talmente buio che mentre mi allontano vedo solo il profilo della sua mole orrenda che luccica tra un lampione e l'altro. Scendo in spiaggia e volto le spalle a quel mostro. Non più limitata dalla vista di tanto bruttume, avanzo verso l'acqua. Mare nero che ribolle e si gonfia al chiaro di luna.

Siedo sulla sabbia, sulla battigia, e sfodero la cinecamera. Guardo le onde attraverso le lenti. Le ascolto frangersi sulla rena, sono così ammaliata che non rientro in albergo. Aspetto di vedere l'alba irrompere all'orizzonte. Lunghe dita arancioni screziate di rosso. Il sole sorge del tutto, tondo come un tuorlo d'uovo, inzuppa il mondo della sua chiara luce mattutina. Un mare d'ebano tramutato in giacinto merlettato. Azzurro ghiaccio.

Ho freddo. Muoio di fame, ma ancora non mi muovo. Le onde mi parlano di persistenza. Di eternità. Di amore. Di libertà. Della mia libertà dai tagli.

71

Miranda

Mi grugnisce nell'orecchio come un maiale sgozzato, sembra lo stiano scannando mentre arriva all'orgasmo. Il vomito mi sale in bocca, lo ricaccio giù. Lui si sfila. Il dolore lancinante aumenta ancora. È quasi insopportabile. Non mi muovo, anche se con la testa conficcata nella coperta respiro a stento. Non reggo l'idea di sollevarla e vederlo. Lo sento muoversi qua e là. Immagino stia recuperando i vestiti. Cosa starà pensando? Sarà compiaciuto di se stesso? La porta si apre e si richiude. Ora che se n'è andato riesco a muovere la testa per tornare a respirare.

Rimango stesa lì, anestetizzata dallo shock, per quelle che sembrano ore. Anche quando tutto il calore corporeo mi abbandona, resto lì a tremare ripensando all'accaduto. A quello che lui mi ha fatto. A quello che io ho fatto. Inebetita per secoli, finché una vocina nella mia mente inizia a chiamarmi. Una voce che mi dice di muovermi. *Non permettergli di distruggerti. Allontanati da lui. Vai in un albergo per il fine settimana. Allontanati da lui. Mettiti al sicuro.*

Perciò mi costringo ad alzarmi, pur sentendomi debole, ed ecco che ripartono le stilettate tra le gambe. Riesco a pescare qualche capo pulito, mi vesto. Non sopporto l'idea di rimettere gli abiti che avevo prima, quelli che ci siamo strappati di dosso all'inizio. Li lascio sul pavimento, là dove sono caduti.

Infilo qualche indumento sparso e qualche effetto personale nello zaino, insieme al computer, al cellulare e a un paio di libri. Piano piano striscio fuori dall'appartamento, senza sentirlo. Senza vederlo.

È l'alba. Le sei del mattino. Non c'è in giro nessuno. Un gatto si rintana nelle ombre tra i cassonetti. Un taxi solitario passa veloce in fondo alla strada. Giro l'angolo e mi dirigo all'hotel Ibis. Penso a te, Zara, tanto elettrizzata per il tuo progetto, ignara di quanto accaduto in tua assenza. Nel mio cuore parte un urlo. Ti voglio bene, Zara. Mi dispiace. Mi dispiace tantissimo per quello che ho fatto.

Arrivo all'albergo, premo il cicalino sulla porta e un giovane e pallido portiere notturno mi fa entrare.

«Avete una stanza?» mi informo. «Da prendere ora» aggiungo.

«Orario strano» commenta lui.

Lo fisso senza sorridere. Digita un po' sulla tastiera, consulta lo schermo.

«È fortunata, ne ho ancora una. Di solito il fine settimana siamo pieni. Qualcuno ha disdetto all'ultimo minuto.» Sempre con gli occhi incollati allo schermo, aggrotta la fronte. «Prendendola a quest'ora, deve pagare per due notti. Offerta speciale: centoventi sterline.»

Centoventi sterline per sfuggire a Sebastian per il resto del fine settimana. Economico. Gli porgo la carta di credito, la striscia.

«Stanza 107. Usi l'ascensore sulla sinistra per arrivare al primo piano.»

Gli rivolgo un sorriso esangue.

«Grazie.»

Continua a fissarmi, probabilmente si sta chiedendo perché mai sono arrivata a quest'ora, da sola. E se sono sotto l'effetto di qualche stupefacente, o ubriaca. Troppo persa per rientrare a casa dopo una notte brava in qualche locale. Lasciamo che pensi quello che vuole. *Non mi importa*, mi dico. Ma la verità è che invece mi importa eccome. Detesto il modo in cui mi sta guardando. Detesto che mi giudichi. So che gli occhi mi si stanno colmando di lacrime. Devo deglutire con forza per ricacciarle indietro. Il dolore tra le gambe è sempre più forte. Trasalisco. Do le spalle al portiere e mi dirigo lentamente verso l'ascensore, ma i suoi occhi mi seguono, mi trafiggono, non vedo l'ora di liberarmene.

La stanza è pulita e splendente, cortese e asettica. Il suo anonimato mi imbozzola, facendomi sentire un po' meglio. Un po' meglio perché sono lontana da lui, un po' meglio perché mi trovo finalmente al sicuro. Un po' meglio perché sono lontana dalla scena del crimine. Entro in doccia e mi ustiono con acqua rovente, per la seconda volta in poche ore. Poi mi asciugo e scivolo nel mio letto impersonale. Nessun odore. Nessun profumo. Nessun ricordo. Ma non funziona. Non riesco a dormire. Non riesco a dimenticare.

«No. No!» dico.

«Lo sai che intendi sì. Sai che mi vuoi.»

Ora del mattino non so più se sono sveglia o dormo. Sveglia o addormentata che sia, un nastro continua a scorrermi in testa. Il suono del suo orgasmo. Il sapore del mio vomito. La tua espressione, Zara, mentre gli prendi la mano. Ora del mattino mi rendo conto che devo procurarmi la pillola del giorno dopo.

72

Zara

Un fine settimana perfetto, interamente da sola. Sono sorpresa di essermelo goduta così tanto. Di quanto la compagnia di me stessa mi abbia fatto stare in pace. Essere sola mi ha concesso il tempo di sgombrare la mente e concentrarmi sul mio progetto.

Pur euforica, il sabato mattina ero stanca e congelata dopo aver trascorso tutta la notte in piedi, a filmare l'oscurità e quell'alba caleidoscopica, perciò sono stata ben contenta di tornarmene all'hotel. Sono arrivata giusto in tempo per la colazione. Non che sia riuscita a mangiare molto, ero troppo su di giri per la mia esperienza creativa. Però ho riempito cervello e stomaco di caffè bollente, per riscaldarmi, e a quel punto mi sono accoccolata nel letto più comodo in cui sia mai entrata, e ho dormito sodo come una bimba.

Dopo circa quattro ore mi sono svegliata perfettamente riposata e sono tornata in spiaggia. Stessa routine. Ignorando l'architettura vittoriana, mi sono seduta sulla battigia e ho filmato l'acqua. Questa volta niente notte in bianco, però. Senza le mie anfetamine (le avevo lasciate a casa) non ce la faccio a reggere due nottate di fila.

Perciò il sabato sera mi sono presa una pausa dall'arte. Patatine sul lungomare. Un lungomare che stavo cominciando a gradire. Mi sono sentita più incline a lasciarmi ammaliare dalla sua sbiadita grandeur. Chissà come, non mi sembrava più tanto brutale. Due passi sulla marina, la testa bassa per proteggermi dal vento. Quindi un calice di vino rosso e televisione, in camera.

Domenica, altro pieno di mare.

Ora sono sul treno che mi riporta a casa. Non vedo l'ora di raccontare tutto a Sebastian. Non vedo l'ora di stare con te, Miranda. Il treno taglia la campagna, tracciando un solco arido in mezzo a sfumature di verde. E io sono felice, consapevole che essere un'artista è lo scopo della mia vita, ciò che farò per il resto dell'esistenza.

«Prossima stazione Bristol Temple Meads» annuncia l'altoparlante.

Raduno borse e borsoni e aspetto in fondo alla carrozza. I freni stridono. Il convoglio rallenta, si ferma. La persona che ho davanti apre la porta. Barcollo giù. Sebastian è qui. Mi raggiunge. Mi bacia. Si fa carico del mio armamentario.

«Com'è andata?» si informa.

«Pazzesco! Indescrivibile, giuro, una favola. Non vedo l'ora di raccontarvi tutto.»

«Ecco, dovrai accontentarti di me.»

«Miranda non c'è?» Lo guardo speranzosa. «È uscita con qualcuno?»

«È a letto con l'influenza. È stata via tutto il fine settimana. Abbiamo bevuto qualcosa insieme venerdì sera, poi è sparita. Non so dove.»

«Ha conosciuto qualcuno?»

«Non saprei. Non che me lo direbbe. So solo che è rientrata poco fa ed è andata dritta a letto dicendo di avere l'impressione di essersi beccata l'influenza.»

«Poveraccia. Vado a controllarla appena rientriamo.»

«Fossi in te, non mi avvicinerei. Non vorrai prendertela anche tu.» Fa una pausa. «Le ho preparato una tisana di multivitaminico, gliel'ho portata prima di uscire.»

«Tu le porti l'integratore antinfluenzale e io neanche posso avvicinarmi? Cos'è questa storia?»

«Dai, Zara. Lo sai che ultimamente è strana.»

73

Miranda

Seduta nel nostro salotto, sul divano in pelle marrone, ti tengo la mano. Oppressa dal senso di colpa per quel che è successo tra me e Sebastian.

Non riesco a capirlo.

Non l'ho mai trovato attraente.

Mi sento strana. Letargica, distante. Assente. E ora pure piena di vergogna. Non sopporto di soffermarmi su quel che è successo la seconda volta che mi ha penetrato. È un incubo che continua a ripetersi nella mia mente. Un incubo da cui non posso scappare.

Mi mostri il primo girato del tuo filmato. Lo vediamo sullo schermo del televisore, hai collegato il computer. È bellissimo. Se fossi in me, ne sarei avvinta. Ma oggi non riesce a distogliermi dalle preoccupazioni. Ti guardo, persa nel tuo video. Il mare di notte. L'intensità. L'oscurità. Quando ti vedo completamente immersa nella bellezza dorata dell'alba sul mare, per un istante ti invidio. Sei talmente presa, viva. Subito però l'invidia si cristallizza in dispiacere per te, mentre i miei pensieri tornano al tuo ragazzo.

«Sei strana da quando sono andata via. Cos'è successo?» mi chiedi.

Taccio, gli occhi inchiodati allo schermo. Un'altra onda mi si precipita incontro.

«Non pensi sia il caso di vedere un medico? Magari sei solo un po' esaurita» insisti.

«*Sstt*, Zara. Lasciami gustare il tuo filmato, è magnifico.»

«Oh, non credere di cavartela così facilmente. Piuttosto ti fisso io stessa l'appuntamento.»

Mi prendi di nuovo la mano, la stringi. Ti protendi su di me, mi baci la guancia.

Seduta alla scrivania, in ufficio, cerco di lavorare. Non riesco a concentrarmi. A volte mi domando perché mai ho deciso di diventare una contabile. Molti anni fa, quando ancora ero una studentessa di matematica, ero elettrizzata dalla complessità intellettuale della materia, dalla sfida. Il mio lavoro, invece, dista anni luce dalla matematica teoretica che tanto amavo. È noioso. Piatto. In questi giorni, poi, l'insonnia me lo rende ancora più ostico. I numeri di fronte a me sono privi di significato, dissociati.

Mi vibra il cellulare. Sei tu, Zara. Un messaggio.

Sono qui fuori. Vieni subito.

Ti rispondo (*Okay*) e mi alzo con un sospiro. Anastasia non sarà felice di vedermi lasciare l'ufficio a metà giornata. Ma in fondo, visto come mi sento al momento nei confronti del lavoro – di tutto quanto –, chi se ne frega.

Ti trovo ad aspettarmi sul marciapiede, avviluppata nel cappotto nuovo che hai acquistato con Sebastian. Un cappotto-coperta, ti fa sembrare una hippy.

«Su, muoviti» mi incalzi. «Forza, veloce. Ti ho preso un appuntamento.»

«Un appuntamento?»

«Con la nostra dottoressa.»

Mando un gemito.

«Niente storie. Ti avevo detto che l'avrei fatto. E la vedrai, punto.»

«Quando?»

«Tra dieci minuti. Qualcuno ha disdetto. E vengo con te, non pensare di scamparla.»

«D'accordo, d'accordo. Devo mandare un messaggio alla capa, però, per dirle che ho un appuntamento urgente dal medico. Non avrà obiezioni, immagino.»

Scrivo, e Anastasia risponde subito.

Va bene. Grazie per avermi avvisata.

Educata, la signorina Sudbury. Suppongo che me la farà pagare dopo. Dovrò mettermi sotto fino alle ore piccole. È una giornata fredda. Sole pallido. Il primo sentore di primavera nell'aria. Mi prendi a braccetto e insieme affrontiamo la passeggiata di cinque minuti per raggiungere l'ambulatorio.

Ci sediamo vicine, la sala d'attesa è piena di persone che tossiscono e scatarrano. Persone che si ignorano a vicenda, che fissano le pareti. Che giocherellano con l'iPhone. Mi unisco a quel moderno rituale senza fine e prendo a trafficare con il mio.

Nessuna email nuova. Niente di che su Facebook. La home di Twitter si aggiorna di continuo come sempre, un sacco di commenti banali da parte di persone che non conosco. Il feed della BBC: niente di particolare neanche lì. Qualcosa di orrendo in Siria. Del resto, sta *sempre* succedendo qualcosa di orrendo in Siria. Sequenze di un'esplosione, edifici distrutti che mi vengono incontro da un altro mondo, completamente estraneo al mio.

Dopo quella che sembra un'eternità, la dottoressa chiama il mio nome.

Mi alzo. Mi imiti.

«No, Zara, entro da sola.»

La preoccupazione ti accartoccia il viso. «Sicura di non volermi?»

«Sì. Sì, grazie, ma davvero, preferisco così.»

Fai spallucce e torni a sederti. Percorrere il corridoio è come fluttuare nello spazio. Non riesco a credere di essere da un medico. Era ora. So che avrei dovuto farlo prima, ma proprio non sono riuscita a impormelo. Suppongo di non aver voluto ammettere l'accaduto, nemmeno con me stessa. Busso alla porta.

«Avanti» risponde la voce tintinnante della dottoressa Dale.

La sala visite ha pareti grigie e tendine arancioni. Una donna con un maglione di cachemire rosa che fa a pugni con il colore delle tende mi fissa dalla sedia girevole. Ha un sorriso che gronda comprensione. Un sorriso che mi fa sentire a disagio. Sembra artificioso. Si allarga troppo sul viso.

«Mi dica, cosa posso fare per lei?»

Non rispondo. Mi siedo. Ho cambiato idea. Non sarei dovuta venire. Cosa avevo in testa? Quel che è successo è privato. Appartiene solo a Sebastian e me. Sono seduta sull'orlo di un baratro, e rischio di precipitarci. Si protende verso di me, non sorride più.

«Si sente bene?»

Continuo a non aprire bocca. In realtà ci provo, ma le labbra non si muovono.

«La prego, parli. Non abbia paura di sconvolgermi, può affrontare anche gli argomenti più delicati» aggiunge. «Ho sentito di tutto.»

Il silenzio è solido. Concreto. Un muro. Da qualche parte lì dietro, sento uscire la mia voce. «Cosa le fa pensare che il mio problema sia *delicato*?»

«È solo che mi sembra titubante.» Si abbandona contro lo schienale, si mette a braccia conserte. «Mi metta alla prova. Non mordo. Con il mio lavoro, non c'è niente che non abbia sentito o visto.»

«D'accordo.» Prendo un respiro profondo. «Ho un bruciore fortissimo tra le gambe.»

Inarca appena le sopracciglia. «Da quando?»

«Qualche giorno.»

Prende una penna e si tira più vicino il taccuino. «Fa male quando urina?»

«No.»

«Allora quando lo avverte? È continuo?»

«No, va e viene. Non riesco a capire a cosa sia dovuto.»

Prende qualche appunto, quindi mi guarda. «Le dispiace se la visito?»

Rispondo di no, ma mi dispiace. Mi dispiace eccome. Dopo quel che è successo, le mie parti intime sono fonte di grande imbarazzo. Sono gonfie, violate. Brutte. Mi sento andare a fuoco, e di colpo mi rendo conto che sto arrossendo.

La dottoressa mi guarda con occhi dolci. Si alza da dietro la scrivania, prende uno strappo nuovo dal rotolone di carta appeso al muro e lo sistema con cura sul lettino.

«Può rimanere vestita, basta che sfili i collant e le mutandine. Poi si metta qui.»

Mi avvicino al lettino. Lei trasforma la zona in una sorta di cubicolo tirandogli intorno una tendina, ed esce per lasciarmi un po' di privacy. Abbasso i collant con mani tremanti. E vengo catapultata indietro nel tempo. Siamo sul mio letto. Lui mi sta spogliando. Mi abbassa gli slip. Io piango. Le lacrime mi rigano le guance.

Una volta che mutandine e calze sono arrotolate in una palla nella mia borsa, mi metto più o meno in posizione.

«Pronta» le urlo da dietro la tendina.

La dottoressa ricompare con un paio di sottili guanti in lattice e quel suo sorriso così spaventosamente non rassicurante. Ha uno speculum nella mano destra, e una piccola torcia sulla testa. La guardo avvicinarsi e ho un brivido.

«Deve allargare le gambe, Miranda.»

Lui mi sopraffà. Mi spinge la faccia sul letto, mi schiaccia la bocca sulla coperta con tanta forza che non riesco a respirare. Mi blocca le braccia dietro la schiena per impedirmi di muovermi.

«Accidenti se lo volevi!» dice rovesciando indietro la testa e scoppiando a ridere.

Stringo fortissimo le cosce, le ginocchia incollate. Le lacrime mi inondano il viso. Lo so perché sento il sale in bocca. La dottoressa mi appoggia una mano sul ginocchio.

«Per favore, Miranda. Prometto di non farle male.»

Mi concentro. Chiudo gli occhi. Piano piano, schiudo le gambe.

«Le faccio un tampone, giusto per essere sicure che non ci sia un'infezione» dice la dottoressa infilandomi dentro qualcosa. Lui mi penetra da dietro. Fa male. Fa davvero male. Un dolore lancinante alle pareti della vagina. Un dolore lancinante che non passerà mai. Lei mi spinge dentro qualcosa e io lancio un urlo per il male. Si tira indietro. Lo estrae, infila il tampone nell'apposita provetta e la chiude.

«Chiedo scusa. Le ho fatto male?»

Il dolore è sempre più forte. Il mio interno è in fiamme. «Fa male. Fa malissimo.»

«Mi dispiace. Si rivesta pure, e venga alla scrivania. Ora le spiego.» Piena di riguardo, si dilegua di nuovo oltre la tendina.

Tremando e rabbrividendo, rinfilo slip e collant. Torno sulla sedia, la guardo, aspetto. Guardo lei che guarda me. Chiedendomi cosa stia pensando. Aspettando che parli.

«Miranda, lì sotto sembra tutto a posto. Non si vedono danni ai tessuti. Niente che suggerisca qualcosa che non va. Manderò il tampone al laboratorio, ma l'ho fatto più per precauzione. E voglio che mi lasci un campione di urine, per accertarci che non ci siano infezioni neppure su quel versante. Se però non le fa male quando va in bagno, è improbabile.» Tace. A lungo. Una lunga pausa meditabonda, la testa reclinata su un lato. «Mi dica, Miranda, al momento è coinvolta in una relazione sessuale?»

Faccio no con la testa e mi sforzo di ricacciare indietro i goccioloni che mi pizzicano gli occhi. Mi sta guardando troppo attentamente. Mi innervosisce. Le lacrime traboccano. Le asciugo con il fazzoletto.

«Miranda, le hanno usato violenza?»

So che dovrei dirglielo. Dovrei parlare, per proteggere altre donne. Ma non posso, non posso. Zara non lo deve scoprire. Mai.

«No, certo che no.» Continuando a tamponare le lacrime, mi alzo e mi appresto a uscire.

74

Zara

Miranda, cosa c'è che non va? Perché non vuoi parlarmene? Dove sei andata? Qui è rimasto solo il tuo guscio. Sei anemica? Diabetica? Depressa? Tra noi due sei sempre stata tu quella calma, sicura. Ora i ruoli sono invertiti. Io sono rinvigorita dalla vita universitaria. Tu, distrutta dalla contabilità. Siedo nella sala d'aspetto della nostra dottoressa, non vedo l'ora che torni da me, di sentire cosa ti ha detto. Consulto l'orologio. È già passata quasi mezz'ora. Come mai ci mettete così tanto?

Ti rivoglio, Miranda, rivoglio la tua solita te. Sebastian continua a dire che devo smettere di preoccuparmi. Secondo lui sto cercando di farti da madre surrogata.

«Non è una buona cosa che due gemelle dipendano così tanto l'una dall'altra» mi ha detto stamattina mentre usciva dal letto.

«In che senso?» Ancora mezza addormentata, mi stavo crogiolando sotto le coperte.

«L'eccessiva dipendenza finisce per essere penalizzante.»

L'asprezza del suo tono mi ha svegliata di colpo. Ho scostato il copriletto e mi sono tirata su a sedere, battendo le palpebre alla luce alogena. Stava infilando la sua veste da camera, quella a righe.

«Non capisco cosa intendi. Pensavo che il sostegno della famiglia e degli amici fossero essenziali per il benessere psicofisico. Miranda per me è famiglia *e* amici. Di fatto, finché non ho conosciuto te è stata il centro della mia vita.»

Mi ha lanciato un'occhiata sfavillante. Ha alzato le braccia al cielo e si è stretto nelle spalle. «Appunto! È proprio quello che intendo.» C'è stata una pausa. «Combinare famiglia *e* amicizia. Troppa pressione. Troppa intensità. Dovete trascorrere più tempo separate.»

È tornato verso il letto.

«Perché dici così, Seb?»

Si è seduto sul bordo del materasso, mi ha attirata a sé e mi ha abbracciata. Come sempre, ho sentito la scossa.

«Forse perché ti voglio tutta per me» ha sussurrato.

Ricaccio indietro il ricordo del suo tocco. Il suo sapore. Il suo odore. Ti vedo venire verso di me, abbacchiata, sperduta. Arrivi vicino, e mi accorgo che hai pianto di nuovo. E che stai tuttora cercando di soffocare altre lacrime. Conosco i segni rivelatori. Occhi gonfi. Chiazze rosse su tutto il viso. Stai tirando su col naso, rovisti nella borsa in cerca di un fazzoletto. Ti raggiungo e ti cingo le spalle con un braccio.

«Com'è andata?»

Non rispondi. E la mia preoccupazione schizza alle stelle.

75

Miranda

È passata una settimana. Una settimana senza cambiamenti, senza alcun miglioramento. I miei sintomi sono sempre tutti qui. Nessuna traccia dei miei precedenti livelli di concentrazione. Anche se finora non penso se ne sia accorto nessuno. A parte Sebastian, che al lavoro non fa altro che osservarmi. Deve avere notato le mie incessanti puntatine al bagno, nel tentativo di allontanarmi da lui almeno per qualche minuto, di ritrovare il controllo.

Oggi sono tornata dalla dottoressa Dale, ha i risultati degli esami. Siede con le mani allacciate su un ginocchio. Me ne sto sulla mia sedia e la fisso, in attesa che parli. Si veste bene, è un tipino elegante. Tono su tono. Cardigan color crema. Camicetta color crema. Un filo di perle crema al collo. Si protende in avanti e mi guarda attentamente. Vorrei che la piantasse, che mettesse via quegli occhi.

«Gli esami vanno bene» mi dice con una vocina acuta, cantilenante.

Non rispondo. Torna ad appoggiarsi allo schienale e incrocia le braccia ma senza mai levarmi di dosso quello sguardo acuto.

«Gli esami vanno bene» ribadisce. «Il tampone. Le urine. Le analisi del sangue. La visita.» Fa una pausa. Incrocia anche le gambe, ora. Braccia e gambe incrociate, le conferiscono un aspetto aerodinamico, ha l'aria di una che fa yoga. «Quindi. Niente infezioni. Nessun trauma. Nulla.» Un sorriso affettato, melenso.

Non dico niente.

«Non è contenta?»

Siedo in silenzio, penso e ripenso ai risultati. Continuo a sentirmi da schifo. Cosa significa?

Infine sbotto. «Ma... ma... Mi fa malissimo. Non me lo sto immaginando. C'è qualcosa che non va, e non sappiamo cosa sia. Perché dovrei essere contenta?»

Sorride. Mezzo sorriso, in realtà. Come se trovasse difficile farsi un'idea su di me.

«Perché ora siamo sicure che non ha niente di grave.»

«Sicure sicure? Davvero?»

Un cipiglio le increspa il viso. Si morde un labbro. Deglutisce. «In effetti, c'è una cosa che mi preoccupa. Ecco, Miranda... A volte questo tipo di sintomi ci dice che abbiamo davanti la vittima di uno stupro.»

«Sintomi come i miei?» Ho un tono lamentoso. Disperato.

«Esatto. Un dolore fisico reale, effettivo, come effetto del trauma psicologico. Una specie di sindrome post-traumatica.»

«Come quella dei soldati?»

«Esattamente.»

La rabbia mi deflagra dentro. Come osa questa donna fare congetture sulla mia vita privata? Non sa niente di me. Non voglio che cerchi di fare luce su quel che è successo. Non tornerò più. Sto tremando come una foglia, ovunque. Ogni tessuto, ogni tendine, ogni recesso. Falangi, falangine, falangette. Mani, piedi, labbra.

Esco mentre la dottoressa sta ancora prendendo appunti.

76

Miranda

In autostrada, in fuga da Bristol, di ritorno a Tidebury per il fine settimana. Forse vedere mamma aiuterà.

Detesto Anastasia Sudbury.

Secondo ammonimento scritto.

Ancora uno e sono fuori. Come osa. Condiscendente, viscida stronza. Il ricordo della sua voce, con le vocali esagerate e una sonorità fasulla mentre "mediava" tra me e Sebastian mi dà la nausea. Secondo ammonimento scritto perché non collaboro in maniera efficiente con lui. Stringo così tanto il volante che mi fanno male le dita.

Accendo la radio sperando di affogare il tormento nella musica classica. Ma la mente non conosce tregua. Violini lamentosi e sonori violoncelli non aiutano. Non riesco a smettere di pensare a Sebastian e a quello che mi ha fatto. Mi sento le sue mani dappertutto. Lo sento penetrarmi di nuovo. Lo sento arrivare all'orgasmo con un grugnito. Sento una lama che mi strazia le pareti del canale vaginale. Guido respirando attraverso il dolore.

Mi fermo a una stazione di servizio e resto seduta in auto, la testa tra le mani.

Di nuovo per strada, so che devo concentrarmi. È pericoloso guidare – anche sulla corsia per i veicoli lenti, incuneata tra grossi autocarri – quando la mia mente è un caleidoscopio di odio, senso di colpa e dolore.

Musica classica. Magari servirà. Quattro ore di classica dopo, finalmente arrivo a casa, a mezzanotte e mezzo.

Mamma apre la porta. Mi abbraccia e mi bacia. Varco la soglia. Vedo il nostro tappeto fantasia, il parquet, la stampa di lusso che hai scelto tanti anni fa, durante la vacanza nel Lake District. Essere a casa intensifica la tua presenza nella mia testa, Zara. Quanti, quanti ricordi condivisi. Speravo che tornare qui mi facesse sentire meglio, e invece mi sento peggio mentre sto nell'ingresso, circondata dagli echi della felicità passata.

«Vuoi un tè, un caffè?» offre mamma.

Non rispondo.

«Qualcosa di più forte, magari? Stappo una bottiglia di vino, che dici? Vado a prendere i bicchieri.»

La seguo in cucina e la osservo prelevare una bottiglia di Beaujolais Village dalla rastrelliera, stapparla.

«Cosa succede?» chiede dandomi la schiena. «Cosa ci fai qui?»

«Lo dici come se non venissi mai a trovarti.»

Si gira a guardarmi con occhi dolci. «Mi mancate entrambe, lo sai.»

E io mi fiondo da lei, la abbraccio. La stringo forte a me. La mia piccola, resiliente mamma, che ha fatto così tanto per noi, crescendoci da sola.

«Devo parlarti» mormoro.

Finisce di aprire il vino e riempie due calici. Ci accomodiamo in soggiorno. È come trovarsi in una curvatura spaziotemporale. Mamma non ha cambiato niente da quando tu e io avevamo dieci anni. Una credenza con il ripiano lastricato di fotografie nostre, dai tempi della scuola. Un vaso con dei fiori di seta che le abbiamo regalato per una festa della mamma. Prendo una lunga sorsata.

«Sto pensando di lasciare Bristol» annuncio.

Lei spalanca la bocca, mi ricorda un guppy. Per poco non sputa il vino. «Ma credevo ti piacesse, là.»

«Ho bisogno di staccare. Un nuovo inizio. Ormai ho quasi

dieci anni di esperienza nella contabilità. Potrei lavorare ovunque.»

«Ma... e Zara?»

«Non è una mia responsabilità. Lei ci sta proprio bene, lì. Adora il suo corso. Adora il suo ragazzo.» Prendo fiato. «Non ha bisogno di me.»

«*Io* ho bisogno di te. Ho bisogno che tu rimanga a Bristol per tenerla d'occhio.» La voce di mamma è flebile, lamentosa.

Mi si chiude lo stomaco. Respirare è doloroso. «Vivere con lei e Sebastian è pesante, mamma.»

«Perché?»

«Ora Zara sta meglio. Mi ignorano, tutto qui. E poi te l'ho detto. Ho bisogno di un nuovo inizio.»

Mamma si sporge verso di me. «Ma ci sei sempre stata, per tua sorella. Cos'è successo?»

«Non è successo niente.»

«Non ti credo.» Ha gli occhi sgranati per la preoccupazione. «È tardi. Hai fatto un lungo viaggio. Dormiamoci sopra, ne parleremo con più calma domattina.»

Annuisco, svuoto il bicchiere e le do un bacio. «Buonanotte, mamma.»

La familiarità della mia camera da letto mi imbozzola, facendomi sentire peggio. Voglio che il tempo torni indietro. Vorrei non essere mai andata a Bristol. Non aver mai incontrato Sebastian. Vorrei essere morta. Mi spoglio e guardo questo mio corpo, il corpo che lui ha profanato. Piango fino a addormentarmi.

Al mattino mi sveglio sprofondata in una sensazione di terrore. So che è successo qualcosa di atroce, ma non so cosa. E poi ricordo. L'ammonimento scritto. Il sesso. Lo stupro. Non appena ricordo la violenza, ecco tornare il dolore lancinante tra le gambe. Rimango sotto la doccia troppo, troppo a lungo, mi insapono, spingo il sapone dentro il mio corpo per ripulirlo da lui. Il risultato è che fa ancora più male. Con il cuore pesante, mi vesto e scendo di sotto.

Mamma è in cucina, come sempre. Il suo regno. Sta apparecchiando la tavola per la colazione.

Mi parla mentre versa la spremuta d'arancia. «Ho passato la notte in bianco, ripensando a quel che hai detto.» Tace e mi guarda. «Non puoi lasciare Bristol. Se lo fai, dovrai restituirmi la caparra che ti ho dato per l'appartamento.» Tace di nuovo, inclina la testa. «Sul serio, Miranda, voglio che tu rimanga lì, che tu ci sia per tua sorella.»

77

Sebastian

L'incubo è tornato. Facendomi urlare, facendomi sudare. Puzza di sangue, nauseante, dolciastra. Ci ruzzolo dentro, ci precipito. Mi si incolla alla pelle. Gemito di sirene. È arrivata la squadra delle emergenze al gran completo, ci accerchia come uno stormo di uccelli da preda. I vigili del fuoco. Che mi estraggono dall'auto tagliando la lamiera. La polizia, che mi sottopone all'etilometro. Vengo sollevato di peso e infilato nell'ambulanza. Diretti all'ospedale. Non so dove mi trovo. Non so quale ospedale. La mia bocca non funziona. Non posso fare domande. Non so dove stanno portando te. Volevo salutarti. Continuo a perdere conoscenza. Non ti dirò mai addio.

Mi sveglio nel reparto solventi, attaccato alle macchine, il braccio e la gamba ingessati. Fuori dalla finestra vedo un cortiletto, un'aiuola, cespugli carnosi. Sta piovendo. La prima cosa che faccio è chiedere di te, Jude, di mamma, papà, la mia famiglia. Cos'è successo? Perché non siete qui a occuparvi di me?

E poi mi ricordo. Questo incubo è la mia vita.

78

Zara

Torni dalla visita a mamma in versione tornado. Vortichi per l'appartamento come una tromba d'aria mentre rassetti. Sbatti rumorosamente in lavastoviglie i piatti che avevo lasciato nell'acquaio. Occhi di tempesta. Fronte d'uragano.

Trovo il coraggio di affrontare il tifone. «Questa sera Sebastian non c'è. Che ne dici di andare in enoteca, solo noi ragazze?»

«È andato a trovare i suoi invisibili genitori?» sbotti.

«Esatto.»

Rilasci un poco le labbra.

«Allora va bene, andiamo.»

79

Miranda

Andiamo in un'enoteca alquanto particolare nei pressi del tribunale. La tua preoccupazione per me è palpabile, e mi fa sentire anche peggio. Di certo capirai che è già abbastanza difficile dover sopportare i miei guai senza anche essere costretta a sentirmi in colpa per il pensiero che ti do, vero?

Eppure sembra tutto un po' meglio, un pelo più luminoso una volta che ci si trova in mezzo alla gente con davanti un bicchiere di vino. Alcol e artificio per allontanare il mondo. Il guizzo delle ombre create dal lume di candela. Ginocchia addossate a una vecchia botte di vino agghindata da tavolo. Una grotta sotterranea dalle mura di pietra. Per un po' va tutto bene. La realtà batte in ritirata. L'enoteca è piena di giovani professionisti usciti ora dal lavoro, le loro chiacchiere e i loro desideri aleggiano ovunque.

«Come va in ufficio?» mi chiedi.

«Non voglio parlare di lavoro» mi sento latrare.

Ti protendi sopra la botte e mi afferri una mano. Non voglio che mi tocchi, ma la lascio lì. Le tue dita sono calde tra le mie. Ti avvicini ancora un po'. I tuoi occhi ambra si frammentano, le iridi si velano.

«Cosa succede, Miranda?»

Non rispondo. Ti guardo, con quei tuoi orecchini a pendente e l'abito gitano di New Look. I capelli castano dorati, il colore dello sciroppo. La pelle brunita come una caramella mou. Così simile a mamma. Vi assomigliate come due gocce d'acqua. Sono io quella che non c'entra.

Prendo una lunga sorsata del mio vino rosso. È pesante sulla lingua. Riappoggio il bicchiere. «Sto attraversando un momentaccio.»

«Un momentaccio? Cosa hai detto a mamma? Mi ha telefonato, è preoccupata.»

«Le ho detto che voglio andarmene da Bristol.»

Sguardo penetrante, occhi sgranati. «Andartene da Bristol? Ah, be', niente di importante, allora! L'hai detto a lei e non a me?» Stridula, indignata. Scuoti la testa, quasi in lacrime.

«È che mi è piombato addosso tutto insieme, è successo mentre tu eri via.»

«Tutto cosa?»

«Tutto.» Aggrotti la fronte, sei confusa. «È stato un crescendo» aggiungo.

Ti mordi il labbro inferiore. «E dove vorresti andare?»

«Ovunque. Hong Kong. Le Cayman.» Prendo fiato. «Ovunque tranne qui.»

80
Zara

Anche se non sono religiosa, in cuor mio prego che tu non dica sul serio. Non puoi dire sul serio. Non puoi andartene.

«No. No. Ti scongiuro, non andare. Non lasciarmi, non farlo» ti imploro.

Mi protendo sopra la botte e torno ad afferrarti la mano. Stringo le dita sulle tue. Una stretta piena d'affetto. Non contraccambi. La tua mano rimane flaccida.

«Ma tu hai Sebastian. Non hai bisogno di me.» Hai un tono monocorde, da automa. La voce, e gli occhi, mi dicono che ancora non hai digerito la mia relazione.

Mi sforzo di ignorare quanto questo tuo atteggiamento mi ferisca. «Vi voglio entrambi, Miranda.»

«Non sono sicura che sia possibile, Zara.»

«Non è solo che vi *voglio* entrambi, è che *ho bisogno* di entrambi» spiego.

Non reagisci. Fissi la parete oltre le mie spalle, mi sento invisibile.

«Miranda, non posso sopportare che tu te ne vada. Ti prego, ti prego. Ho sempre avuto bisogno di te, e tu ci sei sempre stata.» Ti osservo sorbire un goccio di vino, le labbra troppo premute sul bicchiere. Stai ancora fissando il nulla, persa nei tuoi pensieri, senza di me.

«E poi stavo aspettando il momento giusto per dirtelo, ma

è importante che tu capisca quanto bene mi fa Sebastian» insisto. «Ebbene, Miranda, grazie al suo aiuto sono due mesi tondi che non mi taglio.»

Adesso mi guardi. Ho guadagnato la tua attenzione.

«Ho *davvero* bisogno di entrambi» concludo lanciandomi in un'ultima enfatica invocazione.

81
Miranda

Due mesi senza tagliarti. Per me, l'ennesima conferma che non devi assolutamente scoprire cosa è successo tra me e Sebastian. Che devo continuare a ridere alle sue battute. Ad accettare i suoi baci "platonici". Quale che sia la mia opinione su di lui, è riuscito là dove non siamo arrivate né io né mamma: ti ha aiutata a chiudere con l'autolesionismo. Devo parlargli, il prima possibile.

«Sebastian, ho pensato che potremmo andare al lavoro insieme, a piedi» gli dico la mattina successiva mentre mi preparo pane tostato e caffè.

Stiamo uscendo dall'appartamento quando mi offre il braccio. Scuoto la testa.

«Recarci al lavoro insieme non significa che dobbiamo toccarci.»

«Recarci al lavoro insieme non significa che devi essere stronza.»

Di nuovo, devo mettercela tutta per non replicare. Gli rivolgo un sorriso pallido. Sta piovendo. Una pioggia disarmonica sfrigola quando colpisce l'asfalto, tonfa quando precipita dalle grondaie intasate. La strada è un lago. Esibendosi in un sorriso compiaciuto, Sebastian mi mostra un lucido ombrello nero, enorme. Lo apre e mi attira sotto, riparandomi dalla gragnuola di gocce. Gli sono più vicina di quanto vorrei, ma se mi scosto finirò zuppa.

«Sebastian, è importante che Zara non lo scopra mai. Mai. Non deve venire a sapere di quel fine settimana.»

Inchioda gli occhi nei miei. «D'accordo, d'accordo. Datti una calmata. Non lo saprà mai. Promesso.»

82
Sebastian

Ho capito che non eri più tra noi prima ancora di vedere il tuo corpo straziato. L'ho sentito nell'istante stesso in cui è accaduto. Ti ho ucciso, Jude. Te. E mamma, e papà. Corpi slogati, incastrati. Schegge di metallo. Il tanfo carneo del sangue. Tanto sangue. Il lamento ossessionante delle sirene che dentro di me non si spegnerà mai più.

Jude. Ti voglio bene. Mi manchi. Non avevo mai creduto all'esistenza di una vita dopo la morte finché non ci hai lasciato. Adesso so che tutto il tuo amore, tutta la tua energia devono essere da qualche parte. Erano troppo intensi per svaporare nel nulla. Che tu abbia ali d'angelo e sieda su soffici nuvole, o che sia una sequenza di molecole che nuotano in un brodo primordiale di dna ad anni luce da qua, so che da qualche parte ci sei ancora, mi guardi, vegli su ogni mia mossa.

Hai visto come mi ha trattato quel poliziottino mentre ero in ospedale, ancora attaccato alle macchine? Era talmente giovane che aveva l'aria di essere scappato da scuola. Dire che era imberbe è un eufemismo. Mi è stato antipatico fin dall'istante in cui ha messo piede nella stanza. Mi si è avvicinato con un viso del tutto privo di espressione. Zero umanità. Zero empatia.

Mi sentivo particolarmente male, quel giorno. Ogni giorno mi sentivo male. È ancora così. Però alcuni sono peggio di altri. Quel mattino la schiena e le giunture mi dolevano più del solito perché l'infermiera che distribuiva le medicine era in ritardo. In testa mi sembrava di avere una salva scoppiettante di fuochi d'artificio. Mi facevano male addirittura le mandibole, i denti.

L'agente è venuto al mio capezzale. Non mi ha neppure salutato.

«La dichiaro in arresto per guida in stato di ebbrezza...»

E via, avanti con quello stupido discorsetto.

«Fanculo!» ho urlato, interrompendolo.

Ho serrato forte le mani. L'istinto mi diceva di saltare giù dal letto, prenderlo a pugni. Dargliele di santa ragione. Scaraventarlo a terra e riempirlo di calci in testa. Volevo vederlo perdere tanto sangue quanto ne avevi perso tu. Ancora attaccato alle macchine, però, non potevo muovermi. Perciò ho raccolto la saliva in bocca e gli ho sputato addosso. La saliva gli è finita in faccia. Se l'è asciugata con una mano, ha fatto un passo indietro. Ha ripetuto tutta la tiritera, ma questa volta per aggressione a pubblico ufficiale. Che coglione. Che imbecille.

«L'etilometro ha dato esito positivo, e sono state trovate anche tracce di stupefacenti nel sangue. Ci vediamo in tribunale.»

Un autoarticolato aveva fatto fuori la mia famiglia, e questo arrestava *me* per guida in stato di ebbrezza? Che cazzo di problema aveva? La rabbia mi ha liberato dalla depressione per un paio d'ore. Poi però la furia si è ridotta, e così ho raggiunto un *nuovo* livello di depressione. Un livello incontenibile.

83

Zara

«Sei ancora molto preoccupata per Miranda, vero?» indaga Sebastian sottovoce, premuroso. È mattina presto, siamo ancora a letto, stesi l'una accanto all'altro.

«È tanto evidente?» Mi domando perché me lo chieda proprio adesso, visto che ci siamo appena svegliati.

«Sì.»

Rotolo su di lui e gli do un bacio lieve. Il suo corpo è morbido, caldo. Contraccambia il bacio con ardore. Se lo incoraggio troppo, finiremo per fare l'amore. Stacco le labbra. Voglio parlare. Non fare l'amore.

«Dobbiamo traslocare. La stiamo stressando» gli dico. Sono stata sveglia a pensarci per metà della notte.

«Ne sei convinta?»

«Sì.»

Lo sento irrigidirsi sotto di me. «Non possiamo permettercelo. Non ancora.»

Gli faccio correre le dita tra i capelli folti e ondulati. «Che ne diresti se andassimo a vivere con i tuoi?»

Gli occhi si fanno vacui. «Pessima idea. Non lo proporresti, se li conoscessi.»

«Be', qualcosa ci dobbiamo inventare.»

84

Sebastian

Un barlume di speranza, Jude. Le gemelle stanno iniziando a pensare separatamente. Miranda ha parlato di trasferirsi all'estero. Zara ha proposto di traslocare, lasciando l'appartamento di Miranda. Progressi, finalmente. Sostanziosi progressi. Ormai non manca più molto.

85

Miranda

Seduta alla scrivania, cerco di concentrarmi. Sebastian mi siede accanto. È avvolto da un'aura fumosa. È evidente che di tanto in tanto si fa un tiro alle nostre spalle. In questa era di salutismo, una sigaretta sembra una provocazione bella e buona. Un atto di ribellione. Tipico di Sebastian.

Si sporge verso di me, gli occhi che luccicano minacciosi. «So quello che ti piace. Ricordalo, Miranda.»

Mi bruciano le mani dalla voglia di appioppargli uno schiaffo. Ma qui siamo in piena vista, perciò volente o nolente mi devo contenere.

«Perché non andiamo a berci un caffè?» sibilo.

Mi rivolge un sorriso smielato e si alza. «Okay.»

Persino quando cammina è eccessivo. Fa roteare una coscia sull'altra, sicuro di sé. Ostentatamente sicuro. Oggi l'area ristoro è anche più affollata del solito perché ospitiamo una conferenza. Prendo due caffè lunghi alla macchinetta mentre Sebastian corre ad accaparrarsi un tavolino. Troppe persone. Persone che passando ci pungono con i gomiti e le ventiquattrore. Un tizio urta il nostro tavolino e il caffè mi straripa in grembo. Lo tampono con un tovagliolino.

«Non abbiamo molta privacy, vero?» si lamenta Sebastian.

«Abbiamo quella che ci serve.»

«Dai, Miranda, quando mi offri un caffè c'è sempre una

qualche ragione. Di cosa si tratta questa volta?» Occhi scuri e lustri come il dorso di un coleottero.

«Volevo ricordarti la tua promessa.»

Un dorso che si fa più nero. «Una promessa non è un obbligo contrattuale. Fossi un legale, lo sapresti.» Un sorriso che dentro ha un ringhio.

Gli appoggio la mano sul braccio. «Per favore, Sebastian. Ti prego, non raccontare niente a Zara.»

«Sembra che tu mi stia implorando.»

«Perché è così.»

«Mi piace quando mi implori.»

86

Sebastian

Uscito dall'ospedale, sono dovuto andare in tribunale. Stavi osservando anche allora, vero, Jude? Una piccola parte di te fluttuava nella galleria per il pubblico. Che sensazioni hai provato? Sdegno per come mi trattavano? Il mio avvocato patrocinante – una donnina nervosa con grandi seni e accento da persona istruita – non ha fatto un gran lavoro, eh? Mi hanno dichiarato colpevole. Morte, guida pericolosa, ebbrezza da alcol e cannabis.

Mi sono infuriato. Una rabbia che mi è cresciuta dentro. E il conducente dell'autoarticolato, che ha perso il controllo sulla carreggiata opposta venendo a piombare dritto sulla nostra auto e spingendola sotto un pullman? Lui era un angioletto, invece? Un povero innocente?

Jude, mi hai visto quel giorno mentre mi comunicavano la sentenza? Tremavo come una foglia, quanto avrei voluto essermi sparato più roba. Mi ero fatto una vagonata di cocaina e anfetamina già all'alba, per tirarmi giù dal letto. Appena prima di uscire di casa per recarmi in tribunale, una manciata di analgesici. Ci sarei dovuto andare più pesante con i barbiturici, mi faceva male tutto.

Il giudice mi ha dato due anni. Quello stronzo. Per fortuna ho avuto la condizionale. Oltre alla pena mi hanno sospeso anche la patente, però. Non che mi possa mai più venire voglia di guidare, comunque. Vostro Onore mi ha rifilato anche duecento ore di lavori socialmente utili. Socialmente utili. Grazie mille. Raccogliere immondizia di sicuro mi avrebbe aiutato a superare il lutto.

Grazie al cazzo.

87

Miranda

Sebastian. In camera mia, che viene verso di me. Il viso buio, sfocato.

«Mi piace quando mi implori.»

Il coltello da pane è sotto il mio cuscino. Le mie dita si serrano sul legno del manico. Sebastian si piega su di me. Sento il suo respiro in faccia. Tiro fuori il coltello, ruoto il polso e gli conficco la lama nello stomaco, appena sotto lo sterno. Imprimendole l'angolazione più alta che mi riesce. Spingo, sempre più su, sempre più su. Lo sento irrigidirsi, e capisco. Gli rotolo via da sotto. Sto sudando. Tremo. Striscio giù dal letto, accendo la luce e prendo il cellulare per chiamare il 999.

E d'un tratto la mente mi si snebbia. Cos'è successo? Mi giro. Il letto è vuoto. Niente Sebastian. Ho fatto un sogno talmente vivido che mi sono svegliata senza rendermi conto che era un sogno. Ancora tremante, prendo la vestaglia e mi dirigo in bagno a passi felpati, mi lavo i denti, entro in doccia.

Mi piace quando mi implori. Mi piace quando mi implori.

E adesso lo sento di nuovo che mi penetra. Voglio ferirlo. Fargli del male. Abbastanza da impedirgli di venire al lavoro per qualche tempo. Un po' di tregua per me. Se solo potessi avere un po' di tregua, poi lo sopporterei meglio.

Mi insapono. L'acqua è gentile, le bolle abbondanti. Strofino e strofino, e le bolle e la schiuma continuano ad aumentare.

Una cascata di bolle che si ingrossa e si scioglie. Una miriade di colori in tutte le sfumature dell'arcobaleno sotto il riflesso della luce elettrica. Per la prima volta da settimane sono quasi felice. Contenta, almeno. Me la godo. Immaginare di fare del male a Sebastian aiuta.

Ora che ci penso, la carogna fa sempre la doccia subito dopo di me. Se lascio tutto insaponato, è assai probabile che il bastardo scivoli. Stringo più forte la saponetta e sfrego, sfrego, sfrego finché non comincia a disintegrarsi tra le mie mani. Aiutandomi con le dita, spargo quel blob viscido e lubrico per tutto il piatto della doccia. Sul pavimento. Guarda caso, dimentico le ciabatte proprio appena dentro, davanti alla porta. Inciampa, bastardo, inciampa. Rompiti un braccio. Rompiti un gomito. Rompiti una gamba. Forza, Sebastian, vediamo se sono fortunata, rompiti una gamba.

88
Zara

Molle d'amore, giaccio tra le braccia del mio lui pensando alla giornata che mi aspetta. Questa mattina ho lezione presto, "Fotografare nature morte". Temo che mi annoierò. Preferisco i soggetti in movimento. Nuvole. Vento. Mare. Sospiro tra me e me. Vorrei poter restare qui tutto il giorno. Mi costringo a staccarmi da Seb, sfilo i piedi da sotto le coperte, li pianto saldamente a terra. Lui lancia un fischio d'apprezzamento al mio corpo nudo mentre attraverso la stanza e recupero la vestaglia dal gancio dietro la porta.

«Oggi la doccia la faccio prima io» annuncio incamminandomi verso il bagno.

Sto sognando a occhi aperti. Penso a Sebastian. Al suo calore, al suo corpo. Prima inciampo sulle ciabatte di Miranda, però riesco a restare in piedi. Per un pelo. Poi, quando mi appoggio con tutto il peso sulla gamba destra, proprio davanti al lavabo, ecco che mi scivola il piede. Atterro con un tonfo sulla spalla sinistra, strillo dal male. Sono talmente traumatizzata che scoppio a piangere. Fa un male cane, e non è un dolore che mi aspettavo.

Sento Miranda e Sebastian chiamarmi da dietro la porta, avevo chiuso a chiave. Mi tiro in piedi con molta prudenza e zoppico goffa fino all'uscio, rendendomi conto pian piano di essere tutta intera. Apro la porta e crollo tra le braccia di Sebastian.

«Cos'è successo?»

«È successo che lì dentro si scivola da morire, c'è sapone ovunque. Cazzo, Miranda, vedi di pulire come si deve!»

89

Miranda

Sono diretta al lavoro, velocissima nel tentativo di seminare Sebastian, i cui passi echeggiano dietro i miei. Park Street di corsa, non ho più fiato. Ma lui ha le gambe più lunghe, in un lampo mi raggiunge.

«Come mai stamattina è successo quel casino?» domanda mentre il suo respiro si mescola al mio.

Mi sposto di lato, lontano da lui, e continuo a camminare. «Ero in ritardo, e così non ho pulito bene.»

«Ma pensa.» Fa una pausa. «Hai fatto un gran macello.»

Mi si fa sotto, mi artiglia il polso e stringe con tanta forza da farmi male. Il dolore mi strappa un urlo. Mi fermo e lo guardo negli occhi. I suoi sono scuri come la notte. Ho l'impressione di non riuscire a respirare.

«Vedi di non dimenticartene un'altra volta, o potremmo pensare che lo fai di proposito» sibila.

«Non fare il bullo con me, Sebastian.»

90

Zara

Nonostante la rovinosa caduta in bagno di questa mattina, fortunatamente sono riuscita ad arrivare a lezione in orario. Non volevo fare tardi. Anche questo concorrerà al voto complessivo di fine anno, e voglio ottenere il massimo, ci sono quasi. Chi l'avrebbe mai pensato, io, tanto refrattaria allo studio, in procinto di uscire col massimo dei voti.

Comunque sono giusto un po' ammaccata. Niente di grave. Perciò eccomi qui, a fissare un'insalatiera in cui ho disposto – alla perfezione, lasciatemelo dire – una mela, un'arancia, una pera e un ananas. Natura morta. Molto più interessante di quanto avessi immaginato. La macchina fotografica scatta a ripetizione. Ombre e luce. Polvere e fragilità. Intensità ed energia. I chiaroscuri della vita.

91

Sebastian

Hai visto tutto, Jude? Mi hai visto affrettarmi verso gli uffici per la libertà vigilata? Aspettare vicino al minibus con gli altri "delinquenti" (non che io pensassi a me stesso come a un delinquente). Li ho ignorati e ho tenuto gli occhi bassi finché non è arrivato il supervisore. Bert, un uomo emaciato che in volto aveva crepacci, non rughe. Un ex tossico inserito in un programma di recupero, immagino. Eroina. Ci ha fatto anche da autista, e ci ha portato tre isolati più in là, al parco.

Ci siamo riversati giù dal minibus. Uomini, per lo più di mezza età. Capelli in fuga. Prominenti pance da birra. Ero di gran lunga il più giovane, a parte un ragazzetto foruncoloso con un piercing al naso. Bert ci ha fornito l'equipaggiamento per la giornata. Prima di tutto, i giubbotti catarifrangenti arancioni con la scritta LAVORI SOCIALMENTE UTILI stampata a lettere gigantesche sulla schiena. Studiata apposta per farci vergognare di quel che avevamo fatto. La gogna, in pratica. Che barbarie. Improponibile in una civiltà avanzata, è un sistema da secoli bui. E io che ero convinto che la Gran Bretagna fosse il paese migliore di tutti. Poi ci ha dato quei bastoni uncinati che servono a infilzare i rifiuti mollati in giro, e dei sacchi per buttarceli. Oh yeah. *Sballo in una giornata estiva.*

Tutto il giorno a raccogliere schifezze, sciogliendoci al caldo. Ancora non mi ero ripreso del tutto dall'incidente, quindi l'ho trovato anche molto doloroso. Abbiamo pranzato in un bar della zona. È stato allora che l'ho sentito. Uno degli uomini spiegava che era meglio presentarsi sul tardi perché sul minibus non c'entravano tutti, e se arrivavi che era pieno, per quel giorno eri esentato. E, a quanto diceva, succedeva spesso. Non mi sono più presentato in anticipo. Ed ecco come sono riuscito a fare solo metà delle ore che mi sarebbero spettate. Furbo, vero? Del resto sono sempre stato un tipo sveglio.

92

Miranda

L'unica volta che esco dal lavoro prima di Sebastian, Anastasia fa capolino dal suo ufficio e mi coglie sul fatto. Oggi indossa un abito di pelle. Si direbbe rigido, scomodo. Non appena mi vede guarda con intenzione l'orologio. Non le sorrido. Non le rivolgo la parola. Mi limito a continuare a correre per il corridoio, dandomi l'aria di quella che ha un impegno da questione-di-vita-o-di-morte.

Di fatto, sto scappando presto solo perché voglio preparare una cena speciale. Una cena di scuse, che compensi il casino che ho lasciato in bagno questa mattina. Mi fermo al supermercato dietro l'angolo ad acquistare gli ingredienti. Pollo. Alloro. Dragoncello. Scalogno. Un pregiato borgogna bianco. Sono più che decisa a servire un pasto da veri gourmet.

Di ritorno all'appartamento, accendo l'impianto stereo e mi concedo un po' di buona musica. Funziona e mi rilasso. Devo stare attenta con il pollo, va cotto molto bene. A quanto pare, ultimamente i polli del supermercato sono zeppi di listeria. Il governo ha emanato delle linee guida invitando la popolazione a non prendere sottogamba la faccenda. Per andare sul sicuro, ho deciso di seguire i consigli di Delia. Mamma dice che chi segue i consigli della celeberrima Delia Smith non può sbagliare.

Sbuccio gli scalogni e li soffriggo nel burro, insieme a un poco d'aglio. Cipolle e aglio. Il profumino è delizioso. Faccio a pezzi il pollo e lo metto in padella, raccogliendo il sangue e gli umori e tenendoli da parte in un bricchetto. Non appena la carne è dorata, unisco altro burro e la farina, quindi le erbe e poi, piano piano, il vino. Quarantacinque minuti più tardi, il sughetto si è ispessito. Addensato a puntino. Il dolce profumo del pollo al burro e dragoncello satura l'appartamento.

Rientrate proprio in questo momento. I miei cari piccioncini, mano nella mano. «Quando volete, la cena è pronta» annuncio. Ho già apparecchiato anche la tavola.

Vi sedete l'uno di fronte all'altra, gli occhi allacciati. Come al solito, Sebastian ogni tanto distoglie lo sguardo da te per osservarmi nello specchio appeso sopra il tavolo. Non appena torna a guardare te, prendo il bricchetto con il sangue crudo del pollo e lo verso nella sua porzione, quindi mescolo per bene. Porto a tavola il cibo già impiattato e lo distribuisco.

Ed eccovi pronti, state giusto portando le forchette alle labbra, quando tu... No, non ci credo! Scambi le porzioni! A quanto pare, la sua è troppo piccola e la tua troppo grande. Vorrei fermarti, ma come? Non mi vengono le parole giuste. Proprio non saprei come spiegarlo.

93

Zara

Mi sveglio di colpo, sto bruciando. Sono in un bagno di sudore. Mi libero del piumone. Ho l'impressione di avere degli artigli conficcati nello stomaco. Sento montare la nausea, oddio, sto per vomitare.

Salto fuori dal letto e schizzo in bagno, arrivo appena in tempo per rimettere nella tazza. Non del tutto, però. Una parte finisce sul pavimento, puzza di formaggio andato a male. L'odore mi sale alle narici, facendomi vomitare un'altra volta. Tendo ogni muscolo dello stomaco e del collo. I conati sono così forti che si direbbe che il mio corpo voglia espellere le viscere. Chissà come, riescono a restare al loro posto. Rimetto per un secolo, finché non esce solo liquido colorato. Ora non mi sento più bruciare, anzi, tremo dal freddo. Pian piano i conati rallentano fino a cessare del tutto. Ma sto gelando. Mi battono i denti, non riesco a smettere di sussultare.

Striscio di nuovo a letto e mi seppellisco sotto il piumone. Purtroppo, però, sono consapevole che nel giro di pochi secondi dovrò vomitare di nuovo, e per quanto freddo abbia non posso rischiare di stare lontana dalla tazza. Trascorro il resto della notte sul pavimento del bagno, distesa su un asciugamano, un telo da bagno come coperta. Caldo. Freddo. Caldo. Freddo. Nausea. Vomito. La notte più lunga, più brutta della mia vita. Una vocina dentro di me continua a dirmi che dopo dodici ore si comincia a stare meglio.

E invece, la mattina mi sento addirittura peggio. Il liquido colorato è ritornato vomito. In piena regola. Com'è possibile? Ho mandato giù giusto qualche goccia d'acqua di rubinetto. E ora da me esce pure un fiotto di robaccia marrone, come fanghiglia. Sono talmente debole che tenere pulito supera le mie forze. Bussano alla porta.

«Sono Sebastian. Zara, fammi entrare. Per favore.»

Con gambe di gelatina, mi costringo ad alzarmi, vado ad aprire e gli casco tra le braccia. Non mi interessa che faccia ho, o quanto puzzo. Lui mi conforta, mi tiene la testa contro il torace, mi accarezza i capelli.

«Speriamo sia solo un virus di quelli che vanno via in ventiquattro ore, stasera dovresti iniziare a sentirti meglio.»

Stasera. Oddio. Non mi consola per niente. Ventiquattro ore a stare così sono una cazzo di eternità.

Mi riaccompagna in camera, sprimaccia i cuscini e rimbocca il piumone. Grata, sprofondo nel letto. Mi lascia il catino accanto al capezzale, in caso torni il vomito, e un bicchiere e una caraffa d'acqua sul comodino. Dovesse stufarsi della contabilità, potrebbe fare l'infermiere.

«Devo andare al lavoro. Ti chiamo durante la pausa pranzo.»

Mi posa un bacio sulla fronte e se ne va. In un primo momento mi sento rinfrancata dalle sue attenzioni. Dopo poco, però, ricomincio ad avere freddo. Freddissimo. Non mi sento più le dita delle mani e dei piedi. Mi chiudo nel mio bozzolo, talmente fiacca che temo dovrò rimanere qui per sempre. Il dolore mi lacera lo stomaco come un rasoio. Bussano di nuovo alla porta. Questa volta sei tu, Miranda, che entri in punta di piedi.

«Che succede, Zara?»

«Non so, immagino di essermi presa un virus. Ho vomitato l'anima.»

Il viso ti si accartoccia, la voce esce tesa, preoccupatissima.

«Secondo me dovresti vedere la dottoressa Dale, il prima possibile.»

«Per un mal di stomaco?»

Conficchi gli occhi grigi nei miei. «E se fosse qualcosa di più grave? Tipo la listeriosi? Magari non ho cotto abbastanza il pollo.»

«È impossibile. L'abbiamo mangiato tutti, ma sto male solo io.»

Il grigio si fa più scuro. «Non so, magari eri più vulnerabile, più indifesa.»

«E perché mai?»

«Che ne so, stress?»

«Al momento sei molto più stressata tu di me.»

Ma stiamo parlando troppo. La nausea è peggiorata. Torno in bagno a tutta birra.

94
Miranda

Mi do malata al lavoro. Devo restare a casa, badare a te. Salto la doccia e mi vesto direttamente, in fretta, dopo di che mi piazzo in soggiorno a seguire con attenzione ogni tua corsa in bagno. Ad ascoltare i versi belluini prodotti dalla tua gola mentre vomiti. Ogni volta che rimetti, il mio stomaco si contrae e mi viene la nausea per solidarietà.

Di tanto in tanto faccio un salto in camera tua a sentire come stai, a vedere se posso portarti qualcosa. Ogni volta aggrotti la fronte e mi cacci via sventolando la mano. Più o meno alle tre del pomeriggio ti materializzi in salotto, bianca come la tua vestaglia. Sembri un panda, con quelle occhiaie nere. Ti tremano le mani.

«Mi sento un pelo meglio» annunci lasciandoti cadere sul divano, molle come una bambola di pezza.

«Io continuo a pensare che dovresti vedere un medico, visto che abbiamo mangiato il pollo.»

«Ma... ma... sto male solo io.»

«Magari ha solo beccato te per prima.» Prendo fiato. «Sei la mia preziosa sorellina. Non voglio correre rischi.» Mi alzo e prendo il cellulare. «Chiamo l'ambulatorio.»

Ti pulisco il viso servendomi della spugna e ti aiuto a infilare una vecchia tuta.

Ti massaggio la schiena mentre ti pieghi a vomitare sulla

tazza per l'ennesima volta. Ti spremo un po' di dentifricio sullo spazzolino così che tu possa lavarti i denti.

Il viaggio fino all'ambulatorio è un'odissea. Ti tieni le mani sulla bocca mentre l'auto sobbalza su buche e dissuasori di velocità. Parcheggio e a braccetto raggiungiamo la sala d'attesa. Siamo appena entrate che rimetti di nuovo, nella mano. Ti accompagno al bagno e ti aiuto a ripulirti.

L'assistente ti trova una sedia e ti piazza in corridoio, lontana dagli altri pazienti, in caso tu sia contagiosa. Ti dà anche una vaschetta di cartone per il vomito. Ti sto accanto, sentendomi sempre più in colpa. Non riesco a guardarti. Avrei sopportato senza problemi di farlo a lui, ma vedere *te* stare così è dura.

La dottoressa ti convoca con la solita vocina acuta, attraverso l'altoparlante ricorda quella metallica dei dalek di *Doctor Who*.

«Posso entrare anch'io?» ti chiedo.

Annuisci e ti avvii a passi lenti, stanchi. Ti sto alle calcagna, reggendoti la vaschetta. Finalmente arriviamo alla porta della dottoressa, bussiamo.

«Prego» ci invita Vocina Squillante.

Ci mettiamo di fronte a lei, fianco a fianco. La dottoressa Dale. Oggi i toni sono azzurrati. Camicetta increspata, azzurro pastello. Cardigan vaporoso, azzurro pastello. Orecchini a pendente, cristallo azzurro.

«Miranda. Zara. A cosa devo il piacere di avervi qua entrambe?»

Mentre tu ti accasci sulla sedia, io faccio un passo avanti per starti vicina e prendo un respiro profondo.

«Temo che si sia presa la listeriosi per colpa mia. Ho cotto troppo poco il pollo» spiego mesta.

Continui a tremare, la vaschetta di cartone ben vicina alla bocca. Non riesci neanche ad aprire gli occhi.

«Solo lei?» mi chiede la dottoressa, guardandomi preoccupata.

«Solo lei. Ho gestito separatamente le porzioni.»

La Dale si sporge verso di te, ti appoggia la mano sul braccio. «Come si sente, Zara? Riesce a spiegarmi?»

Ci vai giù diretta, niente giri di parole, mi sento male solo ad ascoltarti. Il senso di colpa mi stritola sempre più.

«È possibile che sia incinta, Zara?» ti chiede dolcemente la dottoressa.

Scuoti il capo. «No. Non credo proprio.»

«Bene. D'accordo. Le do una cura di sette giorni a base di antibiotici, si è già rivelata efficace. Giusto per assicurarci che non ci siano infezioni. Però non inizi ad assumerli finché non ha finito di vomitare.»

La dottoressa si mette al computer, digita la prescrizione, la stampa e te la porge.

«Se sta male qualcun altro, tornate di corsa.»

Ti alzi lentamente, una smorfia di dolore per ogni gesto. Ti cingo le spalle con un braccio e ti accompagno fuori.

Siamo appena arrivate nel parcheggio quando il tuo iPhone manda un *bip*. Un messaggio. Lo leggi, e un sorriso pallido ti illumina il viso. «Sebastian è un vero tesoro. Si è preso tutta la settimana di ferie per badare a me.» Fai un sospiro profondo. «Penso di amarlo ancor più di prima. Se mai fosse possibile.»

Mi si chiude lo stomaco. Pur avendo colpito la persona sbagliata, avrò comunque la tanto agognata settimana di libertà al lavoro. Cinque giorni in ufficio senza dovermi preoccupare di lui. Osservo il tuo viso soffuso d'amore. Stai meglio? O è merito suo? Per una che è stata tanto male, ed è scheletrica come una ballerina in età prepuberale, quando hai parlato di lui la voce ti è uscita sorprendentemente forte. Quando ci arriverai? Quando ti deciderai a usare un briciolo di buon senso? Quell'uomo deve sparire, il prima possibile.

95

Sebastian

Ho venduto il nostro appartamento di Londra, Jude, quello che amavamo tanto. Era una figata, vero? Proprio sul Regent's Canal. Tu andavi al lavoro facendo jogging lungo il canale. L'appartamento era così elegante, con tavolini in cristallo, specchi a volontà. A volte, quando meno me lo aspetto, qualunque cosa io stia facendo, nella mente mi ritrovo ancora lì con te. Ridiamo come pazzi. Mi ricordo come ti si increspavano gli occhi quando ridevi. La sonorità della tua voce. La curva elegante della tua nuca. La pace che provavo sempre quando ero in tua compagnia.

Le esequie. Sono sopravvissuto alle esequie in una nebbia di alcol e stupefacenti: cocaina, metamfetamina, whisky, vino, Valium, erba. Erba così potente da darmi le allucinazioni. Alternavo le sostanze, a seconda di come mi sentivo, a seconda dell'effetto che volevo ottenere. E alla fine ho raggiunto l'obiettivo. Non ricordo niente di quel giorno. Non la cerimonia, e neppure la sepoltura. L'incidente, invece, quello non se ne va mai. Ha la meglio su di me, incubo dopo incubo.

Non sopportavo l'idea di donare i tuoi effetti a un negozio di quelli che vendono usato per beneficenza. Quei posti puzzano sempre di morte, lo sapevo per esperienza, ogni volta che mi era capitato di varcarne la soglia ecco quell'odore malsano che mi si infilava su per le narici. Avevi troppa vita in ogni tua fibra per finire così. Perciò ho stivato tutto quanto in una serie di vecchie valigie e le ho portate alla casa di Bristol. Un giorno sarò abbastanza coraggioso da occuparmene. Un giorno. Forse di qui a vent'anni. Per allora il dolore sarà diminuito, vero? Il mio amore per te, invece, quello non se ne andrà mai.

PRESENTE

96

Un'altra visita del suo avvocato-rockstar. Ormai va a trovarla una settimana sì e una no. È il più assiduo. La madre ha mollato un po', il viaggio da casa sua è lungo. Ma forse è meglio così. Vederla quadruplica il suo senso di colpa, ed è un fardello già sufficientemente gravoso. Una zavorra che non si alleggerisce mai, che non la lascia mai. Tranne in rari istanti, quando c'è il suo avvocato-rockstar. In quei casi, qualche volta, almeno per pochi secondi, si sente meno oppressa.

Oggi Theo Gregson le siede di fronte, in mano taccuino e penna. Ha le dita affusolate, le unghie corte e curate. Per l'ennesima volta, lo immagina su un palcoscenico. Passata la chitarra a un servo di scena, si avvia al pianoforte, pronto a inframmezzare una ballata melodica alla musica rock.

«Com'è andata la settimana?» le domanda interrompendo il suo sogno a occhi aperti. Ha un'aria preoccupata, come fosse un'amica, non una cliente. Come gli interessasse davvero.

«Passabile. E la sua?»

«Uguale.» Scoppiano a ridere. «Be', proprio *uguale* non credo» ammette lui.

«Già. A meno che lei non sia rimasto chiuso in casa a chiave per tutta la settimana, senza accesso a internet e ingurgitando i pasti precotti più insapori del pianeta.»

Theo sogghigna. «No. In effetti no.»

«Cosa ha fatto, invece?»

L'uomo si appoggia allo schienale. «Non molto. Rinchiuso sì, ma a fare ricerche per il suo caso. Anzi, avrei un paio di domande.»

In cuor suo la giovane sospira, poi si costringe a usare un tono lieve. «Di nuovo su Sebastian?»

«Come ha fatto a indovinare?» Un'altra risata. «Bene, vado dritto al punto. L'ha sentito?»

Gli occhi di lei si fanno più scuri. Più seri.

«No. E non desidero farlo.»

Theo prende nota della risposta sul taccuino. «E questo perché ormai ha superato quello che è successo tra voi due?»

«Questo perché ho superato la delusione per il fatto che non mi vuole vedere.» Pausa. «Non supererò *mai* quello che è successo tra noi.»

Gli occhi le si riempiono di lacrime, e Theo si sporge in avanti, le prende la mano. È calda.

«Quando si deciderà a parlarmene? Sfogarsi sarebbe catartico» la implora. «La farebbe stare meglio.»

«No. No. Seppellirlo in profondità è l'unica cosa che può farmi stare meglio.» Deve deglutire forte per ricacciare indietro il pianto.

Gli occhi ambrati di Theo intercettano i suoi.

«La verità rende liberi. Deve lasciarla uscire.»

La fissa, un cipiglio che gli increspa la fronte. Poi l'espressione si allenta un poco. «Sto sempre cercando di scoprire qualcosa di più sul passato di Sebastian.»

«Qualche progresso?»

«Non ancora. È un tipo elusivo. Su internet non c'è nulla. A volte mi chiedo se la sua identità non sia un falso.» Prende un respiro. «Perché non rivediamo insieme quello che vi ha raccontato lui?»

Sospira. «Di nuovo?»

«Sì. Per favore.»

«È di Bristol. È andato all'università di Cambridge. I suoi

sono entrambi dottori. Nel senso che hanno un dottorato, per quello che ne sapevamo. Né mia sorella né io li abbiamo mai conosciuti. Non voleva, così come non sembrava avere voglia di conoscere nostra madre.» Le parole viaggiano con il pilota automatico. Tace un attimo, poi riprende. «In certe occasioni, giusto per una frazione di secondo, lei me lo ricorda.»

Oddio. Non sa da dove le sia uscita. È perché Theo è di bell'aspetto? O perché, per essere un avvocato, è parecchio anticonformista? Non quello che ci si aspetterebbe. Troppo giovane. Troppo festaiolo. Troppo figo.

Lui ammicca. «È forse un complimento?»

«Non credo che mi convenga rispondere a questa domanda.»

La fissa con aria indagatrice. «Davvero? E perché no? Svelerebbe il suo segreto?»

«Quale segreto?»

«Quello sull'effettiva profondità dei suoi sentimenti per Sebastian.»

«Oh, Theo, le assicuro che non c'è nessun segreto.»

PASSATO

97

Zara

Hai un gran bisogno di rilassarti, Miranda, perciò ho chiesto a Sebastian di uscire da solo, per questa sera, e lasciarci un po' della sua erba migliore. Devo insistere parecchio per convincerti. Fumi solo di rado, ma alla fine ti lasci persuadere.

Musica adatta. Ci stendiamo sul tappeto, a pancia in giù, una di fronte all'altra. Mi tuffo nei tuoi occhi grigio scuro e assaporo il momento. Rollo la canna. Non hai più parlato di lasciare Bristol, quindi mi auguro che tu abbia cambiato idea. Che sia stata solo una cosa buttata lì, una cosa che hai già scordato. Tutti ogni tanto sogniamo di fuggire dalla solita vita e ripartire da capo.

Tiro prima io. Inspiro a fondo, molto a fondo, trattengo. Con calma, con calma, espiro. Ti vedo bellissima, svolazzante. Tocca a te. Ti passo lo spinello. Ti guardo come fossi la mia immagine riflessa. Osservo i tuoi occhi. Tanto lucidi, tanto liquidi, tanto addolorati.

Non parliamo. Finiamo la canna. La spegni nel portacenere che abbiamo posato tra di noi. Ora i lembi della stanza sono morbidi, sfumati. L'aroma della cannabis è inebriante. Mi avvolge, e mi fa pensare al viola. Mi tintinna dentro, come un campanellino. L'erba è viola. Odore di fumo viola, viola come l'erica sulle pendici. Viola come i paramenti di un vescovo, viola come il manto di una regina.

«Ehi, Miranda, ultimamente non hai conosciuto nessuno con cui ti piacerebbe uscire?» chiedo con una risatina. «È un pezzo che non hai un uomo.»

Anche attraverso la nebbia smussante della cannabis, ti vedo strabuzzare gli occhi, come se le mie parole ti avessero ustionata.

«Al momento sto bene da sola.»

Le pareti del soggiorno pulsano avvicinandosi e allontanandosi. Mi danno un po' di capogiro, ma un capogiro gradevole, una bella sensazione. Sto fluttuando. Sorrido. Ridacchio tra me e me. Un ruscello spumeggiante di risatine che mi scorre nell'anima.

«Mi piace stare da sola» ribadisci, senza ridacchiare né sorridere. Anzi. Sei accigliata. Hai le narici dilatate.

«Ma è divertente avere un uomo» ribatto. La cascatella di risate mi straripa dalla bocca. Non riesco a fermarla.

«Divertimento di cui posso fare a meno.» La tua bocca, una linea dura.

«E perché dovresti?» Non capisco.

«Secondo te, tu e Sebastian vi state divertendo?»

La tua voce ha qualcosa che non va. È stridula. Più seria del solito.

«Eccome. Certo che ci divertiamo. Dov'è il problema?» Faccio una pausa. «Sei invidiosa di me, Miranda? Di quello che ho?»

Non rispondi. Rovesci la testa all'indietro e scoppi a ridere. Una risata secca, di gola. Una risata sprezzante, falsa. La tua freddezza mi gela. Mi paralizza. Mi terrorizza. D'un tratto me lo domando seriamente. Possibile che tu sia davvero invidiosa di Sebastian e me? *Gelosa?* È questo ciò che vuoi, Miranda? È questo il problema? Vedo come lo guardi, a volte, come se ti confondesse. È solo scena? Forse non ti confonde affatto. Forse ne sei innamorata. Forse stai aspettando tra le quinte, in attesa di portarmelo via. Di distruggermi. Di prenderti tutto ciò che ho.

Poi ti giri a guardarmi, e i tuoi occhi sono dolci e colmi d'amore. Ti prendo la mano tra le mie e capisco che è l'erba a rendermi paranoica. Lo fa spesso.

98

Miranda

Qualche notte dopo la nostra serata-fumo, mi sveglio con un forte dolore al petto. So che si tratta di un attacco di panico. Non riesco a controllarlo. Non riesco a controllarmi. Mi stanno strangolando il cuore. Pugnalando il braccio sinistro. Conficcando spilli nella mandibola. Non respiro. È un grido d'aiuto, nato negli anfratti della mia mente, un patetico grido d'aiuto che non produce suono. Il dolore è sempre più forte. Sto morendo. Per favore, per favore, qualcuno mi aiuti. Sto gridando. Sto urlando, ma continua a non esserci suono.

Un rumore lacera il silenzio. Un gemito. Un suono animale. Si accende la luce. Batto le palpebre. Sei qui, Zara, in camera mia, con indosso una tuta. Occhi allucinati, capelli sconvolti. Il dolore al petto aumenta. Corri al mio capezzale. Perfino attraverso il dolore, vedo la tua angoscia.

«Cosa succede, Miranda?»

«Sto avendo un attacco di panico. O di cuore. Non saprei.» Rantolo. «Sto davvero male. Chiama un'ambulanza, presto.»

Lanci un urlo. «Sebastian! Presto, presto!»

Ti siedi sul letto e mi prendi la mano. Sento le tue dita tremare nelle mie. Ti allunghi a baciarmi la guancia. Ti sento addosso un velo del profumo di ieri, mescolato a sudore, e pesce. Il vago odore di pesce mi dà la nausea. Lo sento arrivare all'orgasmo con un grugnito. Un coltello mi strazia le pareti della vagina. Un dolore lancinante, mi erutta dentro come un vulcano. Respiro attraverso il dolore. Arriva Sebastian, si ferma alle tue spalle. Il dolore nel mio petto aumenta.

«L'ambulanza sta arrivando» ci informa.

Incombe sul mio letto, mi squadra. Occhi neri che mi asfissiano. Affondo la testa nel cuscino per non doverlo guardare. Sento una sirena. Ci sono i paramedici. Mi accerchiano. Mi sollevano la testa. Mi insufflano ossigeno. Un tipo corpulento con corti capelli castani mi infila il braccio nella manichetta per prendermi la pressione. Un altro con capelli e occhi scuri mi sta attaccando degli elettrodi al petto.

«Le facciamo un elettrocardiogramma» mi spiega. «Come va adesso il dolore?»

«Male. Sempre molto male.»

Sullo schermo del macchinario portatile che mi hanno piazzato di fianco al letto esplode una successione di linee guizzanti. Il paramedico le osserva con attenzione. Chiudo gli occhi e mi sforzo di fare dei respiri profondi, di tenere testa al dolore. Riapro gli occhi. Sebastian è sempre lì a guardarmi, e tu gli sei accanto, il viso stravolto dalla preoccupazione. Ti sta addosso, le mani sulla tua vita. Dita ad artiglio strette su di te. Dita ad artiglio che si sono strette su di me. Sono in un bagno di sudore. Zampillo come una fontana.

«Fa malissimo. Continua a peggiorare.»

«La portiamo in ospedale per un controllo» mi dice il paramedico.

L'uomo tarchiato e una donna che prima non avevo visto stanno portando in camera una barella. Mi sollevano con estrema delicatezza, mi avvolgono in una coperta rossa e mi assicurano alla lettiga con delle cinghie. Ti sento vicina a me mentre mi infilano nell'ambulanza. Il tragitto è breve, scomodo. Tutto scosse. Il dolore al petto è sempre qui e fatico a respirare mentre la sirena riecheggia sull'ambulanza, ogni acuto a ricordarmi che ho qualcosa di molto grave. A ricordarmi che sto morendo. Ti sento sempre qui, Zara, mi tieni la mano. A un certo punto mi somministrano altro ossigeno.

In ospedale. Dritti in un cubicolo dotato di tendine. Tendine che mi vengono chiuse tutt'intorno da un'infermiera stremata con la pelle secca e borse nere sotto gli occhi.

Vengo accerchiata dai medici. Un altro elettrocardiogramma. Aghi. Esami del sangue. Ossigeno. Altro sfigmomanometro. Flebo.

Mi raggiunge una giovane donna, morbidi riccioli rossi che saltellano leziosi intorno a un viso a forma di cuore. È un medico. Niente camice. Stetoscopio al collo. Si ferma al mio capezzale.

«Miranda, buone notizie. Fin qui gli esami sono tutti a posto. Non è un infarto. Pensiamo sia più probabile un attacco di panico, come già aveva immaginato lei.» Si protende su di me. Gli occhi castano chiari sono velati dalla preoccupazione. «Questa notte la terremo qui, sotto osservazione.»

Zara, sei seduta nell'angolo del cubicolo. Incroci il mio sguardo. Alzandoti, ti avvicini alla dottoressa. «Attacco di panico? Non è da lei.»

La dottoressa si gira a guardarti con aria perplessa. Come si fosse accorta solo ora della tua presenza. «No?»

«No» rispondi sicura. «Quella è roba mia.»

«Siete sorelle?»

«Gemelle eterozigote.»

«Potreste essere predisposte entrambe» ipotizza allora in tono gentile.

Tu e io ci scambiamo un'occhiata.

«C'è qualcosa che la preoccupa più del solito?» mi domanda il medico prendendo la cartella clinica in fondo al letto e scorrendola.

Non rispondo.

Mi studia molto attentamente, la testa inclinata. «L'attacco è stato parecchio forte. Per questa notte la teniamo d'occhio noi. Domani parleremo di come aiutarla.»

99

Zara

Di ritorno dall'ospedale, mi fermo al pub con Sebastian. È una notte tiepida, bagnata dal chiaro di luna. Il cielo è di un violetto quasi traslucido. Sono mogia, depressa. Sebastian lo capisce. Non parliamo. Sento solo i nostri passi pesanti sul marciapiede, il battito del cuore che mi rimbomba nei timpani e, di tanto in tanto, lo strido di un gabbiano.

Non appena arriviamo al pub, lui va al bancone mentre io cerco un tavolo. Quello dove ci mettiamo di solito è occupato da un gruppo di uomini in là con gli anni che si cullano le rispettive pinte, già incollati alla partita di calcio che siamo venuti a vedere anche noi. Non avendo altra scelta, devo accontentarmi di un posto alquanto scomodo, rumoroso, troppo vicino al bancone. Mi siedo e subito torno a pensare a te, Miranda. Rivivo la paura che stessi avendo un infarto. I tuoi capelli fradici, afflosciati dal sudore freddo, appiccicati alla fronte, alle guance.

Sebastian mi raggiunge lentamente, attento a non rovesciare le bevande.

«Ehi, ci hanno fregato il posto? Dovrebbe essere vietato per legge» commenta scherzoso piazzando i bicchieri sul tavolo. Birra per lui e vino bianco per me. Si siede e comincia a bere, gli occhi nei miei.

«Allora, dimmi di Miranda. Qual è la prognosi?»

«Lo confermeranno domani, però pare proprio che si sia trattato di un attacco di panico. In tal caso, hanno detto che dovrà essere seguita. Terapia.»

Appoggia il boccale, gli occhi increspati dalla preoccupazione. «Che tipo?»

«Cognitivo comportamentale, immagino.»

Seb aggrotta la fronte, prende un altro sorso di birra e allunga il collo per guardare la partita. Si lascia conquistare. Io invece continuo a macerarmi nei pensieri. Dopo un po', il Liverpool segna. Dalla curva parte il coro dei tifosi, intonano l'inno della squadra. *You'll Never Walk Alone*, "Non camminerai mai da solo".

Sebastian scosta la sedia dal tavolino per avvicinarsi alla televisione. Lo seguo. Uno a zero. Il Chelsea potenzia la difesa. Il Liverpool non riesce più a passare. All'improvviso Willian sbuca dal nulla, lancia lungo e Morata coglie l'occasione. Intercettando il pallone, dribbla la difesa con un tiro angolato e la mette dentro. L'atmosfera si fa elettrica. Tutti si alzano ed esultano. Sebastian ancheggia e canta l'inno del Chelsea.

Mi unisco a lui. Ho quasi terminato il vino, e il mio mondo si è fatto più morbido e semplice, quando il Chelsea segna di nuovo, aggiudicandosi la partita. Non ero molto attenta, in realtà. Non saprei dire chi ha segnato. Sebastian mi solleva per aria e mi stampa un bacio sulla bocca.

Dopo le euforiche interviste post partita, il proprietario spegne la televisione. I pensionati se ne vanno, e noi ci riprendiamo il nostro tavolo. Ora sediamo vicino al fuoco, svuotiamo i bicchieri osservando le fiamme. Sto ancora pensando a te, Miranda. Adesso che la partita è finita, ottengo l'attenzione di Sebastian.

«È solo che non riesco a capire cosa abbia scatenato tutti questi problemi, capisci, Seb? È sempre stata tanto calma, tanto padrona di sé. Molto più forte di me.»

Lo sguardo del mio uomo si indurisce mentre scrolla piano le spalle. «Forse non era così calma come pensavi. Di sicuro è parecchio stressata per il lavoro, sta faticando con il progetto su cui l'hanno messa, ed è un pezzo che non si prende una pausa. O magari l'università è stata il suo apice. Magari non è geniale come pensi.»

«Certo che lo è! La Harrison Goddard non l'ha mica lobotomizzata!»

«Okay, okay, scusa!» Alza le mani, come a chiedere una tregua. «Ti va un altro giro?»

«Volentieri.»

Lo osservo dirigersi al bancone. Spalle ampie. Jeans spalmati addosso. Il cuore mi balza in gola come ogni volta che lo guardo da lontano. Lo osservo parlare con la barista. Lei gli sorride. Scuote i capelli, scoppia a ridere. Si protende verso di lui. Sebastian le sussurra qualcosa all'orecchio. Ora la tipa ridacchia come una scolaretta. Seb fa sempre colpo sulle donne. Lo adorano. Un macigno mi precipita sul cuore.

L'unica che non cede al suo fascino è Miranda.

Me la vedo, il modo in cui si irrigidisce ogni volta che la sfiora. Perché non riesce a rilassarsi quando è con lui? Lo osservo a lungo, impegnato a incantare la barista con quel suo viso dai lineamenti forti. Era così campata per aria la mia idea? E se davvero Miranda fosse innamorata di lui? La paura torna a pulsarmi dentro, improvvisa. La mia gemella è forse dilaniata dalla gelosia? Sopraffatta dal sex appeal del mio ragazzo, dal suo bell'aspetto? Miranda innamorata di Sebastian? Se così fosse ci sarebbero stati segni rivelatori molto più definiti, no? È solo un'idea fugace. Una paura lampo. La respingo subito.

Seb torna con i drink. «Manca poco a Pasqua» commenta mentre depone i bicchieri sul tavolo. «Che ne dici di passarla a casa mia? I miei genitori sono ripartiti.»

«Ripartiti? Neppure sapevo fossero tornati. Dove sono andati, questa volta?»

Cosa ha fatto di male per meritarsi dei genitori così poco interessati a lui? Sebastian non mi risponde. Gli occhi neri catturano i miei.

«Stai con me. Lasciamo spazio a Miranda.»
«Sono troppo preoccupata per lei. Come posso lasciarla sola proprio adesso?»
«Vedi, qualche giorno fa mi ha detto che le sarebbe piaciuto avere l'appartamento tutto per sé durante le feste. E per allora la crisi sarà superata. Stare un po' da sola le farà bene.»
«Ne sei convinto?»
Mi appoggia una mano sul ginocchio. «Dai, vieni. Ci stai?» insiste.
«Fammici pensare un po'.»

100

Sebastian

Un'altra crepa nell'armatura. Ci sto arrivando, finalmente. Zara sta infine cominciando a vedere quanto è complicata la sorella. La loro relazione non è perfetta come credono. Non come la nostra. Non ci sarà mai una relazione perfetta come la nostra. Due uccelli dalle ali dorate che si levano in volo. Uccelli che pensavo avrebbero volato insieme per sempre. Eternamente in volo, senza mai cadere.

101

Miranda

In un letto d'ospedale, faccio vela verso il sonno.

Sonno? Questo sarebbe sonno? Sogno di essere a letto con Sebastian. È steso accanto a me, mi tiene la mano. Mi rotola sopra, un vago odore di tabacco, di sudore alimentato dal testosterone. È dentro di me. Urlo mentre vengo. Urlo mentre afferro il coltello. Il mio orgasmo lo stimola. Gli uomini sono contenti, vero, quando ti piace? Li fa sentire potenti, li convince di avere il controllo.

Il coltello mi pulsa tra le dita. Il coltello gli pulsa nello stomaco. Affondo e spingo verso l'alto. Spingo forte. Grugnisce come un maiale sgozzato mentre viene. Viene mentre muore. Lo spingo fuori da me, lo allontano e, con molta calma, lentamente, lo copro con il lenzuolo. Si sta già irrigidendo.

Nuda, mi dirigo a passi felpati verso la doccia per cancellarmi di dosso il suo profumo, ripulirmi. Mi insapono con forza, ci sono mille bolle, sembra bagnoschiuma. Imbozzolata da bolle e schiuma. Era tanto che non mi sentivo così rilassata. Sebastian è morto e io ne gioisco. Cuore e mente cantano la sua dipartita. E invece no. È qui. È tornato in vita. Nudo. Eretto. Cammina verso la doccia. Cammina verso di me, vuole prendermi un'altra volta.

«Pensavo fossi morto» gli dico.

«Non vincerai mai, Miranda. Non riuscirai mai a uccidermi. Ho nove vite, come i gatti.»

Parla e cammina come un automa. I movimenti lenti, rigidi. Vivo, ma non vivo. Pallido al limite della trasparenza. Apre la porta della doccia ed entra. Puzza di carne putrefatta. Indietreggio di scatto. Ma lui è forte, molto più di me. Mi abbranca la gola e stringe, stringe. Non riesco a pensare. Non riesco a respirare. Mettendoci tutta me stessa, gli sferro un calcio poderoso all'inguine. Per un istante perde la presa sulla mia gola e riesco a dargli uno spintone.

Scivola sul piatto doccia, coperto di una sostanza viscida, lubrica. Scivola e sbatte contro il vetro, una testata tanto vigorosa che rincula e si accascia a terra, privo di sensi. Il sangue gli sgorga dalla testa. Inonda il piatto doccia. Arriva fino ai miei piedi. È appiccicoso. Sebastian ha smesso di respirare. Morto. Un'altra volta.

Rovescio la testa all'indietro e scoppio a ridere.

Mi sveglio nel letto d'ospedale sentendo ancora l'odore del suo sangue. Non sto più ridendo. Sto tremando. La situazione è grave. Ho bisogno d'aiuto.

102
Miranda

Ve ne andate a casa di Sebastian per una vacanza di Pasqua prolungata, e io ringrazio il cielo di poter staccare un po'. Da voi. Dalle occhiate piene di compassione che mi rivolgi da quando sono uscita dall'ospedale. Dalla tentazione sempre più forte di fare del male al tuo lui. So di avere bisogno d'aiuto, e sto per riceverne. I medici all'ospedale hanno segnalato il mio caso.

La psicoterapeuta cui sono stata assegnata lavora da casa. Ed eccomi qui, davanti a un'armoniosa dimora georgiana nella zona più bella del quartiere, che risalgo il vialetto d'ingresso, superando una lucida Mercedes grigia. Suono il campanello, un aggeggio d'altri tempi che mi sorprende funzioni ancora. Rapida, viene ad aprire una giovane con tre chili di mascara, minigonna e ballerine di vernice.

«Prego, entri. Miranda Cunningham?»

«Sì.»

Varco la soglia. L'ingresso è bellissimo. Assito in quercia. Tappeti indiani. Dipinti, non stampe. Tutto di ottimo gusto, all'antica.

«Venga pure, la sala d'attesa è da questa parte.»

La sala d'attesa è il soggiorno di famiglia. Pareti color oro opaco, divani crema con venature d'oro. Fotografie ovunque. Impianto stereo. Televisore ultrapiatto. Una vetrinetta zeppa di gingilli e ninnoli. Svariati bigliettini sulla mensola del camino, un misto di congratulazioni e ringraziamenti. In un'altra vita, avrei amato una casa del genere. Piena di souvenir, di ricordi. Penso a quanto è vuota la casa di Sebastian e vengo scossa da un brivido. Sebastian. Quanto meno, per qualche giorno non sarò costretta a vederlo.

Dopo poco entra una donna di mezza età. «Buongiorno, sono Jill Watson-Smith. Benvenuta. Piacere di conoscerla.»

Mi porge la mano per salutarmi. Mi alzo e allungo la mia. Me la cinge in una stretta vigorosa e mi rivolge un sorriso smagliante. I grandi occhi azzurri sono attenti, concentrati.

«Mi segua, prego, andiamo nello studio.»

Lo studio è una stanzetta pannellata che dà sul salotto. Ci sono due poltrone, un tavolino. Una finestrella piccola, la vista impedita da una cascata di edera. Le pareti pannellate sono tappezzate da un curioso mix di quadretti e fotografie. Fotografie di nozze. Fotografie di laurea. Piccole stampe incorniciate.

Ci accomodiamo sulle poltrone, l'una di fronte all'altra. Grandi occhi azzurri che mi studiano.

«Che ne dice se iniziamo parlando di sua sorella?» propone.

Si appoggia allo schienale, tranquilla, in attesa che parli. Non so cosa dire, da dove iniziare. Il silenzio comincia a farsi claustrofobico. Devo dire qualcosa. Iniziare da qualche parte.

«Non ce l'ho con mia sorella.» La voce mi esce tesa, stizzita.

«Perché me lo dice?»

«Perché secondo me lo pensa.»

Il viso di Jill è calmo, rilassato. Gli occhi e la bocca morbidi, facili al sorriso. «Io non penso niente. Sono qui per aiutare.»

La guardo. «Non capisco. Se non pensa niente, come può aiutare?»

«Eppure aiuta. Se *lei* parla di ciò che la preoccupa, io posso aiutarla a sbrogliare i pensieri.»

Dapprincipio non dico niente. Me ne sto lì seduta, le mani in grembo, ci medito. Non mi va di sbottonarmi, ma so che è necessario. Da sola non me la sto cavando molto bene. Dopo un po' torno a guardarla. Ha gli occhi nei miei.

«È con il suo ragazzo, che ce l'ho.»

Scribacchia qualcosa sul suo taccuino. «Perché?»

«È complicato.»

Gli occhi si fanno ancora più gentili. «Cerchi di spiegare.»

Già solo pensare alla situazione mi annoda lo stomaco. Ecco cos'è diventata la nostra vita. Un nodo. Un groviglio. Più provo a reggere per il tuo bene, Zara, più il nodo si stringe. Più il nodo si stringe, più so di avere bisogno di parlarne. Ma per oggi non riesco a trovare le parole.

103

Zara

Pasqua. Di nuovo a casa di Sebastian. Sforzandomi di non preoccuparmi per te. Più facile a dirsi che a farsi. Continuo a vederti distesa su quel letto, che non riesci a respirare, e pensare che sei sola nell'appartamento mi fa star male. Ti telefono ogni giorno, e tu ogni volta mi assicuri che stai bene. Davvero, Miranda? Stai davvero bene? La tua voce suona esile, tesa.

La casa sembra più vuota che mai, come se fosse stata portata via altra roba. A volte mi domando se i genitori di Seb non siano fantasmi. Non ha più accennato all'idea di farmeli conoscere. Si vergogna di loro? O di me? Prendono il largo a ogni festa comandata, e sempre viaggi lunghi, pare. Chissà come sono, queste strane persone che non sembrano proprio vivere in questa casa. Una casa senza fotografie. D'altronde, non tutti vanno pazzi per le foto come me.

Il giardino è sempre perfettamente curato. Un oceano di narcisi si allarga sotto il salice piangente al centro del prato.

Non appena arriviamo, Sebastian va a razziare la cantina.

«Cominciamo con un bianco» annuncia prendendo un cavaturaccioli che mi ricorda uno strumento ginecologico e riempiendo due bicchieri.

Ci sediamo fianco a fianco sul divano.

«Che film preferisci?» domanda afferrando il telecomando e cingendomi le spalle con un braccio.

«Nessuno.» Mi scosto un poco. «In realtà preferirei parlare. Raccontami della tua vita. Dei tuoi genitori.» Prendo fiato. «Mi preoccupa non averli ancora conosciuti. Sembra che non ci siano mai.»

Rimette giù il telecomando e si dimena un poco, a disagio. Il viso si cristallizza in un'espressione nuova, che non gli avevo mai visto. È l'ombra dell'uomo che conosco.

«Avrei dovuto confessartelo prima. Abbiamo litigato. Sto cercando di rimettere a posto le cose. Non gli importa se sto qui quando loro non ci sono, ma evitiamo di stare troppo insieme.»

Nooo. Che tristezza.

«Ma... ma ci hai parlato a lungo, a Natale. Ti ho visto, al telefono. Sembravi felice.»

I suoi occhi sono vacui. Duri. «Riusciamo a essere cortesi, finché siamo lontani. È da vicino che la situazione si fa complicata.»

«Deve essere stata una lite molto brutta, se trascorrete così poco tempo insieme.»

«Infatti.»

Gli guardo le mani. Tremano. Le prendo tra le mie. Mi arrovello nel tentativo di comprendere cosa possa avere creato uno squarcio del genere. Già solo a pensarci mi viene da piangere.

«Ancora non ce la faccio a parlarne, scusa» mi dice con voce spezzata dal dolore.

Gli massaggio le mani, lo conforto.

«Non serve che tu lo faccia ora, ma ricordati che quando vuoi sono qui.»

«Grazie, Zara.» Mi guarda negli occhi. «Ti amo tantissimo.»

Mi bacia, e io mi lascio andare.

«Ti amo anch'io.»

«Ti prometto che per il prossimo Natale sarà tutto a posto. Niente più divisioni, riusciremo a trascorrere le feste tutti insieme.»

«Lo spero, Sebastian. Lo spero proprio.»

Per il resto della settimana, Seb e io viviamo in questa casa, bevendo vino, ordinando cibo da asporto, guardando i film della notte sul suo enorme televisore. Niente tagli, questa volta. Con quelli ho chiuso, per sempre. E *non troppe* droghe. Dormiamo abbracciati tra le sue lenzuola nere di cotone egiziano. Eppure, non mi sento a posto. Continuo a preoccuparmi per te, Miranda, e in più ora sono anche divorata dal bisogno di sapere perché Sebastian e i suoi abbiano discusso. Avevi ragione tu, sorella. Dobbiamo vederci chiaro. Dobbiamo capire.

L'ultima mattina, faccio la borsa per tornare all'appartamento. Ispeziono il comò per assicurarmi di non avere dimenticato niente ed ecco che, in fondo a un cassettone, trovo un oggetto attentamente avvolto in carta velina profumata. Me lo porto al naso. Rosa e lavanda. È duro, rettangolare. Si direbbe una foto incorniciata. Una fotografia. Finalmente una fotografia. Con le mani che tremano, spiego la velina. È davvero una fotografia. In una cornice di madreperla.

Una donna siede su una carrozzella all'antica, di quelle con il tettuccio, due bimbetti sulle ginocchia. Ha i capelli scuri e ondulati, come quelli di Sebastian. Il mio cuore perde un colpo. Significa forse che Sebastian è un gemello? La prima volta che l'ho conosciuto mi aveva detto di essere interessato ai gemelli. C'è forse una straziante storia di separazione legata alla sua nascita? Un'adozione forzata?

In quell'istante, lui entra in camera. Facendomi forza, lo metto alle strette.

«Cos'è questa, Seb? Sei un gemello anche tu?»

104

Sebastian

Sei un gemello anche tu. E dai e dai ha scoperto la verità, mio magnifico fratello. Jude, il mio meraviglioso gemello, molto più bello di me.

105

Zara

«Cos'è questa, Seb? Sei un gemello anche tu?»

Mi raggiunge, mi toglie di mano la fotografia e la guarda.

«È mia zia. La sorella di mia madre. I gemelli sono i miei cugini.»

Labbra tirate. Occhi vacui. Triste e convincente. Eppure. Eppure. Perché non mi ha mai parlato dei cugini *gemelli*? Visto che io stessa sono una gemella? Visto che era ovvio che sarei stata interessatissima?

«Ma... ma... Non mi avevi detto che nella tua famiglia ci sono dei gemelli.»

«Come già sai, tendo a parlare poco della mia famiglia.»

La voce è alterata, secca. Gli metto la mano sul braccio.

«Quando lo farai?» domando con dolcezza.

Scuote il capo. Gli occhi sono colmi di lacrime. «Non adesso. Non ancora.»

«Presto dovrai, però.»

«Lo so.»

Una lacrima gli rotola lungo la guancia. La accarezzo, il cuore che mi si accartoccia. Cos'è successo per buttarlo tanto a terra, un uomo giovane e appassionato che ha ancora tutta la vita davanti a sé? Mi si aggrappa, lo stringo forte. Voglio proteggerlo. Ma come faccio a proteggerlo se non so cosa gli è successo?

«Tua zia ti assomiglia molto» sussurro.

Si scosta. «Non mi sembra strano. È la sorella di mia madre. Assomiglia a mia madre. I conti tornano, non credi?»

«Immagino di sì.»

Mi siedo sul letto. Sono esausta. Svuotata. «Come mai è l'unica fotografia in tutta la casa?»

«Non ne sarei così sicuro. Io non ho frugato in tutti i cassetti come te.» Le lacrime si sono asciugate. La voce e gli occhi sono acidi, ora.

Mi irrigidisco. Non è giusto. «Non è così, Sebastian. Stavo solo controllando di non avere lasciato qui niente. Non ricordavo più dove avevo messo le mie cose.»

«Eddai, Zara, siamo stati qui solo una settimana.»

La voce è di nuovo alterata. Dall'odio? È la prima volta che lo vedo così.

Cerco di calmarlo. «Mi dispiace. Non volevo ficcanasare.»

«Sarà stato mio padre a tenerla. Mia madre non è tipo da fotografie.»

«Ma perché una foto di tua zia? Tuo padre è innamorato di lei?»

Alzo la testa. Sostiene il mio sguardo senza batter ciglio. «Certo che no! Smettila di inventarti storie strampalate.»

Le sue parole mi vorticano nella mente.

«È quello che succede quando non ti raccontano i fatti. La testa ti si riempie di ipotesi strampalate» ribatto.

«Be', vedi di farla finita. Non stai scrivendo un romanzo.»

Cerco di soffocare la rabbia. Prendo un respiro profondo. «Dobbiamo uscire da questa impasse. Devi parlarmi dei tuoi.»

Lo vedo chiudersi a riccio.

106

Miranda

Seduta nello studio di Jill Watson-Smith, tuffo lo sguardo nei suoi grandi occhi azzurri. Irradiano concentrazione. Il nodo che mi chiude lo stomaco sembra metallico. Mi piego in avanti per il dolore. Chiudo gli occhi e chiudo la mente su se stessa. Da qualche parte nel profondo trovo la forza di rilassarmi.

«Cosa pensa di dover fare per uscire da questo brutto momento?» mi domanda piano.

Il nodo allo stomaco si allenta un poco. «Devo smettere di sentirmi tanto responsabile per Zara, immagino.»

Per qualche istante, il nodo sembra sciogliersi. Per qualche istante, sembra possibile. So che devo cercare di parlare dell'accaduto. Ho trascorso molto tempo a prepararmi per questa seduta, alla fine ho deciso di dirglielo. Prendo un respiro profondo.

«Sono andata a letto con Sebastian» annuncio.

Non appena le parole sono fuori, il nodo torna a strozzarmi. Sondo il viso di Jill, come reagisce? Ho bisogno di rassicurazioni. Ma lei è impassibile.

«Perché?» domanda in tutta tranquillità, neanche stessimo parlando del tempo.

Non rispondo.

«Si sente attratta da lui?» insiste dolcemente.

«No.»

Mi rivolge un'occhiata indagatrice. «È innamorata di lui?»

«No.» Ci rifletto. «È solo successo. Non so perché. Non avrebbe dovuto. È stato tutto stranissimo. È per questo che mi sento così in colpa. Non c'era motivo. Non ho scuse.» Guardo in quei suoi occhi così tranquilli. «Il mio corpo ha reagito, tutto qui. Me ne sono pentita appena abbiamo finito. Appena ho avuto modo di pensarci.» Pausa. «Ora non penso ad altro.»

107

Miranda

Cerco di allontanare il mondo. Cerco di allontanare Sebastian. Zara, tu e Sebastian siete tornati. Mi sentivo meglio mentre eri lontana, Zara, perché la tua assenza teneva lontano anche lui. Ma adesso è tornato, e io sono in trappola. Più in trappola che mai. Come un animale catturato dalla tagliola. Il dolore sta peggiorando. La morsa è sempre più stretta.

È tornato al lavoro, la sedia di lato alla mia, anche se non lo guardo intuisco ogni suo movimento. Mi sento addosso il suo sguardo. Azzardo un'occhiata. Avevo ragione. Occhi di fuoco bruciano nei miei. Gli rivolgo un sorriso stentato e fingo di continuare a lavorare. Le righe della revisione contabile che ho davanti prendono a saltare, si fanno sfocate. Il pugno che già una volta mi ha stretto il cuore torna a ghermirlo, e questa volta lo strizza ancora di più. Lo stritola, facendomi andare il battito a mille. Le parole inchiostrate non sono più parole. Si levano dal foglio come mosche e sciamano verso di me.

Mi alzo e per poco non crollo a terra, devo sorreggermi alla scrivania per ritrovare l'equilibrio, sventolo l'altro braccio per allontanare il nugolo di insetti ma quelli sono implacabili, mi ronzano in faccia, vogliono mordermi, so che certe mosche lo fanno. Il pugno continua a strangolarmi il cuore, vuole ridurlo in polvere, ridurlo in nulla. Non riesco a respirare. Non ci vedo. Gli insetti mi zampettano sulla pelle, mi morsicano, mi frullano le ali addosso. Intorno a me, il mondo si dissolve. Tutto si fa nero.

La prima cosa che vedo quando riprendo conoscenza è un numero della «Gazzetta del contabile» che qualcuno mi sta sventolando davanti al viso. La brezzolina che smuove è piacevole, una vera delizia. Poi però noto i peli sulla mano che sventaglia la rivista. Sebastian. Il mio campo visivo torna ad allargarsi. Capisco dove mi trovo. Distesa sul pavimento in ufficio, un fagotto a sostenermi la testa. Sebastian che mi fa aria con una rivista. I colleghi non sembrano essersi accorti del mio svenimento, continuano a occuparsi dei fatti loro. Per un attimo ho un vuoto di memoria.

Due secondi dopo, torna tutto. Gli occhi di Sebastian, che bruciavano nei miei. Il pugno serrato intorno al cuore. Gli insetti. Ora i suoi occhi sono più gentili. Le braci dopo l'incendio. Le mosche sono volate via. Il pugno si è allentato. Mi puntello sui gomiti.

«Cos'è successo?»

«Ti sei alzata e sei crollata a terra.»

«E gli insetti?»

Un cipiglio gli solca svelto la fronte. «Quali insetti? Di cosa stai parlando?»

«C'era un nugolo di mosche. Stavano sciamando verso di me. È per questo che mi sono alzata.»

«Miranda, non c'era nessun insetto.»

Certo che non c'erano insetti. Ho avuto un altro attacco di panico. Sebastian mi fissa con un ghigno sprezzante.

Jill, mi aiuti. La scongiuro, mi aiuti di nuovo.

PRESENTE

108

Dorme nella sua cella di Eastwood Park, sogna Sebastian. Un sogno vivido. Lui è così reale. Capelli scuri ondulati. Occhi che cercano di distruggerla. L'alito che sa di fumo. La pelle che odora di sale. A volte, l'istante si sdoppia e gli uomini sono due. Sebastian e Theo Gregson. Nel sogno, lei sta correndo. Scappa da lui. Gli avampiedi le esplodono sull'asfalto, aghi roventi le si conficcano nel petto mentre si sforza di respirare. Il cuore le pulsa nei timpani.

Si sveglia in un bagno di sudore freddo, si tira su di scatto a sedere, le mani che tremano. Senza tende, la cella è inondata dal chiaro di luna. Questa notte, però, è velato. È tutto sfocato. Bordi smussati. Tranne che nel sogno. E adesso arriva l'attacco di panico. L'ennesimo, ormai. Torna a distendersi fingendo di essere qualcun altro, una persona che osserva la scena da fuori, e trattiene il respiro più a lungo che le riesce. Quando espira, l'aria esce in uno sbruffo impacciato. Torna a trattenere il respiro, e intanto allontana l'immagine di Sebastian.

A un certo punto, tardi, si addormenta di nuovo. Si sveglia di mattina, ma il cuore e il corpo stanno ancora tremando.

Dopo la colazione – fette di pane tostato che hanno la consistenza del cartone, spalmate di un intruglio che qui definiscono margarina ma assomiglia di più al grasso che si mette sulla catena delle bici – sfrutta la "libera circolazione" per passare dal medico del carcere. Non può andare avanti così. Sa di avere bisogno di aiuto. Fa anticamera, di nuovo chiusa a chiave, per quasi un'ora. Nessuno a sorvegliarla. Niente da leggere. Solo pareti biancastre che la fissano, vincono loro, è lei la prima ad abbassare lo sguardo.

Finalmente la detenuta che la precedeva esce dallo stanzino del medico. È avvizzita, emaciata. Povera donna. Sta forse affrontando un tumore in galera? Finalmente il medico fa capolino dietro l'uscio e la invita a entrare.

La stanza dove visita assomiglia a un ambulatorio qualsiasi, se si esclude il fatto che qui non ci sono finestre e i mobili sono imbullonati a terra. Come se lei fosse pericolosa, pronta a sollevare una sedia e brandirla per aggredire. In cuor suo le viene da piangere al pensiero di ritrovarsi in un ambiente in cui la giudicano così. Il medico della prigione è una donnina piccola, carina, con il viso ovale e occhi altrettanto ovali. Un viso dalle fattezze suggestive. La detenuta prende posto sulla sedia per le pazienti, di fronte alla dottoressa.

«Cosa posso fare per te?» le chiede quest'ultima.

«Continuo ad avere attacchi di panico, e per quanto cerchi di controllarli, non fanno che peggiorare.» Prende un respiro profondo, è sull'orlo di una crisi di pianto. Cesserà mai quest'incubo?

«Ne avevi già avuti prima di entrare in carcere?»

«Sì. Ma avevo imparato a gestirli. Ora non ci riesco proprio.»

«Si sta avvicinando il processo?»

«Sì.»

La dottoressa si sporge verso di lei, è preoccupata. «Avevi già fatto terapia qui da noi, dico bene? Per depressione. Dopo il funerale di tua sorella, se non sbaglio.»

«Esatto.»

Occhi gentili brillano nei suoi.

«È servito?»

«Sì. Direi di sì.»

«Bene. In tal caso, direi di riprendere.»

E così lo psicoterapeuta torna a trovarla. Un uomo sui quaranta, la testa calva abbronzata, per occhi due spilli castani e una bocca molto, molto grande. Fisico tonico. Unghie curate. Il dopobarba le ricorda le canne, un odore evocativo, che dà alla testa. Le sorride. Un sorriso vero, gli raggiunge gli occhi.

L'uomo si strofina le punte delle dita mentre la studia, la testa appena inclinata. «Ho letto sulla tua cartella clinica che anche tua sorella ha sofferto di attacchi di panico.»

Una pugnalata al cuore alla menzione della gemella.

«Non voglio parlare di lei, la prego.»

Il terapeuta accavalla le gambe. Il dolore nel suo petto aumenta.

«E di Sebastian?»

Non gli risponde.

L'uomo si sporge in avanti, lo sguardo acceso. «Ti va di parlare di lui?» ripete.

«No. Non ce la faccio. Non ancora.» In cuor suo, sospira. Un lungo, lento, triste sospiro.

Il terapeuta si acciglia. «Eppure secondo me è il caso che ne parli, e in fretta, se alla radice del problema c'è lui.»

Lo stomaco le si contrae. «Non avrei chiesto di vederla, se avessi previsto tutta questa prepotenza.»

«Okay, okay, lasciamo stare. Ma non è prepotenza. Sto cercando di aiutarti.»

«Niente che abbia a che fare con Sebastian potrà mai aiutarmi.»

PASSATO

109

Miranda

«Non ci sono andata a letto una volta sola. Prima l'ho fatto, poi me ne sono pentita, e dopo ancora lui mi ha stuprata.»

Un respiro brusco. Gli occhi di Jill – quegli occhi azzurri tanto acuti – si rannuvolano. Cerco di non guardarla in faccia. Non sopporto l'idea di vedere la sua reazione, perciò osservo la parete alle sue spalle. La foto di lei con il figlio, il giorno della laurea del ragazzo. Lui ha un viso lungo, ricorda un pallone da rugby. Ricorda il viso della madre.

«L'ha denunciato?» La voce di Jill è alterata dalla rabbia.

«No, ovviamente.»

Mi guarda stupita. «Perché "ovviamente"?»

«Mi pare evidente, no? Non volevo che Zara ne fosse ferita.» La mia voce suona stizzita. Adolescenziale. Ingrugnata.

«Poteva sporgere denuncia chiedendo però di mantenere l'anonimato.» Tace un attimo. «Può ancora farlo.»

Le sue parole sono un coltello che gira nella piaga, sento lo stomaco che ricomincia a chiudersi.

«Zara ne soffrirebbe lo stesso, anche se la mia identità rimanesse segreta. È vulnerabile» aggiungo. «Ha bisogno di essere protetta.»

La psicoterapeuta si sporge verso di me, gli occhi sempre più tempestosi. «Se quell'uomo è pericoloso, alla fine Zara soffrirà comunque, che lei parli o meno. Anzi, raccontarlo potrebbe essere la maniera migliore di proteggerla.»

Il nodo si stringe, lo stomaco va a fuoco. «Non sono d'accordo. Se avrà la possibilità di rendersi conto gradualmente, e da sola, di che razza di bastardo è il suo ragazzo, allora potrà forse sopportare una rottura con lui. Ma se le cose precipitassero di colpo, precipiterebbe anche Zara, lo so.»

«E cosa mi dice di lei?»

Stringo la mano in un pugno. «Quello stronzo non riuscirà a farmi colare a picco.»

110

Miranda

«Sebastian, ti va di pranzare insieme?»

Un ghigno alla Jack Nicholson. Lo stomaco mi si chiude. «Certo. Sempre.»

Sogno di sferrargli un pugno in faccia. Sento lo schianto del naso che si rompe. L'umido del sangue.

E invece Sebastian e io usciamo dall'ufficio insieme, vecchi amici che si prendono una pausa in compagnia. Nessuno dovrà mai sapere che i miei sentimenti nei suoi confronti si sono raggrumati in odio. E non solo quando siamo insieme. È un astio che mi porto ovunque, sepolto in fondo all'anima.

«È un onore, Miranda. Cambiamo locale? Che ne dici del Coffee Bombe? È qui dietro l'angolo. Fanno dei panini fantastici» suggerisce.

Annuisco e riesco a mettere insieme l'ombra di un sorriso.

Coffee Bombe. La tipica caffetteria di Bristol: originale, alla moda, non di catena. Pareti azzurre alternate a pareti arancione. Tavolini in ferro battuto e sedie imbottite con cuscini in tinta con i muri. Viole degli stessi due colori al centro di ogni tavolino. La cameriera ha i dreadlock e un piercing al naso. I Pink Floyd pulsano in sottofondo.

«Che ne pensi?» mi domanda Sebastian.

«Decisamente diverso dalla Harrison Goddard, ci voleva» replico cortese, ma mi rendo conto che la voce è tirata.

La cameriera viene a prendere le ordinazioni e se ne va.

Sebastian si abbandona contro lo schienale. «Allora, Miranda, a cosa devo il piacere?»

«Sono preoccupata per Zara.»

«Uffa. Ti viene voglia di parlare con me solo quando sei preoccupata per lei.» Fa una pausa. «E cos'è che ti preoccupa?»

«Lo sai.»

Un sorriso malandrino. «Forza, Miranda. Parla chiaro.»

Mi irrigidisco. «Voglio bene a mia sorella. E, come sai, penso che non debba assolutamente scoprire quello che è successo tra noi. *Assolutamente*.»

«La amo, dovresti saperlo. Però sono diverso da te. Ho una coscienza. Per il bene della nostra relazione, sono convinto che si meriti sincerità.»

Il ghigno si allarga. Forse però ho trovato un appiglio. Quanto meno ha detto che ti ama.

Prendo un respiro profondo. «Ma servirebbe solo a ferirla per niente. Non c'è niente di vero, niente di profondo e duraturo tra noi. Se glielo dici otterrai solo di sentirti meglio tu. Se la ami davvero, devi pensare a lei.»

«Pensi sul serio che funzioni così?»

«Sì, Sebastian, ne sono convinta.»

La cameriera ci interrompe portando le bevande e i panini. Pane di segale con manzo per me. Bianco con bacon, lattuga e pomodoro per lui. Cappuccino, sopra cui la barista ha disegnato un cuore di cacao per il giovane piccioncino che ho di fronte. L'innamoratino con un ghigno perverso.

Seb prende un sorso, gli occhi che trafiggono i miei. «Vedi, Miranda, il problema è questo. Io sono una persona onesta.»

«Onesto con chi, di preciso? Con te stesso? Con la tua relazione?»

Si lecca del cacao dalle labbra. «Di cosa mi staresti accusando, Miranda?»

E a questo punto capisco che non l'avrò mai vinta, con lui.

Non so cosa dirgli. È come se stessi per cadere in un precipizio. Zara, cosa ci vedi in lui? Cosa vedi in questo moralista presuntuoso? Chiudo gli occhi, e rieccoci. La porta della mia camera. Mi prende tra le braccia, mi bacia. Il suo sorriso lascivo. Sono in un bagno di sudore, tremo.

«Sebastian, mi preoccupa solo il benessere di mia sorella.»

«Ti preoccupava il benessere di tua sorella quando stavi venendo?»

Le sue parole sono una coltellata. Ma rimango calma. Lo ribadisco. «Mi preoccupa solo il benessere di mia sorella.»

Torna il ghigno alla Jack Nicholson. «È l'unica cosa che interessa anche a me.»

«E allora lascia perdere, per favore. Le faresti solo del male. E non sopporto l'idea che mi odi. Tu sopporteresti che ti odiasse?»

«Miranda Cunningham, potrei sopportare qualunque cosa per te. Specialmente quando mi implori.»

111
Sebastian

Jude, è arrivato il momento di spezzare per sempre il legame tra le gemelle. Stai attento, ora. Sta per cominciare.

112

Zara

Miranda, tu e Sebastian rientrate dal lavoro. Lui è d'umore appena decente, la solita spenta versione di se stesso che è quando ci sei in giro tu. E tu hai un'espressione tormentata, infelice. Detesto vedervi così. Devo assolutamente scoprire cosa nasconde sulla sua famiglia. È per questo che sei così giù, Miranda? Sai qualcosa che io non so, e non riesci a dirmelo?

«Ho preparato le lasagne ricotta e spinaci» annuncio.

Mi sto facendo in quattro per rasserenare l'atmosfera in questa casa. Ho pescato dal tuo ricettario, nella speranza che una buona cena desse una mano. C'è voluto tutto il pomeriggio. Ho mondato gli spinaci. Ho pestato i pinoli nel mortaio. E voi non mi avete detto neanche una parola. Nemmeno un *Cavolo, Zara, ma sei stata bravissima!* Avete almeno sentito il buon profumino d'aglio e basilico che aleggia in tutto l'appartamento?

Ignorando la zona cucina, tu vai dritta a sprofondare sul divano e resti lì, lo sguardo inchiodato sulla finestra. Cosa stai osservando? I passanti? L'erba che cresce nelle commessure del selciato? Sebastian e io ci scambiamo un'occhiata. Lui fa spallucce. È il genere di spallucce che significa *Te l'avevo detto che è lunatica.*

«Preparo la tavola» si offre.

Butta giù tovagliette, posate e bicchieri senza troppi riguardi. Ogni volta che qualcosa sbatacchia, tu sussulti e fai una smorfia, facendoci capire che ti infastidisce. Seb e io ci scambiamo un'altra occhiata.

Sta diventando impossibile.

Cerco di rabbonirti. «Dopo cena ti va di andare a bere qualcosa, Miranda? Solo tu e io?»

«No, grazie.»

Mi dispiace che siamo una tale seccatura, sorellona. Manca poco, vedrai. Presto Sebastian mi presenterà ai suoi genitori, e poi traslocheremo. È questo ciò di cui hai bisogno? Riavere il tuo appartamento tutto per te? Ci siamo quasi. Ormai Seb è quasi riuscito a mettere insieme la somma che ci serve per trovarci una casa tutta nostra.

113
Miranda

Gli occhi di Jill sono calmi come un lago d'inverno, algidi, chiarissimi. Siede fissandomi, le mani allacciate in grembo.

«Quella carogna non si metterà tra me e mia sorella. Se le dice che l'abbiamo fatto, negherò tutto» le annuncio.

Gli occhi di Jill si scuriscono appena. Le dita si arricciano. «Potresti fare così, certo.»

Negare. Negare. Negare. Una negazione tanto ribadita e profonda che la menzogna diventerà verità nella mia testa.

La menzogna diventerà verità nella mia testa.

La menzogna diventerà verità nella mia testa.

PRESENTE

114

Theo Gregson è venuto a trovarla. Siedono l'uno di fronte all'altra nella solita saletta, separati dal tavolo di plastica grigia, una sfumatura di grigio poco indovinata, dà sempre l'impressione di essere sporca per quanto si strofini e si pulisca. Il riscaldamento del carcere fa le bizze. Si soffoca. Dev'essersi rotto il termostato. C'è un caldo tropicale.

«Come si sente?» le domanda l'avvocato.

«Accaldata.»

Lui scoppia a ridere. «Eh. Anch'io.»

Il sudore gli si è addensato in una pozza sopra il labbro superiore, e lei prova l'istinto di protendersi ad asciugarla. Theo si abbandona contro lo schienale e accavalla le gambe, gli occhi liquidi nei suoi. Indossa un paio di jeans e una maglietta, un giubbetto in pelle è appeso alla sedia. La maglietta è bianca, piena di buchi. Sul serio, sembra tutto tranne che un avvocato. Ha più l'aria di uno studentello. Uno studente con cui stare mano nella mano. Con cui passeggiare sul lungofiume. Con cui andare al pub. In un'altra vita.

«Come va? Ha deciso di seguire qualche corso?» le domanda.

«No. Suppongo che me lo lascerebbero fare, se lo chiedessi. Ma al momento non riesco a concentrarmi.»

«Deve tenere duro. Presto tornerà alla normalità.»

«Già, come no. Cos'è questo, un anno sabbatico molto formativo?»

Le sorride di nuovo guardandola dritto negli occhi. Occhi non così tormentati, questa volta. Solo colmi di tristezza.

Lei si costringe a distogliere lo sguardo, lo abbassa a terra. Non vuole la sua compassione.

«Si sta muovendo tutto in fretta» le annuncia, e lei torna ad alzare gli occhi. «Il processo è stato fissato per la metà di febbraio, al tribunale penale di Bristol. Sono venuto di persona per consegnarle la convocazione.»

Chinandosi, apre la ventiquattrore, ne estrae una busta e gliela porge. Le dita si sfiorano brevemente.

Per lei è come una scossa elettrica. L'intensità la sorprende. Ritirando la mano, lacera la busta e scorre in fretta il contenuto. La corrente che le è pulsata dentro, e che almeno per un attimo le aveva finalmente dato energia, si spegne rapida. La comunicazione delle date del processo. La realtà della faccenda rischia di vincerla. Chi deciderà il suo destino? Chi stabilirà se è colpevole? Se è innocente? Gente che non la conosce. Persone che non l'hanno mai incontrata. Si sente un relitto alla deriva, privo di qualsivoglia controllo sulla propria esistenza. Theo la sta osservando; lei non vuole la sua pietà, ma è quello che le sta dando. Lo sa bene. La sente. Il legale si sporge sopra il tavolo e le afferra la mano.

«Andrà tutto bene. Glielo prometto.»

Il tocco di quella mano la riscalda. Niente elettricità, questa volta. Solo rassicurazione.

«Mia madre sosteneva che non si devono fare promesse che non si è in grado di mantenere» gli spiega con un sorriso triste. «Non può promettermi che andrà bene, non dipende da lei.»

«Ma io lo penso davvero. Sono sicuro che alla fine andrà tutto bene.»

«Com'è quella frase? "E se non andasse bene, vuol dire che non è ancora la fine"?»

«Qualcosa del genere.»

Siedono in silenzio. Un silenzio rilassato. Si stanno ancora tenendo per mano, ma sembra così naturale che nemmeno se ne rendono conto. Dopo un poco, Theo spezza il silenzio.

«Ho bisogno di parlarle del suo legame con Sebastian. Devo mostrarle una cosa.»

Dopo avere rovistato di nuovo nella ventiquattrore, Theo cambia sedia e le si mette di fianco. Apre il computer e lo accende, quindi apre un file denominato Sebastian. Sullo schermo compaiono due persone nude, allacciate, stanno facendo sesso. Un uomo muscoloso, peloso. Orripilata, si rende conto di essere *lei* la donna. La telecamera zuma sul suo viso, i lineamenti alterati dal piacere. Sa che l'uomo è Sebastian. Non riesce a guardare oltre. Siede con la testa tra le mani, gli occhi chiusi.

«Lo spenga, per favore.»

Non vuole guardare Theo. Non vuole mai più guardare nessuno negli occhi. Resta così, la testa sepolta tra le mani, e tra sé e sé finge di essere al sicuro, al buio, da sola. Non desidera altro. Stare da sola. L'avvocato deve avere fermato il video. I gemiti non si sentono più.

«Me l'hanno inviato in forma anonima.»

Silenzio.

«Apra gli occhi, mi guardi.»

Silenzio.

«Sono cose che succedono. Più spesso di quanto lei creda. Apra gli occhi. Possiamo superarla.»

Lei si toglie le mani dalla faccia, apre gli occhi.

«Io non penso di farcela. Perché mai gli è saltato in mente di riprenderlo?»

Theo le cinge le spalle con un braccio. «Ce la farà. Ce la faremo.»

Ha un'espressione tanto dolce. Gentile.

«Abbiamo trovato una telecamera nel soffitto della sua stanza. E anche in quello di sua sorella.»

«Ma perché?»

«Questo ancora non lo sappiamo. Secondo lei che intenzioni poteva avere?»

Il caldo le ribolle sotto l'epidermide. «Lui...» Le parole le muoiono in bocca. Ci riprova. «Non ne ho idea.»

Theo Gregson la fissa sereno. Come se stessero parlando dei risultati del campionato, o del tempo. Liquidi occhi miele si rovesciano nei suoi.

«La ragione per cui oggi sono qui è che volevo raccomandarle di aprirsi del tutto, in tribunale. Nella dichiarazione che ha rilasciato alla polizia, è stata vaga riguardo al tipo di legame che ha con Sebastian. La giuria sarà molto più propensa a crederle se sarà sincera fino in fondo.»

«Sono io la prima a non capire la situazione, come posso aspettarmi che la comprendano loro?»

«Devono cercare di farlo. Ma senza i fatti, è impossibile.»

PASSATO

115

Zara

Un giorno di ferie per Sebastian. Un giorno di vacanza dal corso per me. Una giornata tutta per noi. Inizio estate, il tepore che danza nell'aria.

Mi sveglio presto, prima di Sebastian, e resto sdraiata ad ascoltare il ritmo del suo respiro. Sento lo scroscio della doccia. Miranda, ti stai preparando per un'altra giornata alla Harrison Goddard. Non ti sei presa neanche una pausa. Ora traffichi in cucina. Infine la porta d'ingresso, lo scatto della serratura quando esci. Sebastian si stiracchia. Gli bacio la fronte. Apre gli occhi, e io ci tuffo i miei. I suoi sono scuri, pozzi senza fondo.

«Zara, ti amo.»

«Ti amo anch'io, Sebastian.»

«Non amerò mai nessuna quanto te.»

Mi bacia. Poi si scosta un po' e restiamo entrambi sul fianco, gli sguardi allacciati.

«Voglio che la nostra relazione sia onesta fino in fondo. Del tutto sincera e aperta, sempre. Che ne pensi?»

«Sai bene che è ciò che voglio anch'io. È per questo che mi pesa il tuo silenzio riguardo ai tuoi.»

Si riavvicina, mi bacia appassionatamente. Ma ormai ho imparato a conoscerlo. Credo lo stia facendo per distrarmi. Chiudo la bocca e lo respingo.

«L'onestà dovrebbe essere la base di qualunque relazione. Mi trovi più che d'accordo» insisto.

Fa una smorfia. Ha un'aria strana, non sembra neanche lui.

«Non sono sicuro che tua sorella concordi.» Viso e voce sono duri, spietati.

«Cosa c'entra mia sorella?»

«Tantissimo, in verità.»

Mi si rivoltano le viscere. Cosa intende? Di cosa sta parlando?

«Sono andato a letto con lei.»

Sono andato a letto con lei. Parole che mi trafiggono come una spada.

«No.»

Devo avere capito male. Oppure mi sta prendendo in giro. Tempo un attimo e la bocca gli si incurverà in un ghigno, gli occhi stravolti dalle risate.

«No.»

Ma le sue labbra non si muovono. Gli occhi sono granito. No. Lui non ama me, ama te.

«Tua sorella mi ha sedotto.»

Non ama me, ama te.

«No. Miranda non farebbe mai una cosa del genere» obietto al di sopra dell'urlo che mi è partito in testa.

«Non mi credi? Posso dimostrartelo. L'ho registrato.»

L'urlo nella mia testa si fa più forte. Cos'è successo al mio Sebastian? Dov'è andato?

«Sedotto? Cosa intendi con registrato?» Prendo fiato. «E come sarebbe riuscita a sedurti?»

«Lascia che ti spieghi.»

Siamo seduti fianco a fianco, sul letto, io ho la testa tra le mani. Seb mi cinge con un braccio la schiena nuda. Al suo tocco, mi irrigidisco. Lo stomaco si ribella. La mente prende a vorticare. Ti vedo, Miranda, nuda, che avanzi verso di lui, sorridi. Lui ti prende la mano. Tu lo accompagni verso il tuo letto. Ora è sopra di te, tu schiudi le gambe. Non ci vuole molto.

Non state a perdere tempo con i preliminari. È dentro di te. Spinge. Tu hai la testa rovesciata all'indietro. Ti vedo venire. Ti vedo raggiungere l'orgasmo, ed è allora che capisco.

È quello che hai sempre voluto. Prenderti il mio uomo. Annientarmi.

116

Miranda

Seduta alla scrivania, cerco di schiarirmi le idee. Sebastian non c'è. Un giorno di ferie? Un corso di aggiornamento? Comunque sia, si sta bene senza di lui. Il nuovo documento cui sto lavorando deve essere consegnato entro una settimana, ma non riesco a concentrarmi sui numeri. Ora capisco come ti sentivi con gli esami, Zara. È un inferno, vero? Spero di averti dato prova del mio sostegno, all'epoca.

Ho bisogno di andarmene da qui. Un bisogno folle di lasciare Bristol. Il groviglio che ho in testa sta iniziando a dipanarsi. Cercherò un impiego a Hong Kong, uno di quelli dove ti pagano un botto, e ti lascerò qui con lui. Te la caverai. Ormai hai trent'anni. Hai smesso di tagliarti. Sei in grado di badare a te stessa. Sento qualcosa tornare al suo posto dentro di me. Sono libera, finalmente. La psicoterapia è servita. Sono di nuovo forte. Posso vivere la mia vita.

117

Zara

Il dolore è intenso come se mi avessero praticato un taglio lungo l'intero corpo. Come se io e te fossimo siamesi, e ci avessero separate chirurgicamente. Mi fanno male tutte le terminazioni nervose. Eppure, malgrado l'intensità della sofferenza, mi sento vuota. Il tempo si ferma. Tutto si ferma. Non ripartirà più.

«Vattene. Subito. Non voglio più vederti.»

«Non puoi dire sul serio, Zara.»

«Eccome, invece.»

La sua mano destra mi accarezza la schiena. Me la levo di dosso con uno strattone e mi scosto, senza scendere dal letto.

«Ti amo, Zara.» Le parole gli rotolano sulla lingua, vuote e prive di significato. Non mi fiderò mai più di lui.

«Dico sul serio, Sebastian. Voglio che te ne vada. Non ti voglio rivedere mai più.» Sto strillando, manca poco che mi metta a squittire. La mia voce è stridula, spezzata.

«Ma, Zara... Volevo solo essere sincero.»

«Sincero?! Non c'è sincerità in te.» Mi tremano le labbra, il mento. «Non so niente di te, della tua famiglia. Per favore, Sebastian.» Ormai lo sto implorando. «Fai i bagagli. Vattene.»

«Me ne vado. Cercami, quando mi vorrai di nuovo qui.»

Conficco gli occhi nel suo buio. «Non ti cercherò mai più, Sebastian.»

118

Sebastian

Le parole di Zara mi vorticano in testa. L'espressione del suo viso quando gliel'ho detto. Come può prendersela con me? Mi ama. Mi perdonerà. Mi perdonerà, vero, Jude? Ci vorranno un paio di settimane, immagino. E io avrò ottenuto quel che volevo. Allontanare Miranda. A quel punto riuscirò a trovare la forza di raccontare a Zara quello che è successo. Quello che ho fatto alla mia famiglia.

119

Zara

Sebastian se n'è andato. Non avrei sopportato di vederlo un minuto di più. La sua immagine è sale sulla ferita, mi fa stare ancora peggio. Miranda. Non vedo l'ora che rientri dal lavoro. Stringo il coltello. Il mio coltellino svizzero. La mamma ce ne aveva regalato uno ciascuna quando siamo diventate Giovani Esploratrici. Te lo ricordi, Miranda? Tu il tuo l'hai perso. Io il mio l'ho conservato.

120

Miranda

Mi godo la passeggiata per rientrare dal lavoro, calmissima ora che ho deciso come agire. Il mondo sembra più nitido, più definito. Per la prima volta da un pezzo, vedo altre persone dirette a casa, come me, oppure al pub per la serata. Una coppietta che si tiene per mano. Una donna sovrappeso, di mezza età, carica di borse del supermercato. Vedo passare l'autobus, zeppo di persone che vivono la propria esistenza.

Ora potrò tornare a unirmi a loro. Non vedo l'ora di riprendere a vivere. Ti lascerò andare, Zara, smetterò di cercare di proteggerti. Mi trasferirò a Hong Kong, guadagnerò una vagonata di soldi in un mondo completamente diverso. Ti lascerò a gestire Sebastian, tu da sola. Le parole aspre di mamma non mi spaventano più. Non è vero che rivuole la caparra. In cuor mio so benissimo che l'ha detto solo nel disperato tentativo di farmi rimanere qui, a proteggerti, la sua adorata figliola. Ti lascerà stare a casa mia per sempre, la sua cara Zara. Per sempre, o finché ne avrai voglia.

121

Zara

Ti sto aspettando, Miranda, coltello in mano. Tu mi hai distrutta. Ora io distruggerò te.

122

Miranda

Ti mando un messaggio, Zara.

Oggi ho finito presto. Ti vanno pizza e cinema, serata per ragazze?

123

Zara

Sì, volentieri.

Mentre ti rispondo, la mano mi si chiude sempre più intorno al coltellino svizzero. Secoli fa, tagliarmi mi serviva a trovare sollievo. Il sangue che sgorgava. Piano, all'inizio. Poi un rivolo. E poi un fiume. Oh, il dolce, dolce sollievo del sangue. Secoli fa, ho tagliato Sebastian. Chiudo gli occhi e torno indietro nel tempo. Mi mordo il labbro. Dirigo la lametta verso il suo polso. Gliela appoggio sulla pelle. Sento l'epidermide che si lacera. Lui inspira di botto. Il suo ansito, il modo in cui le labbra si schiudono appena, mi eccitano. Vedo la stria di sangue. Lo stillicidio. Dolce stillicidio. Dolce, dolce stillicidio. Dolce sfogo.

«Lo senti?» gli chiedo.

Chiude gli occhi.

«Lo sento» bisbiglia.

Miranda, questa volta taglierò te. Troppo a fondo.

124

Miranda

Sì, volentieri, rispondi.

Ottimo. Cosa ti va di vedere?

Vieni a casa che ne parliamo. Abbiamo un sacco di possibilità. Meglio discuterne a voce.

125

Zara

Sento la tua chiave nella porta. Sento i tuoi passi mentre attraversi l'ingresso. Mi chiami. Non rispondo. Sto scoppiando di rabbia. Non riesco a muovermi. Non riesco a parlare. La collera straripa, satura l'aria, devo fenderla per muovermi. La attraverso a forza e poi via, in soggiorno, procedo verso di te. Sei nell'angolo cucina, stai mettendo su il bollitore. Ti giri a guardarmi, apri la bocca per dire qualcosa. Ma io non voglio ascoltarti. Non ti ascolterò mai più, Miranda.

«Come hai potuto farlo?» Il mio tono è quasi un urlo.

Mi guardi con occhi sgranati. Cos'è, vuoi fingerti innocente?

«Farti cosa?»

«Sedurre Sebastian.»

La mia voce esplode. Il tuo viso va in pezzi.

«È questo ciò che ti ha detto?»

«Sì.»

«Non è andata così.»

«E com'è andata? Com'è stato, farti il mio ragazzo? Scopa da Dio, vero?»

Scuoti il capo.

«Non è andata così.»

Non ti credo, Miranda. Non ti crederò mai più. Continuo ad avanzare, il coltellino nascosto nella mano destra. Non riesco più a vederti il viso. È fuori fuoco. Avvolto dalla nebbia, confuso. Sei sempre in piedi nell'angolo cucina, dritta, immagino intenta a guardarmi. Non dici niente. Non chiedi scusa.

«Ti odio, stronza!» urlo.

Non cambia nulla. Sei sempre ferma. Sempre zitta.

E io ti sono sempre più vicina. Con il mio coltello. Sempre più vicina a tagliarti. Tanto vicina che ora, anche se il tuo viso è sfocato, riesco a sentirti. A sentire il tuo odore. Sai di lui. Odori di Sebastian. Di sudore. Fumo di sigaretta. Sesso. Testosterone. Dopobarba. Mi avvicino alla tua gola. La tua bella gola liscia, il punto in cui voglio tagliarti. Ora sì cerchi di scappare, ma è troppo tardi. Mi getto addosso a te di peso. Sei imprigionata contro il bancone. Non puoi muoverti.

126

Miranda

Mi sento leggera. Felice. Sto per scappare. Questa sera ti porto fuori, Zara, ti vizio. Questa sera festeggiamo. Entro nell'appartamento. C'è una strana quiete. Niente televisione. Niente musica che rimbomba dalla tua camera. Nessuno spaparanzato sul divano.

«Zara!»

Non rispondi. Magari hai fatto un salto al supermercato. Vado a prendere il bollitore, preparerò una tazza di tè. Proprio quando inizia a fischiare ti sento urlare, uno strillo acuto. Mi giro. Mi stai caricando con un'espressione che non riconosco. Non ti ho mai vista così prima d'ora. Hai gli occhi sgranati, fissi. Il mento proteso. La faccia scarlatta, come avessi la febbre.

«Come hai potuto sedurre Sebastian?» sibili.

«Non l'ho fatto.»

«Non mentirmi, puttana!»

«Calmati, Zara. Sediamoci. Beviamo qualcosa. Parliamone.»

«Ti odio, stronza. Non ti parlerò mai più.»

Mi spintoni. Mi stai facendo male. Mi inchiodi contro il bancone della cucina.

127

Zara

Alzo il coltello verso la tua gola. La tua bella gola morbida. Pulsante di arterie e vene. Pulsante di panico. Fiuto il tuo dolore prima ancora di tagliare. Taglio. Vedo la stria. Lo sfogo del sangue. Taglio più a fondo, ancora di più. Sempre di più, per farti sentire il mio dolore.

128

Miranda

«Ti ammazzo, brutta stronza, ti ammazzo!»

Un urlo stridulo. Una voce che non è più la tua. Emerge da grandi profondità, come fossi in trance. Alzi la mano destra e affondi sulla sinistra del mio collo. Cosa stai facendo, Zara? Cosa succede? Un bagliore metallico riflette la luce del sole che filtra dalla finestra e io vado in panico. Hai un coltello.

«Cosa fai, Zara? Fermati!»

Ma la tua espressione è vacua, assente. Non mi stai ascoltando. La lama del coltellino svizzero continua a venirmi incontro. Non mi ero mai resa conto di quanto fossi forte. Non riesco a muovermi. Mi hai inchiodata contro il bordo del bancone della cucina, mi trattieni entrambe le mani con la tua sinistra.

Chiudo gli occhi pregando di avere la forza, e proprio in quell'istante sento un dolore straziante nel collo. Mi stai tagliando. Mi stai pugnalando. Apro gli occhi e sul tuo viso leggo odio puro. Ti lecchi le labbra. I tuoi occhi si sgranano mentre affondi. Alzi il coltello, pronta a colpire di nuovo.

È questione di un millesimo di secondo. Mentre tu sei in estasi, io riesco a liberare le mani. Afferro il coltello da pane che giace sul bancone, vicino alla mia mano destra. Tremando, allontano le tue dita dalla mia gola e affondo nel tuo stomaco. Su, su, spingo verso l'interno della cassa toracica.

129

Zara

Ti ho tagliata. Stai sanguinando. Ho tagliato e questa volta, per la prima volta, non mi sento meglio. Niente sollievo. Indietreggio un poco. Ti sei liberata le mani. Sto guardando la cascata del tuo sangue quando sento la mia pelle lacerarsi. Bagnato tra le costole. Il mio cuore sussulta. Non riesco a respirare.

PRESENTE

130

Sono in cella, sulla brandina, apro una lettera. Dalla carta filigranata giallino chiaro e dai tratti di penna blu sulla busta so già che è di Theo. Carta giallina, biro blu. Sono gli articoli di cancelleria che ha allo studio legale. Apro la busta, le dita che tremano. Sento la sua mano nella mia mentre cercava di rassicurarmi riguardo al video. Rivedo la dolcezza sul suo volto. Sono talmente imbarazzata che vorrei solo accartocciarmi e morire qui. Voglio piacergli. Voglio che veda il mio lato positivo. E invece tutto quello che vede è sempre un pastrocchio squilibrato.

Solo pochi, immagino, sono completamente disinibiti quando si tratta di sesso. Esibizionisti. Altrimenti non esisterebbero le pornostar. Le ballerine di lap dance. Le prostitute. In un certo senso li invidio. Hanno una sicurezza nei confronti dell'intimità che a me manca. Per me, il sesso è privato. Un atto completamente intimo. Guardare non è come fare sesso. Sono due cose che non c'entrano nulla l'una con l'altra. La sensazione e la percezione del sesso trascendono di gran lunga l'osservazione. Nella realtà il sesso è etereo, non quantificabile. Quando lo si guarda, è pura meccanica. Affondi e stoccate. Gemiti e corpi esposti.

Non riesco a credere che Sebastian mi abbia ripreso. Una telecamera in entrambe le stanze. Filmare le sue labbra sui miei capezzoli turgidi. Le sue natiche pallide che spingono. Che cavolò gli dice il cervello? A che gioco stava giocando? Mi sento umiliata. Sporca. Sminuita.

Leggo le parole di Theo.

Cara signorina Cunningham,

la scongiuro, non si lasci deprimere dal video. Per me lei è meravigliosa. Un'eroina.

Come può scrivere cose del genere? È il mio avvocato. Abbiamo un rapporto d'affari. È chiaro che non lo pensa davvero. Sta solo cercando di tirarmi su di morale.

La lettera non finisce qui.

Sebastian è un uomo crudele, manipolatore. Ho indagato sul suo passato e non c'è da stare allegri. Sto giungendo a conclusioni nuove su di lui. Credo che abbia volutamente cercato di allontanare lei e sua sorella. Non gli permetta di distruggerla. Sia audace. Sia coraggiosa. Confessi quello che le ha fatto. Esca dall'ombra in cui si è rintanata. Racconti al mondo quello che le ha fatto il ragazzo di sua sorella. Racconti al mondo la verità, Miranda. Per favore. Voglio che lei sia libera. Voglio vederla uscire di lì.

La lettera mi cade di mano. Mi tiro su a sedere. La mia vita non potrebbe andare peggio. Ho raggiunto il punto più basso. Devo risollevarmi. Mi chiamo Miranda Cunningham. Sono stata manipolata e stuprata dal ragazzo di mia sorella. Devo affrontarne l'onta. Mi chiamo Miranda Cunningham. Volevo bene a mia sorella. Miranda Cunningham racconterà la verità.

131

Lo psicoterapeuta indossa il suo solito sorriso. Un sorriso vero, che gli raggiunge gli occhi. Ma io sto tremando, rabbrividisco. Ho la bocca secca, il torace e lo stomaco trafitti da un migliaio di lame.

«Un altro attacco di panico?» mi chiede.

«No. Be', sì. Ma l'ho superato. È solo che adesso voglio parlare di Sebastian. È ora.»

132

Sono chiusa in un'altra cella, in attesa che inizi il mio processo. Non sono sicura dell'ora perché l'udienza precedente la mia è andata per le lunghe. Sto aspettando qui tutta sola dalle nove di questa mattina, la cella si trova sotto le aule del tribunale. Non saprei dire come mi sento, né se sento qualcosa, a dire la verità. Dopo mesi e mesi di carcere, una parte di me si è spenta. Non riesco a figurarmi che quest'incubo abbia mai fine. Non riesco a immaginare di tornare mai libera. E se anche succedesse, fisicamente, ti ho pur sempre uccisa, Zara, quindi come potrò convivere con questo? Avrei dovuto lasciare che mi ammazzassi. Ci penso spesso. Quanto più semplice sarebbe se fossi morta io al posto tuo.

Finestre chiuse. Aria stagnante. Noia e paura mi paralizzano. Quale delle due mi finirà per prima? Alla fine crollo addormentata, qui, seduta sulla panca di legno. Sogno di essere al mare con te, Zara, siamo in piedi nell'acqua. Di nuovo ragazzine, sulla Costa Brava, dove ci hanno portate quando avevamo sette anni. Le onde sono vivaci, e tu e io sghignazziamo mentre le saltiamo. Mamma è tra noi, ci tiene per mano. Poi mamma svanisce, e siamo tu e io a tenerci per mano, passeggiamo per boschi disseminati di campanule.

Apro gli occhi e mi ritrovo in cella, un secondino mi guarda facendo tintinnare un paio di manette.

«Il tuo avvocato vuole vederti prima del processo. Ti dispiace seguirmi?»

Rimetto le scarpe, poi mi ammanetta e mi conduce lungo un corridoio. Non mi sorride. Non mi parla. È un uomo pelle e ossa con una fede nuziale massiccia, le punte dei piedi leggermente rivolte all'interno mentre cammina. Apre una porta e mi fa entrare in un cubicolo con una panca su cui sedersi e una vetrata divisoria con un'apertura attraverso cui parlare. È una cabina, non una stanza. Mi leva le manette.

«L'avvocato arriva subito.»

Si allontana, richiudendosi la porta alle spalle. Mi appollaio sulla panca e aspetto, il naso premuto contro il vetro. Dopo pochi minuti ecco Theo, pronto per l'aula di tribunale. Siede dal suo lato del vetro e sorride. Un sorriso pallido, grondante preoccupazione. Gli occhi si tuffano nei miei.

«Volevo solo accertarmi che stesse bene.»

«Il più bel giorno della mia vita.»

«È elegante.»

«Ho fatto del mio meglio.»

«Il suo meglio ha funzionato.»

«Temo che non sarà d'aiuto, in ogni caso.»

«Tutto aiuta.» Theo prende fiato. «Immagino sappia cosa sto per dirle. Ormai sembro un disco rotto, me ne rendo conto, ma...» Un'altra pausa, questa volta più lunga. «Sia sincera. Sia se stessa. E, quel che è più importante, spieghi esattamente cosa le ha fatto Sebastian.»

Al pensiero di venire interrogata in merito a Sebastian, il panico e l'imbarazzo che mi sto sforzando di controllare montano. Tremo come una foglia. Guardo Theo negli occhi.

Prendo un respiro, deglutisco. «E se mostrassero il video?»

«Non lo faranno. Lo mostreranno solo ai giurati, a porte chiuse, se lo riterranno necessario.»

«Dov'è la mia patrocinante?»

«Sta guardando gli appunti per il processo.»

«Non è un po' tardi?»

«È un ripasso, li conosce già molto bene. Ed è molto esperta. Intendevo che li sta riguardando.» Mi rivolge un sorriso. Un ampio sorriso rassicurante. Appoggia la mano sul vetro, come volesse toccare me. «È tutto sotto controllo, Miranda. Davvero, credimi» mi rassicura virando con naturalezza al *tu*, dopo tanti mesi di vicinanza. «Sono passato solo per accertarmi che stessi bene.» Gli occhi color miele si rituffano nei miei. «E farti un in bocca al lupo.»

«Se è tutto sotto controllo, perché ho bisogno di fortuna?»

«Tutti quanti hanno bisogno di fortuna.»

Un ultimo sorriso, inizia come una smorfia e poi si allarga, e Theo scompare in uno svolazzare di falde.

Di nuovo in cella, con il secondino. Altre due ore prima che mi chiamino. Altre due ore per rivivere il mio misfatto. Ricordi di te, Zara, mi turbinano nella mente. Tu e io in spiaggia insieme, due studentesse che camminano verso il mare. Stai piangendo. Una cortina di lacrime ti riga il viso. Ti attiro a me, e tu ti aggrappi.

«Non ce la faccio a sostenere gli esami. Ti prego, aiutami» mi implori.

La mente salta a Bristol.

«Ho conosciuto una persona» annunci, il viso arrossato, gli occhi lucidi. Ricordo il sapore metallico del pollo tikka masala che ho mangiato la prima sera che sei uscita con Sebastian, lasciandomi da sola nell'appartamento.

E ora sono sdraiata sul tappeto del soggiorno, davanti alla televisione. Siamo l'una di fronte all'altra, Zara, distese sulla pancia. I tuoi occhi dorati si aguzzano sotto la luce elettrica della serata invernale mentre accendi uno spinello e fai il primo tiro. Aspiri con forza, come stessi inalando l'elisir di lunga vita. Un cipiglio di passaggio mentre ti concentri. Trattieni. Trattieni. Trattieni. Espiri. L'aroma dolciastro dell'erba ci si diffonde intorno. Resistente. Nauseante. Muschiato. Mi passi la canna. Stessa routine. Trattenere, trattenere, trattenere. Rilasciare.

«Mi preoccupa quanto sono rapita da lui. Temo di amarlo troppo» dici.

La cannabis mi dà l'impressione di fluttuare.

Avevi ragione, Zara. Lo amavi troppo.

E adesso mi grugnisce nell'orecchio come un maiale sgozzato, sembra lo stiano scannando mentre arriva all'orgasmo. Il vomito mi sale in bocca, lo ricaccio giù. Lui si sfila. Il dolore lancinante che mi stava causando aumenta ancora. È quasi insopportabile. Vorrei aiutarmi con un respiro profondo ma non mi muovo, anche se con la testa conficcata nella coperta mi sento soffocare. Non reggo l'idea di sollevarla e vederlo. Lo sento muoversi qua e là. Immagino stia recuperando i vestiti. Cosa starà pensando? Sarà compiaciuto di se stesso? La porta si apre e si richiude. Ora che se n'è andato riesco a muovere la testa per tornare a respirare.

«Ti prego, Sebastian. Non torturarmi. Ti prego, promettimi che non racconterai niente a Zara.»

Mi mette la mano sul braccio. Un sorriso alla Jack Nicholson. «Mi eccita quando mi implori.»

Pelle che si lacera. Oppone resistenza. Si fa umida. I tuoi occhi umidi, sbarrati. Il tuo corpo straziato di vermiglio. I capelli, un ventaglio sul pavimento bianco. Una rigidità alabastrina.

Nell'aula di tribunale, infine. Siedo accanto al taciturno secondino pelle e ossa. Una parete divisoria in vetro a tutta altezza protegge il pubblico da me. Non sono ammanettata. Il mio guardiano, però, ci tiene a farmi notare che le manette ci sono eccome, le ha a portata di mano. Dove pensa che potrei scappare? L'aula si sta animando davanti ai miei occhi. Entrano gli avvocati della difesa. Togati operatori della legge, che fanno su e giù per lo stanzone. Perché sono sempre lì a fare su e giù tutti impettiti? Forse perché si annoiano?

La parrucca di Theo fa ridere. È solo appollaiata sulla testa, giusto in cima, come se non c'entrasse niente con lui. E in effetti è così. Lui, il signor Mimms e la mia patrocinante vanno a sedersi su una fila di panche in legno al centro dell'aula. Di tanto in tanto le teste si avvicinano, parole vengono scambiate, carte vengono rimescolate. Theo si gira a guardarmi.

«Tutto bene?» mima muovendo le labbra.

Annuisco. Tutto bene? Sto bene? Starò mai più bene? Almeno gli interessa abbastanza da chiedere.

Arrivano i legali della pubblica accusa, di gran carriera, carichi di fogli, atti, fascicoli. I miei avvocati sorridono e li salutano educatamente. Per me sono il nemico. Persone riunite qui per porre fine a quel poco che è rimasto della mia vita. Forse, tutto sommato, l'esito del processo non farà una gran differenza per me. In ogni caso, la mia vita è giunta al termine. Senza mia sorella, non ho una vita.

Per l'accusa, tre avvocati. Un patrocinante per la Corona, un assistente del patrocinante e un procuratore legale. Li guardo. Quante persone contro di me. Quali chance posso mai avere? Il patrocinante, quello con la toga di seta, quello con la parrucca più lunga, assomiglia un po' a Stephen Fry. Massiccio, imponente. Non bello, ma con un che di imperioso. Pelle leggermente butterata. Naso leggermente a patata.

Sollevo lo sguardo sulla galleria del pubblico. Vedo mia madre accedervi proprio in questo momento, si accomoda in prima fila. Le spalle sono incurvate, è una novità, forse sta iniziando ad avere problemi con l'osteoporosi. Più debole, più sottile, in un certo senso. Si guarda intorno. Non appena mi vede, la bocca ha un cedimento. Si rannuvola senza volerlo. Sollevo le labbra in una smorfia scomposta che vorrebbe essere un sorriso, e insieme un *Ehi, mamma, com'è possibile che la nostra vita sia arrivata a questo punto?* Lei risponde con gli occhi. *Non preoccuparti, ne usciremo.* So che sta solo cercando di tenere duro. In cuor mio piango.

Entra il giudice. I presenti si alzano e chinano il capo. Il giudice è una giudice. Carina, se non fosse per gli occhi da furetto. Sulla fronte, alcune ciocche biondo platino sono riuscite a sottrarsi al potere dell'androgina parrucca. La toga è rosso papavero. Rosso sangue, strilla *autorità* da tutti i fili.

Formalità legate all'ingresso: espletate.

«Entrino i giurati» ordina la giudice.

Un cancelliere corre a chiamarli, il capo chino in segno di rispetto. I giurati sfilano in aula, già stremati, sopraffatti dalla procedura e insicuri, consapevoli di essere osservati da avvocati e pubblico. Ventiquattro persone convocate, ventiquattro persone che aspettano di sapere chi sono le dodici a cui toccherà.

Studio questi individui da cui dipende la mia vita. Tredici donne. Undici uomini. Due si direbbero oltre i quaranta. Uno è nero, due asiatici. Tutti gli altri sono caucasici. Nessuno particolarmente elegante. Un sikh, con turbante e occhialini rotondi. Un giovanotto bianco con una folta barba castana. Un uomo con la pancia tanto prominente che si direbbe lì lì per scodellare dei gemelli. Una donna con un rossetto fucsia che fa a pugni con l'abito. Un'altra con ciglia seriche e uno di quegli orecchini pazzeschi che allungano e dilatano il lobo a dismisura. È la più carina. Peccato che si sia conciata così l'orecchio. Tre giurati sono talmente sovrappeso che faticano a camminare. Si ammassano tutti intorno alla porta da cui sono entrati, a destra del banco degli imputati. Sulla destra dell'aula, mentre sul lato opposto c'è l'ingresso per avvocati e pubblico.

Un cancelliere estrae dodici nomi e, a uno a uno, i miei giurati prendono posto. A uno a uno, li esamino. A uno a uno, mi sforzo di non fissarli. A uno a uno, mi lanciano occhiate di straforo. I tre obesi sono stati pescati. Si siedono tutti vicini. Il sikh con il turbante. Un uomo pelato. Un uomo barbuto. La ragazza con le belle ciglia e il lobo martoriato. Un'altra che assomiglia un po' a un folletto. Capelli corti. Occhi enormi. Orecchie grandi, a punta. Una donna di mezza età con i capelli ricci. Un travestito. Un uomo con la camicia a quadri e i capelli unti. Un giovanotto con i capelli biondi tutti azzimati. Hugh Grant ai tempi d'oro, si guarda intorno levandosi le chiome dagli occhi.

Prestano giuramento a uno a uno. Li osservo in preda all'ansia, analizzo il timbro di ciascuna voce. Ma l'unica voce che sento davvero è la tua, Zara. «Ti ammazzo, brutta stronza, ti ammazzo!»

Ci sei riuscita, Zara. Cazzo se ci sei riuscita.

133

Di nuovo in aula. Il tribunale domina la mia vita. Una tregua dalla galera. O no? D'accordo, per certi versi è una finestra che si spalanca sul mondo, almeno per qualche ora. Più colore, più varietà rispetto alla mia ormai arcinota cella. Di sicuro non posso dire di annoiarmi, ecco. Il fatto che così tanto dipenda da ogni parola detta, però, insieme alla pesante sensazione che questa potrebbe essere la mia *ultima* occhiata al mondo per un bel pezzo, non mi consentono certo di rilassarmi e godermela. Anzi, tutt'altro: sento di essere alla frutta, perennemente ad arrampicarmi sugli specchi, costantemente impegnata a soffocare un attacco di panico.

Vedo gli astanti andare e venire, il più delle volte ignorando chi siano, o perché abbiano deciso di assistere al processo. Sono studenti di legge? Giornalisti? Invidio a morte la loro libertà. Invidio tutti. Cancellieri, uscieri, avvocati, tutti. Persino quelli che sembrano addetti solo alle fotocopie.

Il sosia di Stephen Fry, vale a dire il legale in capo della pubblica accusa, Paul Early-Smith, è pronto a illustrare il caso. Si avvicina alla giuria. Dà un colpo di tosse. La parrucca gli scivola leggermente sulla destra. La rimette a posto.

«Miranda Cunningham, trentenne, contabile, residente a Bristol, è accusata di avere assassinato la sorella. Zara. Zara Cunningham.» La voce e l'accento sono quelli di una persona istruita. Il legale conficca le parole nell'aria, ci mette forza. «Lei si proclama non colpevole. Legittima difesa, dice.» In piedi davanti ai giurati, spalanca le braccia. Un gesto ampio, come ali d'uccello che si spiegano. «Ora, lasciate che vi riassuma la posizione dell'accusa.» Tace e dà un'occhiata agli appunti. Raddrizza gli occhiali.

«L'accusa dimostrerà che Miranda Cunningham soffre di *gravi* disturbi mentali.» Mi irrigidisco. Come osa dire una cosa del genere? «Si è invaghita del ragazzo della sorella, Sebastian Templeton, al punto di perdere completamente la testa.»

Mi avevano avvertita, sapevo che l'avrebbe detto, ma un conto è saperlo e un altro è sentirglielo proclamare sul serio, a gran voce. Non lo reggo.

«Gli ha dato la caccia così a lungo che alla fine Sebastian Templeton ha deciso, forse sconsideratamente, di cedere, nella speranza che poi lo lasciasse in pace. Ho detto *sconsideratamente*, poiché Sebastian era profondamente innamorato di Zara.»

Nella mia mente le parole si smorzano mentre mi ritrovo un'altra volta nel passato, distesa sul letto, la testa schiacciata nel cuscino. Mi sta penetrando. Mi sta facendo male. Urlo di dolore.

Early-Smith fa una lunga pausa melodrammatica, protende il collo, sventola in aria il naso a patata. «Purtroppo, il tentativo disperato di Sebastian non è servito. Anzi, il comportamento di Miranda è addirittura peggiorato. Dopo quell'unico rapporto sessuale, l'imputata si è legata ancora di più a lui, tanto da giungere ad assassinare la gemella con un coltello da pane nella vana speranza di avere il suo fidanzato tutto per sé.»

Siedo scuotendo la testa, le lacrime che mi rigano le guance.

134

Riunione predibattimento. Siedo di fronte a Theo, in una saletta che ormai conosco bene. Mi aggiorna ogni giorno prima che entriamo in aula, poi di nuovo al termine della seduta del mattino, e infine al termine di quella pomeridiana.

«Oggi chiameranno a deporre Sebastian» mi avvisa.

D'un tratto sento che sto per vomitare. In preda ai conati, abbasso la testa tra le ginocchia e porto la mano alla bocca, ma non esce niente. Theo si sporge in avanti, mi cinge la schiena con un braccio. Con estrema lentezza, rialzo la testa.

«Perché non me l'hai detto prima?»

«Non lo sapevamo. L'accusa ha faticato a rintracciarlo. A quanto pare ora vive all'estero.»

«Volevo spiegargli. Chiedergli di perdonarmi.» Faccio un sospiro. «Forse è per questo che non è venuto a trovarmi quando gliel'ho chiesto, perché era all'estero.»

Gli occhi di Theo si scuriscono. L'espressione del viso si addolcisce, come fosse dispiaciuto per me. «Forse.»

«Perché vogliono farlo deporre?» gli chiedo.

«Prova un po' a indovinare.»

«Per screditarmi, ovviamente.»

Un mal di testa lancinante comincia a farsi strada dalla mandibola, la pulsazione mi raggiunge le tempie.

«Cosa dirà?» chiedo ancora.

«La prima menzogna che gli passa per la mente, immagino.» Theo prende fiato. «Non stare a fasciarti la testa. Ho un sacco di ottimi testimoni che ti saranno di grande aiuto. Qualunque bugia racconti oggi Sebastian, alla fine del processo sarà *lui* quello screditato, non tu. Non sarà solo la tua parola contro la sua.»

«Come puoi esserne tanto sicuro?»

«Fidati di me, Miranda.»

«Mi fido, Theo. È solo che a volte mi domando se la fiducia sia abbastanza.» Taccio, mi mordo un labbro. «Mi sono sempre sentita meglio quando sapevo le cose.»

Mi sento vuota dentro. Theo mi stringe la mano.

«La fiducia è abbastanza, te lo garantisco. Adesso devo andare. Ci vediamo in aula.»

La guardia mi riporta nel mio palco personale. L'aula sta tornando a riempirsi. Tutto come al solito. Arrivano avvocati e cancellieri, entra il pubblico. Mia madre è sempre qui, è venuta tutti i giorni, sempre in prima fila, sempre tristissima. Vederla così avvilita mi strazia.

Ed ecco che il cuore ha un mancamento. C'è Sebastian, un usciere lo accompagna a una panca vicina al banco dei testimoni, in attesa di essere chiamato. Non l'ho più visto da quando mi ha bruciata con occhi d'acido al tuo funerale, Zara. Il suono della sua voce mi perseguita.

«Miranda Cunningham, per te sopporterei qualunque cosa. Adoro quando mi implori.»

Il pugno che troppo spesso mi stringe il cuore si serra ancora di più. Aghi e spilli mi si conficcano nel braccio sinistro. Sto sudando, sono una cascata di sudore. Seb mi sta fissando con occhi vacui, vitrei, come se non ci fossi. Mi guarda attraverso, neanche fossi invisibile. Ha perso peso. I lineamenti sono ancora più marcati. Ha i capelli più corti, un taglio più convenzionale. Perché hai voluto dirlo a Zara, Sebastian? Cosa ti diceva la testa? A cosa puntavi? Cos'è che hai voluto fin dall'inizio?

Entra la giudice e tutti gli occhi si girano verso di lei. Theo si volta a controllarmi mentre si alza. I nostri sguardi si incrociano.

«Tutto okay?» mima.

«Okay» replico mentre mi alzo a mia volta e chino il capo davanti alla giudice, anche se di fatto sono tutto tranne che okay. La giudice convoca la giuria. I membri sfilano dentro, facce annoiate, depresse. Non mi guardano neanche di striscio. Meglio così. Non voglio che mi guardino. Non voglio che si mettano a psicanalizzarmi. Non appena si sono accomodati, ha inizio la seduta.

«Buongiorno.» La giudice ha un tono da preside del liceo. Gioviale. Assertivo. «Oggi inizieremo con i testimoni dell'accusa. Signor Early-Smith, prego, proceda pure.»

Paul Early-Smith alias Stephen Fry si alza. Lentamente. Maestosamente. Si sistema la toga. Il braccio destro regge qualche foglio.

«Sebastian Templeton, prego.»

Sebastian si alza, gli occhi ora sulla giudice. Il cancelliere lo accompagna al banco dei testimoni e gli porge una Bibbia. Sebastian vi appoggia una mano. «Giuro davanti a Dio onnipotente di dire solo la verità, tutta la verità e nient'altro che la verità.»

Ma Sebastian sa cos'è la verità?

Chiudo gli occhi. Un caleidoscopio di frammenti colorati mi turbina davanti agli occhi. Pur essendo seduta, ho un capogiro. Appoggio le mani sulla sbarra che ho di fronte per reggermi in equilibrio. Quando riapro gli occhi, l'aula sta beccheggiando, come una nave in mare. Theo si gira di nuovo a guardarmi. Il miele liquido dei suoi occhi si rovescia nei miei. Miele liquido per cacciar via gli occhi di Sebastian. Ma oggi non posso cacciarli via. Oggi devo guardarli, ascoltare.

«Potrebbe spiegare alla corte in che modo Miranda Cunningham la molestava, per favore?» esordisce Paul Early-Smith.

Sebastian fa un sorriso triste. Come se la sua vita fosse un tormento.

«Non mi lasciava in pace. Mi si sedeva sempre troppo vicino. Mi metteva la mano sulla gamba.»

«Aveva già cercato di baciarla prima della sera in cui avete fatto sesso?»

«Sì, ci aveva provato diverse volte. Alla festa di Natale che avevamo dato nel suo appartamento. All'ultimo dell'anno. In parecchie altre occasioni, direi. Tanto spesso che non riesco a ricordare tutti i dettagli.»

Sono furibonda. Sono fatta di rabbia. Com'è possibile? Come possono permettergli di stare lì a mentire? Scuoto la testa, incredula. Sta descrivendo parola per parola quello che ha fatto a me.

«E lei come reagiva?»

«La respingevo. Cercavo di spiegarle che ero innamorato di sua sorella e non volevo combinare casini, ma era completamente persa, non mi ascoltava.» Prende fiato. «Dopo, il suo comportamento è addirittura peggiorato.»

L'avvocato fa svolazzare la toga allargando un poco le braccia. «Ci dica, Sebastian, cos'è successo la sera in cui avete fatto sesso?»

In questo momento vorrei essere ovunque tranne qui.

«Penso abbia messo della droga, forse dell'ecstasy, nel mio bicchiere.»

Inspiro di botto, tanto che produco un rumore secco. Gli avvocati, i patrocinanti, gli impiegati del tribunale. Tutti quanti si voltano a guardarmi. Fino a ora, quello che ha fatto Sebastian è stato invertire le parti, attribuire a me quello che in realtà ha fatto lui. Sono sconvolta. Ecstasy. È questo ciò che ha fatto? Mi ha messo della droga nel bicchiere? Questo spiegherebbe perché mi sentivo tanto strana pur avendo bevuto solo un gin tonic. Perché tutt'a un tratto desiderassi andarci a letto. Deve avermi rammollita, mi ha resa compiacente. Spiegherebbe tutto. E io che sono stata a tormentarmi con i sensi di colpa!

Oh, Zara, come hai potuto innamorarti di questa carogna falsa e disonesta? E *io*, come ho potuto permettergli di vivere nel nostro appartamento?

«Cosa le fa credere che le abbia drogato il drink?» domanda Paul Early-Smith.

«È rimasta al bancone un sacco di tempo. E la mia birra aveva un sapore strano.» Prende fiato e mi guarda dritto negli occhi. «E non è che la trovi poi molto attraente, anzi. Mai successo.» Continua a fissarmi. Distolgo lo sguardo e lo punto sul pavimento. «Deve avermi somministrato una qualche sostanza eccitante, altrimenti mica mi si sarebbe alzato. Non avevo voglia neanche di andare al pub, con lei! Solo che la mia ragazza, Zara, era sempre a incalzarci perché trascorressimo più tempo insieme, perché diventassimo amici. Se sono andato al pub con Miranda è stato solo per fare piacere a Zara.»

Paul Early-Smith si schiarisce la gola. «Passiamo alla seduzione.»

Seduzione. Mi ribolle il sangue.

«Mi si è buttata addosso non appena siamo rientrati nell'appartamento, dopo il pub. E, dato che ero drogato, sono riuscito a scoparla.» Ride. La sua risata maligna, da Joker in un vecchio film di *Batman*. «Di norma non è il tipo di ragazza che mi farei, e anche da drogato ho dovuto immaginare di essere con un'altra.» Pausa strategica. «Me lo sono dovuto imporre. Perché alla fine ho pensato che se me la fossi sbattuta ben bene, sarebbe finalmente stata soddisfatta e mi avrebbe lasciato in pace una volta per tutte.»

«E invece non è andata così, vero?» si compiace l'avvocato dell'accusa. «Mi conferma che il mattino successivo l'imputata ha voluto farlo di nuovo?»

Sebastian fa una smorfia. «Già. Era veramente sfrenata. Assatanata.»

Dio, che imbarazzo! Sono furibonda. Mi sento andare a fuoco, so che sto avvampando. Non oso guardare i giurati per controllare come reagiscono. Tengo gli occhi su Sebastian. Non riesco a credere a quello che sta dicendo. Ma che cavolo di problema ha? Perché mi odia così tanto?

«E poi ha continuato a importunarla per mesi alle spalle

della sorella, dico bene? Ci può fornire qualche esempio?» insiste Early-Smith.

Sebastian continua a snocciolare menzogne riguardo al mio presunto comportamento. La mia mente si chiude. Non lo ascolto più. Siedo guardandomi i piedi. Le ballerine in cuoio che indosso ogni giorno per venire qui. Questa sera devo ricordarmi di lucidarle. Quando infine riesco a costringermi a risollevare lo sguardo e a tornare al presente, l'avvocato ha concluso l'interrogatorio. Torna a sedersi con un'aria smodatamente tronfia. Lancio un'occhiata di straforo ai giurati. Siedono impassibili. Dritti come fusi. Solenni. Aspettano il controinterrogatorio della signorina Little.

Lei si alza. Impeccabile come sempre. I capelli dalla messa in piega perfetta brillano sotto la parrucca, che lei raddrizza un poco prima di cominciare.

«Signor Templeton, abbiamo letto tutti la sua dichiarazione e ascoltato la sua deposizione.»

Dichiarazione? Io non ho letto nessuna dichiarazione. Sfoglio nervosa il dossier che ho davanti. Devono averla inserita all'ultimo minuto. La trovo fissata sul davanti con una graffetta. Le parole mi ondeggiano davanti, mescolandosi tra di loro.

«Ho solo qualche domanda legata a quanto ha asserito, prima di passare alle prove video.» Prende fiato. «Se Miranda le ha dovuto versare della droga nella birra per "aiutarla" a fare sesso con lei, allora come ci è riuscito la mattina successiva? Voglio dire, ormai gli effetti dello stupefacente erano svaniti, giusto?»

Sebastian non sembra più tanto baldanzoso. I suoi occhi saettano a destra e sinistra. Sembra confuso. Tace.

«La prego, risponda alla domanda» ordina la giudice, secca.

«Me lo sono imposto, tutto qui. Dovevo fare qualcosa per farle smettere di importunarmi. Ho pensato che se la accontentavo una seconda volta, l'avrebbe piantata.»

«Signor Templeton, mi permetta di citarla. Lei ha affermato sotto giuramento che non le si “sarebbe alzato” per Miranda Cunningham senza un aiuto, e che è per questo che è convinto che le abbia drogato la birra. Perciò le ripeto la domanda: se davvero è così, come ha fatto a riuscirci una seconda volta?»

«Non lo so.»

«È possibile che non fosse sotto coercizione neppure la prima volta, e che non ci stia dicendo la verità?»

«Ho prestato giuramento, certo che sto dicendo la verità.»

«Eppure i conti non tornano, signor Templeton.»

«Mi perseguitava, sono stato costretto a farlo!»

«D'accordo, passiamo oltre. Mi può spiegare in che modo la perseguitava?»

«L'ho già spiegato.»

«Me lo rispieghi.»

«Era in fregola per me. Ogni volta che Zara era in un'altra stanza, lei veniva a sedersi vicino a me sul divano, mi metteva la mano sulla coscia. Mi seguiva al lavoro, faceva in modo di sedermisi sempre vicino.»

«Signor Templeton, diamo un'occhiata a un paio di filmati, le va?»

La signorina Little preme un tasto sul telecomando che ha in mano e uno schermo prende vita nell'angolo dell'aula, alla sinistra del banco dei testimoni. L'immagine è limpida, pulita. Mostra la nostra scrivania alla Harrison Goddard. Una telecamera? In ufficio? Non sapevo che ci riprendessero, mai saputo. Ore 9.30 del mattino, a quanto dice il display sull'angolo in basso a destra dello schermo.

Ci sono io, attraverso l'open space per andare a occupare il mio solito posto, accendo il computer e inizio a lavorare. L'avvocato manda avanti veloce alcune scene in cui non succede niente. A mano a mano arrivano diversi colleghi. Alle 10.30, ecco Sebastian. Avanza con la solita flemma, si piazza sulla sedia accanto alla mia. Accavalla le gambe, si mette a braccia conserte e se ne sta lì così, senza lavorare, a fissarmi.

«Intende una cosa del genere, signor Templeton?» domanda Sarah.

«Avvocato, posso garantirle che è stato un caso su mille. È tutto qui quello che siete riusciti a pescare?»

«Oh, no, ne ho diversi altri, tutti di una qualità tale da poter essere mostrati in un tribunale» replica lei con un sorriso. «Anzi, procediamo con il successivo.» Preme di nuovo il tasto del telecomando, e lo schermo torna a illuminarsi.

«Lo sapeva che ci sono delle telecamere a circuito chiuso anche su Park Street?» gli chiede.

Sebastian non risponde, troppo preso da quel che vede sullo schermo.

Questa volta io sto filando a tutta velocità lungo la strada. Anche lui sta percorrendo la stessa via, è evidente che mi segue. Da una falcata decisa passa a una leggera corsetta, senza mai perdermi di vista. Riesce a raggiungermi, mi pianta una mano sulla spalla. Io sussulto, è chiaro che non mi aspettavo di venire intercettata.

«E adesso veniamo all'ultimo video. Posso procedere, signora giudice?» domanda la signorina Little.

«Certo, faccia pure.»

L'ultimo video mostra me e Sebastian che entriamo nella zona ristoro, in ufficio. Lui mi mette una mano sul fondoschiena, io la strappo via immediatamente.

«Signor Templeton, un altro caso su mille?»

«Avvocato, sarà la giuria a trarre le sue conclusioni. Io non ho niente da aggiungere.»

«Ah, signor Templeton, c'è anche il video in cui lei e la signorina Miranda fate sesso.»

Il cuore mi si ferma.

L'avvocato procede. «Quello lo conosce, suppongo. Riteniamo che l'abbia girato lei. Abbiamo trovato due telecamere, nei lampadari delle stanze da letto delle gemelle. Immagino l'abbia ripresa per avere un'arma contro di lei. È stato lei a inviarcelo. Per comprometterla. L'abbiamo mostrato alla giudice e alla giuria a porte chiuse. Era quella la volta in cui dice di essersi sentito costretto? Di aver "funzionato" solo grazie alla droga? L'abbiamo fatto esaminare molto attentamente. Secondo i nostri esperti, era troppo energico per essere sotto l'effetto di un qualsiasi stupefacente. Prego la corte di andare a pagina sette del secondo fascicolo.»

Alla fine della seduta, mi accompagnano come sempre direttamente da Theo. Sono esausta. Mi sento come se avessi appena portato a termine un percorso di guerra. Mi fanno male le spalle, tutti i muscoli. Il mio avvocato è già qui. Si è tolto la parrucca e la toga, sta ripiegando quest'ultima, la stira con le dita. Non appena mi vede, si apre in un sorriso.

«Tutto bene?» mi domanda mentre, come sempre, mi siedo di fronte a lui.

«No, per niente» replico sforzandomi di non scoppiare a piangere. «È terribile sentirgli distorcere così la realtà. Mi sono sentita del tutto impotente.»

Protendendosi sul tavolo, mi afferra la mano. «Eppure è andata a gonfie vele. Sarah l'ha inchiodato, è stata magnifica. E presto toccherà a noi dire la nostra. Ne uscirai alla grande.» Mi stringe la mano. «Davvero alla grande.»

«Ma... ma ha raccontato così tante menzogne. Avrà mai detto qualcosa di vero in vita sua?»

Gli occhi d'ambra si sciolgono nei miei. «È un bugiardo patentato. Un testimone inattendibile. Ma l'ho beccato, Miranda. Vedrai.»

Lo guardo e vorrei tanto potergli chiedere di abbracciarmi. Solo per un minuto. Vorrei posargli la testa sul petto e sentire il suo calore.

135

Sebastian

La signorina Little è una grandissima stronza.

Si crede tanto furba, è convinta di avermi preso in castagna, ma la verità è che si tratta solo di una donnetta di cartapesta, naso nei libri per anni ma zero esperienze di vita vissuta. Si trattiene così tanto quando parla che sembra abbia un sasso in bocca. Avete presente cosa intendo, no? Le labbra quasi non si muovono. Ammesso e non concesso che scopi, voto per "alla missionaria, occhi rigorosamente chiusi". È il tipo di donna convinta di essere bella, ma la verità è che lo è solo se la guardi da lontano. Denti, capelli, trucco. Niente di vero.

E il sistema giuridico è altrettanto stronzo.

Chiunque l'abbia bazzicato ve lo confermerà. Come osa, quella, asserire che sto mentendo? La denuncerò per calunnia, non appena il caso sarà chiuso. Devo parlarne con Early-Smith. Non crede che Miranda mi sbavasse dietro? Miranda è stata civetta e sfacciata fin dal primo momento, sempre lì a starmi troppo addosso sul divano. A fare in modo di vedermi da solo. E questa avvocatucola del cavolo, come osa sostenere che sono un depravato solo perché avevo una telecamera nella stanza da letto? A un sacco di gente piace vedersi mentre lo fa.

Ma la più stronza di tutti è Miranda. Uccidere la mia anima gemella. Ora come ora, l'unica cosa che mi fa andare avanti è pensare a quello che succederà a lei. È fregata. Resterà in galera a vita. La cara Little è destinata a perdere. Se la polizia non è riuscita a trovare abbastanza prove contro di lei, le troverò io. Darò la caccia alla sua cliente. Jude, la seguirò dappertutto, sarò la sua ombra.

Ho preparato una lavagna a casa, è appesa in cucina. Ci ho attaccato su ogni articolo di giornale su cui sono riuscito a mettere le mani. Prenderò informazioni su tutti quelli con cui parla, in tribunale e fuori. Scoprirò a che ora arriva il furgoncino che la porta qui dal carcere, e a che ora riparte. Quanto tempo sta al cesso. Prenderò nota di ogni minuto che trascorre con Gregson, e con la Little. Quel Gregson ha le scalmane per lei. L'ho capito da come la guardava al funerale della mia adorata. Quell'uomo dev'essere un cretino. Possibile che non si renda conto che è un'assassina a sangue freddo? Mi sono sentito male quando l'ho vista al funerale di Zara, lì a fingere di essere sconvolta. Ha ammazzato la donna che amo.

Non merita di stare al mondo.

136

«E oggi è il nostro turno. È adesso che il processo ingrana davvero» commenta Theo. «Ora entriamo nel vivo.»

Siamo in tribunale, in piedi vicino a un tavolo di plastica grigia in una delle tante sale colloqui. Si protende appena verso di me. Mi protendo appena verso di lui. Vorrei tanto che mi prendesse tra le braccia. Solo qualche secondo, per rassicurarmi. Le labbra quasi si incontrano. Imbarazzato, si scosta.

«Domando scusa. Stavo invadendo il tuo spazio personale.»

Indugiamo ancora un attimo. Sul serio, è troppo bello per essere un avvocato. Perché ha scelto una carriera tanto deprimente? Molto lentamente, Theo va a sedersi sul lato opposto al mio, come sempre. Mi accomodo di fronte a lui.

«Dobbiamo parlare della seduta di oggi» mormora raddrizzandosi la parrucca.

«D'accordo. Spara.»

«Come sai, oggi la signorina Little ti farà testimoniare. Ti porrà qualche domanda, dopo di che toccherà all'accusa. Non sarà facile.» Tamburella le dita sul tavolo. «Ricorda che dopo avremo ottimi testimoni, che ti difenderanno. Non hai niente di cui preoccuparti. Qualunque cosa succeda oggi devi rilassarti, prendere il tempo che ti serve e raccontare tutta la verità.»

«Rilassarmi? Con un'accusa di omicidio che mi pende sulla testa?»

«D'accordo, forse "rilassarti" non è la parola giusta. Forse avrei dovuto dire che, qualunque cosa succeda oggi, io so che sarai in grado di sopportarla. So che ne uscirai.»

Gli occhi di miele si fondono nei miei. Vorrei tanto averlo conosciuto in un'altra vita.

137

Theo mi accompagna al banco degli imputati. Siedo dietro il vetro e faccio il possibile per estraniarmi fingendo di non essere qui. Mi sforzo di ricordare la sensazione dell'aria sul viso mentre passeggio in campagna e inspiro il profumo dell'erba appena tagliata. Il fulgore remoto delle stelle che brillano su di noi da un altro universo. Il tramonto, una decina di arancioni diversi che si dileguano lenti all'orizzonte. Mi sforzo di non guardare la famiglia tribunalizia che comincia a confluire in aula. Legali. Cancellieri. Stampa. *Non pensare a cosa scriveranno e diranno di te*. Pubblico. *Non pensare a quelli che sono qui perché non hanno niente di meglio da fare*. Mamma. *Non badare a quanto sembra sperduta*. Sebastian. *Le si siede alle spalle, sì, e allora? Ignoralo, non irrigidirti.*

Sebastian. Speravo che non si facesse più vedere, ora che ha testimoniato. Speravo se ne tornasse dritto alla sua vita, in un altro paese. Già solo guardargli la nuca mi porta a digrignare i denti, e il mal di testa prende a pulsarmi dietro le tempie.

Entra la giudice. Oggi è un po' trafelata, come fosse arrivata all'ultimo minuto. È difficile credere che abbia una vita al di fuori di quella professionale. Il fatto che sia trafelata la fa sembrare più normale. Più simile a noialtri. Ci alziamo e chiniamo la testa, e lei convoca i giurati, che arrivano con il solito passo strascicato, la solita espressione scazzata. Vorrei dar loro una scrollata. Lanciare un urlo. *Ehi, voi, qui ne va della mia* vita! *Quello che succede in quest'aula è molto, molto importante!*

La signorina Little si alza. Tutta bella truccata. Tutta ritocchini e botox.

«Chiamiamo a deporre l'imputata, la signorina Miranda Cunningham.»

Il momento tanto temuto è arrivato. La guardia mi apre la porta ricavata nel vetro. Il cancelliere mi raggiunge per accompagnarmi al banco dei testimoni. Entro in aula per la prima volta. L'aria qui dentro sembra molto diversa da quella che si respirava nel mio cubicolo. Più greve, per certi versi. Sento i miei passi risuonare sul pavimento. Gli occhi dei presenti sulla schiena. Mi accomodo al posto che mi spetta, alzo la testa e mi sforzo di sorridere ma le labbra non collaborano.

Il cancelliere mi porge la Bibbia e mi chiede di ripetere dopo di lui la solita tiritera, la verità, tutta la verità e nient'altro che la verità. Ho caldo. Mi tremano le mani. Guardo Theo. Mi fa un cenno d'incoraggiamento con la testa. Ripeto, piano e attentamente. Ce la faccio.

«Ha avuto rapporti sessuali con Sebastian Templeton?» domanda dolcemente la signorina Little.

Una pietra mi si ribalta nello stomaco, pesante come piombo. Prendo un respiro profondo. Esalo lentamente. «Sì.» La mia voce riecheggia per tutta l'aula, acuta, tirata.

«Quanti?»

Il cuore mi batte a mille. Inspiro ed espiro piano nel tentativo di calmarmi. Ci metto troppo a rispondere.

La giudice mi incalza. «Risponda alla domanda, prego.»

«Due.»

«Mi può raccontare cos'è successo?» chiede l'avvocato, gli occhi attenti.

Inspiro di nuovo, devo stare calma. «Ha cominciato a provarci con me, all'insaputa di mia sorella, subito quando l'ho conosciuto, lo scorso ottobre.» Prendo fiato. «Mi ha addirittura toccata in modo inappropriato in ufficio. Non avevo mai fatto niente per incoraggiarlo, fino a quella sera. Non volevo avere una relazione con lui. Mia sorella ne era innamorata.»

«Lo trovava fisicamente attraente?»

«No.»

«E allora cos'è successo quella sera?»

«Avevamo accompagnato mia sorella alla stazione. Andava via per il fine settimana. Ci siamo fermati al pub per un drink. Io ho preso solo un gin tonic. Non appena siamo rientrati ha cercato di baciarmi, come già aveva fatto un sacco di volte, solo che quella volta ho contraccambiato e siamo finiti a letto.»

«Come mai ha cambiato idea? È possibile che le abbia drogato la bevanda?»

«È possibile. L'occasione l'ha avuta. Contrariamente a quanto ha sostenuto, è stato lui ad andare al bancone, non io. Io so che avevo bevuto solo un bicchiere di gin tonic, eppure mi girava la testa.»

«Nella sua deposizione, il signor Templeton l'ha accusata di avere messo dell'ecstasy nel suo bicchiere. Crede che sia possibile il contrario?»

«Certo. Di sicuro io non avrei potuto farlo. Non saprei nemmeno dove comprarla. Erano Sebastian e Zara che ne facevano uso. Anche se al momento non mi ero resa conto di essere stata drogata, mi sentivo strana, distante. Penso sia per questo che gli ho permesso di portarmi a letto. Neanche mi piaceva. Prima di quel momento, non l'avevo mai trovato attraente.»

«Aveva già preso ecstasy in vita sua?»

«Una sola volta. È capitato alla nostra festa di Natale. In effetti anche allora mi girava la testa. E mi aveva resa parecchio socievole. Avevo voglia di ballare e chiacchierare con tutti.»

«Si è sentita così la sera in cui ha fatto sesso con Sebastian?»

«No, non proprio. Quella sera mi sentivo molto più assente.»

«La ringrazio, Miranda. Passiamo oltre. Cos'ha provato dopo essere andata a letto con Sebastian?»

«Non appena abbiamo finito, mi sono addormentata. Mi sono risvegliata all'alba, e me ne sono pentita amaramente.

L'ho lasciato a letto che dormiva e mi sono buttata sotto la doccia. Poi sono tornata in camera per prendere qualcosa da mettere addosso. Non sapevo se ero più disgustata da me stessa o da Sebastian. Volevo solo vestirmi, andarmene dall'appartamento, da lui. Ma lui era sveglio, e pronto a colpire.»

«Pronto a colpire? Cosa intende esattamente?»

«Era in piena erezione. Mi ha guardato con un ghigno. Mi ha detto che voleva rifarlo. Gli ho risposto di no. Gliel'ho detto molto chiaramente, gli ho detto che non volevo più stare con lui. Che era stato un terribile errore. Che non volevo ferire Zara e che lei non avrebbe mai, mai dovuto scoprire quel che era successo, perché le avrebbe fatto troppo male.» Faccio una pausa. «E ho ribadito che non sarebbe successo mai più.»

Sopraffatta da ricordi sgradevoli, smetto di parlare. Mi sto mordendo le labbra per soffocare le lacrime.

«La prego, signorina Cunningham, continui» mi invita la giudice con dolcezza.

«Dal momento che non cedevo spontaneamente, mi ha stuprata. Mi ha bloccato le braccia, mi ha gettata sul letto e mi ha presa da dietro.»

«In che modo ha influito questa cosa sulla sua vita?»

«In modo molto pesante.»

Scordo di essere in tribunale. Vuoto il sacco, racconto quanto è stata dura. A casa e in ufficio. Quanto ho avuto paura di ferirti, mia adorata sorella. Quanto mi sono sentita in colpa.

La signorina Little mi lascia sfogare fino in fondo, poi mi rivolge un sorriso incoraggiante.

«La ringrazio davvero molto, Miranda. Ora passiamo al punto successivo.»

Il punto successivo. La morte di mia sorella. La coltellata. Gli occhi vitrei della mia gemellina morta che mi fissano. Occhi che non scorderò mai. Mi seguono ogni giorno, mi vengono incontro quando meno me lo aspetto. Mentre mi lavo i denti. Mentre mi trascino lungo il corridoio del carcere diretta alla mensa. Li vedo anche ora, qui in tribunale, sempre più vicini, sempre più vicini, sempre più vicini. Tremo come una foglia, sono in un bagno di sudore, gli occhi mi si riempiono di lacrime.

«Se la sente di continuare?» Sento la domanda della giudice in lontananza, con un angolo della mente.

Sebastian mi guarda, un'occhiata di fuoco, e mi tornano le forze. Devo lottare, non posso permettergli di distruggermi. Inghiotto le lacrime.

«Sì, me la sento.»

L'abbiamo provato mille e mille volte. Per l'ennesima, la signorina Little ripercorre con me l'accaduto. Ci mette tutta la gentilezza di cui è dotata, ma io rivivo comunque ogni istante, ogni espressione sul tuo viso. La sensazione del coltello. E poi, finalmente. «Bene, signorina, per ora è tutto. La ringrazio.» La signorina Little si siede, parla la giudice.

«Facciamo una pausa. La seduta è aggiornata.»

138

Di nuovo in sala colloqui con Theo, ancora madida di sudore, ancora tremante dopo la prova superata. Anche lui sta sudando. Si toglie la parrucca e la appoggia sul tavolo, attraversa la stanza per andare ad aprire la finestra, tutti e cinque i centimetri per cui la si può aprire. Riempie d'acqua fredda due bicchieri di carta e mi si siede di fronte. Il bicchiere mi sussulta nella mano mentre prendo un sorso.

«Sei stata brava» dice tuffando lo sguardo d'ambra nel mio.

«Non sono sicura di reggere il controinterrogatorio. Non ce la faccio, non posso rivivere tutto un'altra volta.»

L'ambra si scurisce appena. «Certo che ce la fai. Devi. Ci riuscirai.»

«Ti prego, Theo, ho bisogno di un abbraccio.»

Ci alziamo entrambi, e ci incontriamo di fianco al tavolo, a metà strada. Ho talmente bisogno di rassicurazione fisica che divento un tutt'uno con lui. Il suo corpo è tanto forte, un nido riparato. La sua energia è un'onda che pulsa fino a me e mi si cristallizza dentro. Theo mi tiene stretta, e io ho la sensazione di poter affrontare qualunque cosa. Vorrei restare così per sempre, ma non è possibile. Un attimo e già lui si scosta, troppo presto, rimette la parrucca. È ora di tornare in aula.

139

Early-Smith è pronto per il controinterrogatorio. Sto sussultando, mi guardo le mani. Tremano così tanto che le allaccio e me le metto dietro la schiena, non voglio che i presenti le notino. Early-Smith. Brutto. Massiccio. Colto. Pieno di boria. Lo guardo sforzandomi di ricordare che anche io ero una persona colta, in un'altra vita. Ora sono una criminale. Innocente fino a prova contraria. Eppure sembra l'opposto. Presunzione di colpevolezza. Una criminale inchiodata in un mondo che mai avrebbe immaginato di frequentare. Un mondo da cui non mi libererò mai.

Paul Early-Smith mi si piazza di fronte, determinato ad assicurarsene. Si schiarisce la gola per avvisare tutti che sta per parlare. Il naso a patata sembra ancora più a patata del solito. Gli occhi sporgono come quelli di una rana.

«Sul serio si aspetta che la giuria si beva che è stata stuprata, quando non ne ha mai parlato prima d'ora?» chiede con un ringhio nella voce e negli occhi. «Perché non l'ha denunciato subito?»

«Ero traumatizzata, imbarazzata.»

«E secondo lei noi dovremmo credere che una donna istruita, una professionista quale lei è, abbia avuto paura di farsi sentire?» Tace e lancia un'occhiata alla giuria. Si dà una rassettata alla toga e torna a fissarmi. «E mi dica, di preciso quand'è che avrebbe intenzione di fornirci le prove di questa violenza?»

«Non è che sia stata molto in me, ultimamente, quindi non ho certo pensato a raccogliere prove. È stato orribile, ho perso mia sorella.» Deglutisco per impedirmi di piangere. «È stata molto dura, Sebastian era il ragazzo di mia sorella, e Zara era innamoratissima di lui.» Sono costretta a deglutire di nuovo per riuscire a continuare. «Posso solo dirle che dopo ero talmente depressa e stavo così male che Zara mi ha portata dal medico.»

Early-Smith e gli altri legali dell'accusa si scambiano un'occhiata perplessa e allarmata. Non lo sapevano. Ho trovato solo da poco il coraggio di confidarlo ai miei avvocati, perciò è probabile che l'accusa non abbia ancora visto la mia dichiarazione.

«Quale medico?» domanda Early-Smith, sfogliando i suoi appunti e aggrottando la fronte.

«Il mio medico. La dottoressa Dale. Mi ha chiesto se fossi stata stuprata, perché i sintomi coincidevano con quelli riferiti dalle vittime di violenza.»

L'avvocato si rannuvola. Non vuole che i giurati sentano altro in proposito.

«La ringrazio, signorina Cunningham, su questo è tutto. Ora procediamo, mi racconti più in dettaglio le azioni che hanno condotto alla morte di sua sorella.»

Più in dettaglio. La mente mi si chiude. Come è possibile aggiungere altri particolari? Ho già detto tutto alla signorina Little. Più ne parlo, più mi ossessiona, più tutto ciò che voglio è dimenticare. Ma so che non posso. Chiudo gli occhi. Forza, manca poco. Poco. Devo solo restare calma, tenere duro.

«Cominciamo da quando quel giorno è rientrata a casa. Era arrabbiata con Zara?»

«No. Come ho già detto alla signorina Little, non vedevo l'ora di stare con lei. Ci eravamo scambiate alcuni messaggi, dovevamo andare al cinema e a mangiarci una pizza. Era lei a essere arrabbiata con me. Io però non me ne sono resa conto finché non sono rientrata, solo allora ho capito quanto fosse furibonda.»

«Ce lo racconti di nuovo.» Early-Smith fa svolazzare la toga, ne stende le pieghe. Lo guardo e mi sento piombare addosso una stanchezza infinita.

«Quindi, è rientrata e...?» mi incalza.

Infinita. Le gambe mi cedono. Mi appoggio al banco per sostenermi.

«Sì, sono rientrata dal lavoro.»

Si sporge un po' verso di me, un cipiglio che gli corruga il viso. «Mi descriva con precisione ogni suo movimento.»

Ogni movimento. Cos'ha in mente? Ho già ripercorso tutto con la signorina Little.

«Anche se avevamo intenzione di uscire, sapevo di avere abbastanza tempo per una tazza di tè, perciò sono andata dritta all'angolo cucina per mettere su il bollitore.»

«Che ora era?» mi chiede in tono brusco.

«Le sei, più o meno.»

«Quando ha visto sua sorella?»

L'ho rivissuto mille e mille volte, eppure in questo istante non riesco a ricordarlo. Non con precisione. Chiudo gli occhi e cerco di rivedere la stanza, dov'era Zara quando sono entrata in casa? Li riapro e mi trovo quelli a palla di Early-Smith che schizzano al cielo, impazienti.

«Be', signorina, allora? Ce la fa a continuare?»

Apro la bocca per rispondere ma non esce nulla. Paul Early-Smith guarda la giudice per vedere come reagisce.

Finalmente ritrovo la favella. «Sì, sì, ce la faccio.»

«Dunque, quando ha visto sua sorella?» ripete trafiggendomi con lo sguardo.

«Più o meno nello stesso momento. Non so bene da dove sia sbucata. È successo tutto molto in fretta.»

«L'ha salutata?»

«Suppongo di sì, devo averlo fatto.»

«Suppone?» Fa una pausa. «Quindi non ricorda neanche le sue azioni di quella sera e pretende che crediamo però alla sua ricostruzione? Davvero, le sembra sensato?»

Mi si stringono le viscere. Il battito accelera. «Non riesco a ricordare dov'era quando sono rientrata. Tutto quello che ricordo è che mi è piombata addosso. Era furibonda. Non l'avevo mai vista così.»

«Quando si è resa conto che aveva un coltello?»

«Nel momento in cui mi ha aggredita. Lo stringeva in mano, era il suo coltellino svizzero, e me l'ha piantato nel collo. Voleva ammazzarmi, ha cercato di pugnalarmi di nuovo. Perciò io... io...» Sto piangendo, le lacrime mi rigano le guance.

«La prego, signorina Cunningham, continui.»

«Ho afferrato il primo oggetto che ho trovato, il coltello da pane. Era sul bancone. E gliel'ho conficcato nello stomaco.»

Le labbra di Early-Smith si tendono in un sorriso incredulo. «Aveva già visto sua sorella tanto arrabbiata?»

«No, mai.»

«L'aveva mai aggredita prima?»

«No.»

«Neppure quando eravate bambine?»

«Forse. Non ricordo.»

«A quanto pare ci sono un sacco di cose che non ricorda. Comodo, vero?»

Non rispondo. Mi rivolge un sorrisetto rapido, falsissimo, guarda di straforo la giuria e poi ecco che torna da me.

«Ci dica, signorina Cunningham, per quello che può ricordare, sua sorella ha mai aggredito qualcun altro?»

«No.»

«Mai stata violenta in qualche modo?»

«No.»

«E allora come mai era così sicura che volesse ucciderla?»

«Mi ha accusata di avere sedotto Sebastian. Le aveva detto che eravamo stati insieme. Lo amava da pazzi. Era arrabbiatissima.»

«Ma cosa le ha dato questa *certezza*?» Fa una pausa, alza le braccia al cielo. Guarda di nuovo la giuria. Non un'occhiata furtiva, questa volta, ma diretta, trionfante. «Se si uccide qualcuno per legittima difesa, signorina Cunningham, bisogna essere *sicuri.*» Il bitorzolo che ha per naso sembra pulsare. L'avvocato scuote il capo. «Ci dica, signorina, cosa le ha dato questa certezza?»

Aspetto un attimo a rispondere. Possiamo farlo in due questo gioco delle pause strategiche, caro il mio Early-Smith. E poi: «Mi creda, signor Early-Smith, ne ero sicura. Molto, molto sicura. Adoravo mia sorella. Non l'avrei mai accoltellata se non avessi avuto la *certezza* che stava per uccidermi. Non era mia intenzione ammazzarla. Volevo solo fermarla».

140

«È andata. Finita. Ho perso» dico a Theo.

«Non è finita» replica lui, lo sguardo risoluto, sicuro. Si protende sul tavolo e mi afferra entrambe le mani. «L'accusa fa sempre così con l'imputato. Le prove legali e mediche confermano in pieno la tua versione.»

Ho gli occhi pieni di lacrime, lo stomaco pieno di nodi. «Detesto quell'uomo. Mi fa sentire sporca.» Taccio, serro i pugni. «Però non lo detesto tanto quanto Sebastian.»

Theo mi accarezza le mani. «Calmati. So che è dura, ma Early-Smith sta solo facendo il suo lavoro. Sta andando tutto esattamente come previsto. Domani tocca ai testimoni per la difesa. I nostri. Te lo prometto, andrà tutto bene.»

«Ho l'impressione che niente andrà mai più bene.»

Theo mi lascia le mani e avvicina le dita della sua destra al mio viso. Con una gentilezza infinita mi sfiora il mento e lo solleva appena, gli occhi fissi nei miei. Ora ha uno sguardo più dolce. «Manca poco.»

141

Al riparo dietro la mia parete di vetro, mentre in aula sta per cominciare l'ennesima giornata cruciale. Il giorno dei testimoni della difesa. Il primo a venire chiamato sarà il perito giudiziario, il professor Holywell. Lo osservo mentre aspetta sulle panche alla sinistra dello scanno della giudice. Ha il cocuzzolo della testa calvo, i sottili capelli bianchi che lo circondano dritti in piedi per l'elettricità statica. Occhi attenti, occhialini rotondi. Indossa un paio di pantaloni in velluto a coste, tutti stazzonati, una frusta giacca in tweed con toppe di cuoio sui gomiti. Fruga nella ventiquattrore in pelle di cinghiale come stesse cercando qualcosa, le spalle che si rilassano per il sollievo quando finalmente scova un fascicolo. Inizia a studiarlo. A dispetto degli occhiali spessi, deve comunque tenere i fogli incollati al naso. Legge, e intanto increspa la fronte.

Gli habitué del mattino fanno il loro ingresso mentre lui continua a scorrere il documento, indifferente al movimento che lo circonda. Tutto come sempre. Avvocati. Cancellieri. Giurati. Tutti in piedi per la giudice. E poi il professore prende posto, pronuncia il giuramento e la signorina Little si alza per interrogarlo.

«Non facciamo perdere tempo ai giurati, andiamo subito al punto. Mi dica, professore, parliamo delle prove che ha esaminato. La forma e le dimensioni della ferita, e la quantità di forza usata, avvalorano la versione dell'imputata?»

«Non c'è dubbio. Sì, assolutamente. In pieno.»

Theo si gira a guardarmi e mi sorride con gli occhi. Occhi che dicono *Te l'avevo detto*. Anche mamma si gira a sorridermi. Mi crogiolo al tepore del sollievo. Finalmente. La signorina Little si siede e si alza Early-Smith. Non sembra per niente felice.

«Professor Holywell, a pagina sette del suo rapporto lei esamina gli schizzi di sangue. L'imputata sostiene che tra la prima e la seconda coltellata siano trascorsi solo pochi secondi. Tenendo conto del margine d'errore, è possibile che l'ordine delle pugnalate sia inverso rispetto a quanto dice lei?»

Early-Smith se ne sta tutto tronfio, spalle dritte, naso a patata in aria. Il suo sorrisetto non mi piace per niente. Il nostro perito si passa le dita tra i capelli. Per rispondere si china un po' in avanti. «No. Ogni volta che c'è una sovrapposizione, il sangue di Miranda è sempre sotto, segno che è stata colpita per prima.»

Theo si gira di nuovo verso di me. *Te l'avevo detto*, ribadiscono i suoi occhi.

142

Il secondo teste convocato oggi è il mio medico, la dottoressa Dale. Non ho nessuna voglia di ascoltarla, ma non ho scelta. Chissà cosa dirà. Non le ho mai confidato quello che è successo. Eppure Theo e la signorina Little hanno insistito per chiamarla. È in piedi al banco dei testimoni, nasino elegante, abiti eleganti. Perfezione blu navy bordata di bianco. Smalto abbinato.

Mi sento morire dentro, ma devo stare calma. Devo fare del mio meglio. Sono vuota, fiacca. Come se questo non fosse più il mio corpo, ma un sacco di pelle senza più tessuti né ossa a gonfiarlo di vita.

«Ho letto che è medico condotto da vent'anni, e che ha scelto di specializzarsi nell'aiuto alle vittime di violenza sessuale. È corretto?» domanda la signorina Little.

«Sì, me ne occupo da tanto. Da sempre.»

«Ed è corretto affermare che, a suo parere, l'imputata – la signorina Miranda Cunningham – aveva subito uno stupro, più o meno all'epoca in cui sono avvenuti i fatti di cui parliamo qui?»

«Sì.»

«Anche se di fatto la signorina non le ha mai detto di essere stata violentata, giusto?»

La dottoressa le rivolge un sorriso lento e significativo. «Giusto. Succede di frequente che le vittime siano reticenti ad ammettere un'esperienza tanto orribile.»

La voce si inceppa sul termine *orribile*, quasi stesse vivendo quello stesso dolore in prima persona. Early-Smith si dimena, a disagio.

La dottoressa riprende. «Provava un bruciore intenso nell'area vaginale, un dolore che non passava. Una volta stabilito che alla base non c'erano problemi di natura fisica, è risultato evidente che il motivo andava cercato altrove. E, in casi analoghi, questo motivo è sempre uno stupro.» Fa una pausa. «La signorina era molto abbattuta, ma non era disposta a spiegarne la ragione. Quando le ho chiesto se al momento avesse una relazione di tipo sessuale, è scoppiata in lacrime.» Fa un'altra pausa. «Tutto indicava che fosse stata vittima di una violenza. All'epoca ho preso nota di ogni sintomo sulla sua cartella clinica, credo che al momento il cancelliere la stia distribuendo a tutti gli interessati.»

143

Sebastian

Dottoressa Dale. L'ennesima donna che suda boria e cazzate. Stupro? Miranda non vedeva l'ora. Moriva dalla voglia. Erano più di tre anni che non faceva sesso. Me l'aveva raccontato Zara. Okay, le ho versato qualcosina nel drink per scaldarla un po', ma aveva bisogno di una mano per rilassarsi. E una volta che si è sciolta, non c'è più stato verso di tenerla. Avreste dovuto sentirla urlare mentre veniva.

144

Oggi altre deposizioni a nostro favore.

Al momento, sul banco dei testimoni sta salendo una certa signorina Holt. Non so chi sia. Non sapevo che sarebbe stata convocata. Una bionda leggermente sovrappeso, più o meno della mia età. Piuttosto carina, miniabito rosso di lana e stivali neri. Scorro i documenti che ho davanti per capire chi è. Qui non c'è niente. Un cancelliere sta girando per l'aula a distribuire fotocopie. Porge un foglio al mio guardiano, che a sua volta lo passa a me. È la deposizione della signorina Holt. Una teste aggiunta in corsa. Non ho tempo di leggere, e neppure di dare una scorsa.

La signorina Little è già partita a interrogarla.

«Signorina Holt, lei è qui perché sostiene che Sebastian Templeton l'ha stuprata, dico bene?»

Un altro stupro. Che bastardo. Ho un tuffo al cuore.

«Esatto.»

«Ce la fa a raccontarci cos'è successo?»

La signorina Holt inizia a parlare. Ha una voce calma, limpida. Non voglio sentire. Le sue parole vanno e vengono nella mia testa. Parole e sensazioni e ricordi, si mescola tutto. Lo rivedo che mi siede di fianco al lavoro. Sento la sua voce. *So cosa ti piace, Miranda. Ricordatelo.* E poi lo risento che mi entra dentro. Vedo il tuo viso, Zara, un viso tanto amato. Vorrei parlarti. Vorrei toccarti. Tenerti per mano, dirti quanto mi dispiace.

Scaccio i ricordi. L'aula del tribunale torna a fuoco. La signorina Little ha terminato. Ora tocca a Early-Smith.

«Lei accusa il signor Templeton di averla stuprata, ma a suo dire sarebbe successo due anni fa, e non l'ha mai denunciato. Come mai?»

La testimone si toglie i capelli dagli occhi. «Ha minacciato ritorsioni.» Fa una pausa. «E ha aggiunto che comunque nessuno mi avrebbe creduto.» Un'altra pausa. È sull'orlo delle lacrime. «Inoltre avevo appena fatto domanda per un posto da insegnante in un asilo nido, e ho pensato che essere coinvolta in una vicenda del genere mi avrebbe posta sotto una cattiva luce e non mi avrebbero assunta. Mi sentivo contaminata dal suo gesto.»

Early-Smith sorride. Il sorriso del gatto che ha intrappolato il topo.

«Ma se davvero il signor Templeton si era reso colpevole di questo reato, allora lei avrebbe avuto la responsabilità morale di denunciarlo subito, per proteggere altre persone. Non crede?»

La signorina Holt non risponde. Sta cercando di trattenere le lacrime, guarda il pavimento.

«Come mai ha deciso di parlare proprio adesso? Cos'è stato a darle il la? Perché non il mese scorso? Una settimana fa?»

La donna alza lo sguardo. Testa alta, espressione fiera, adesso. «Theo Gregson è venuto da me e mi ha spiegato quel che è successo a Miranda. Sapeva che avevo trascorso del tempo con Sebastian. Mi ha spiegato la situazione e ho accettato di aiutarlo. Il comportamento di Sebastian mi ha quasi distrutto la vita. Non voglio che ne rovini altre. Direi che era il momento perfetto per parlare, non pensa, avvocato?»

Il legale aggrotta la fronte sopra gli occhiali a mezzaluna e le lancia il suo sguardo assassino. «La ringrazio, signorina Holt. È tutto.»

La testimone mi guarda e mi fa un cenno, più risoluta che intimidita, ora. Lasciato il banco, torna a sedersi sulle panche di fianco alla giudice. Spalle dritte. Testa alta. Occhi lucenti. Contenta di se stessa. Fiera di avere reagito.

145

Sebastian

Allora, Miranda Cunningham, Caroline Holt, dove pensate di arrivare con tutta questa storia? Dite che vi ho stuprato, ma allora perché non avete mai sporto denuncia? Lo volevate, entrambe. Morivate dalla voglia. Un uomo come me capisce sempre cosa vogliono le donne.

146

La signorina Little. Di nuovo in piedi. Si raddrizza gli occhiali, controlla gli appunti. Chiama la signora Phipps. La nostra insegnante di inglese del liceo, amica di famiglia da diversi anni. Mia madrina. Tua, anche. Ora quasi sessantenne, vicina alla pensione. È più di un anno che non la vedo. Ha perso peso e si è fatta crescere i capelli. Le ricadono sulle spalle, addolcendo l'espressione.

La mia patrocinante si protende verso di lei. «L'accusa ha avanzato l'ipotesi che Zara e Miranda fossero rivali. Che Zara fosse vivace e carina, molto più popolare di Miranda. Stando alla loro tesi, Miranda sarebbe stata gelosa della sorella.»

«Si sbagliano di grosso, non è affatto così. Entrambe le ragazze erano popolari, ciascuna a modo suo. Zara aveva una vita sociale più attiva rispetto a Miranda. Anche Miranda era amata, però. Semplicemente, preferiva starsene più tranquilla. Miranda era più portata per lo studio, Zara una vera artista. Erano complementari, si integravano a vicenda. Si volevano molto bene. Ed erano inseparabili. Parlo con cognizione di causa. Sono la loro madrina. Le conosco da sempre.»

Osservo Early-Smith, seduto sulla sua panchetta. Si stringe nelle spalle con condiscendenza e leva i palmi al soffitto.

147

Sono con Theo Gregson nella sala colloqui, di nuovo. Questa mattina si è rasato di fretta e si è tagliato, ha una lacrima di sangue sul mento. Mi prudono le mani dalla voglia di pulirlo, di togliergliela. E ha l'aria di non avere dormito. Pallido. Borse sotto gli occhi. È preoccupato? Pensa che perderemo?

«Allora, facciamo il punto della situazione. Giornata fondamentale.» Fa una pausa. «Certo non quanto quella del verdetto.»

Lo stomaco mi si chiude. «Stai forse cercando di farmi innervosire?»

«Perché dovrei?» Mi rivolge un mezzo sorriso.

«Quante cose possono andare storte?» chiedo.

«Difficile dirlo.»

«Di solito sei più incoraggiante.»

Fa spallucce. «Non ti preoccupare. Sto sempre così, gli ultimi giorni.»

148

L'aula è approdata a un nuovo livello di serietà. Niente più brusio di sottofondo dovuto alle conversazioni spicciole tra impiegati, avvocati, legali di ogni tipo. La platea siede leggermente piegata in avanti, tutti rigidi come manichini, le mani in grembo. Entra la giudice, la fronte aggrottata, ci alziamo. Rientra anche la giuria, e l'aria intorno a me si fa tesa. Mamma si guarda intorno e intercetta i miei occhi, agitata. Sebastian non si volta, lo sguardo fisso davanti a sé. Neanche Theo si gira, ma so che fa il tifo per me.

Si alza Paul Early-Smith, e d'un tratto mi sento mancare. Rivolge alla giuria il suo sguardo da *Sono l'avvocato della Corona*. Lo sguardo che secondo me prova e riprova ogni mattina nello specchio dell'ingresso. Sopracciglia corrugate. Naso arricciato. Non serve che ti eserciti, Paul Early-Smith. Credimi, incuti già abbastanza timore. Dà un colpo di tosse per schiarirsi la gola.

«Miranda Cunningham ha assassinato la sorella a sangue freddo.» Fa una pausa, e poi lo ripete con voce tonante. «A sangue freddo!» Mi sento tremare le viscere. «L'ha fatto perché si era invaghita del ragazzo della gemella, e la voleva fuori dai piedi per tenerlo per sé.» L'avvocato gesticola melodrammatico, agitando il braccio destro nell'aria. «Il video hard ci ha mostrato chiaramente fino a che punto si divertisse con lui.»

Il video hard.

Mi sento male ogni volta che qualcuno lo cita. Avvampo. Getto un'occhiata ai giurati, mi auguro che non mi stiano guardando. E invece sì, due lo stanno facendo. La ragazza con quello strano piercing all'orecchio e l'uomo con il turbante, sono entrambi voltati di qua. Divento ancora più rossa. L'uomo ha un'espressione beffarda, maligna. Lei è impassibile. Distogliendo lo sguardo, torno a osservare Early-Smith. Fisso il suo profilo mentre si rivolge alla giuria e lo detesto per il modo in cui travisa me, la mia vita.

«Miranda ha assillato e importunato Sebastian Templeton fin da quando l'ha conosciuto. Dopo essere stata invidiosa della sorella per anni – più attraente di lei, più estroversa di lei – alla fine si è presa la rivincita.» Fa una pausa teatrale, spalle squadrate e naso per aria, un gesto che lo fa sembrare ancora più tronfio e mi irrita a priori, qualunque cosa stia per dire. «Nel periodo che ci concerne, Miranda Cunningham è diventata via via sempre più instabile dal punto di vista psicologico. Ora, per il bene suo e della società, è necessario che finisca in carcere il prima possibile.»

Non è vero! Vorrei gridarlo, ma non mi è permesso parlare. *Non è vero!* Lo urlo dentro di me, il corpo irrigidito dalla rabbia.

Il subdolo bastardo alias avvocato Early-Smith torna a sedersi in uno svolazzar di toga, i giurati che ancora lo guardano ammaliati. Il mio cuore si ferma per un minuto. Appoggio le mani al banco per reggermi. Prendo un respiro profondo dopo l'altro fino a calmarmi, finché il battito torna regolare.

Osservo la signorina Little alzarsi. Serena. Rilassata. La sicurezza le trasuda da ogni poro. I gesti sono tranquilli, non ha dubbi. Si volta a guardare in faccia i giurati.

«Vorrei che comprendeste che Miranda Cunningham stravedeva per la gemella, era la persona che più amava al mondo, e la piange ogni santo giorno.» Ho il viso inondato di lacrime silenziose. «Prova un cordoglio che intristisce chiunque la conosca.» Theo si volta a controllare se sto bene. I miei occhi si tuffano nei suoi. Le lacrime continuano a scendere.

Le parole della signorina Little mi giungono da lontano, non saprei dire se le sto sentendo davvero o se sono solo un'eco. «Miranda Cunningham è l'ultima persona al mondo che avrebbe deliberatamente fatto del male a Zara. L'abbiamo appreso dalle testimonianze, e l'abbiamo scoperto arrivando a conoscere la sua indole premurosa.» La mia patrocinante prende fiato. «Quello che è successo davvero, e di cui lei è rimasta vittima, è stata un'enorme messinscena. Un uomo che si è preso gioco di due gemelle, che le ha volutamente aizzate una contro l'altra. Le ha manipolate entrambe.» Un'altra lunga pausa teatrale, degna di quelle di Early-Smith. «Che cosa l'abbia spinto a farlo è ancora un mistero. Quello che invece è chiarissimo, è che non amava nessuna delle due.»

149

Sebastian

«Quello che invece è chiarissimo, è che non amava nessuna delle due.»

Le parole dell'avvocato bruciano. Sono talmente furioso che mi trema il labbro. Mi scoppia la testa. Io *adoravo* Zara. Cosa accidenti ne sa la signorina Little dell'amore, o della perdita? Oh, quanto ho amato, e quanto ho perduto. Morirei per quelli che amo. Ucciderei per quelli che amo. State a guardare.

Stringendo il pugno, colpisco con tanta forza il retro della panca che ho davanti che per un istante temo di essermi rotto la mano. Due guardie mi sono subito addosso, mi bloccano, mi strattonano le braccia dietro la schiena e mi ammanettano. Due bestioni, i toraci duri come il marmo. Cerco di morderne uno, ma non ci arrivo. Mi trascinano fuori dall'aula, mi perquisiscono e poi mi rinchiudono a sbollire in una cella nel seminterrato. Sto tremando di rabbia.

Oh, Zara, ti amo così tanto che non sbollirò mai. Miranda non la farà franca.

150

I giurati si scambiano un'occhiata mentre Sebastian viene scortato fuori dall'aula. Anche la signorina Little e Theo si guardano, poi lui si volta verso di me e muovendo solo le labbra mi chiede se va tutto bene. Annuisco, fingendo di stare bene. Di fatto, non ho idea di come sto. Mi sento la testa leggera, come stessi galleggiando nel vuoto.

«Prego, avvocato, continui pure» incalza la giudice.

«La sorella di Miranda, in uno scatto di gelosia e rancore – sapientemente innescati da quell'uomo – ha tentato di toglierle la vita. Miranda ha agito solo per legittima difesa. Amava la sorella, ed è distrutta dall'accaduto.» La signorina Little tace, mi indica. «Guardatela. Guardate come la fa stare questa vicenda. Ha bisogno di andare a casa, di andare dalla madre, che è rimasta sola. Hanno bisogno di tempo per ricostruire quel che è rimasto delle loro vite. Hanno bisogno di stare insieme, nel loro nido, in pace.»

Nessuno mi guarda a parte mamma, che ha il volto rigato di lacrime. Vorrei poterla toccare, abbracciare. Sento montare lo strazio.

La mia patrocinante torna a sedersi. Il tempo si ferma. Intorno a me, l'intera aula sembra impietrita. Nessuno parla. Nessuno si muove. Poi – molto, molto lentamente – la giudice si rivolge alla giuria.

«Per condannare questa donna per omicidio dovete essere certi, al di là di ogni ragionevole dubbio, che Miranda avesse intenzione di uccidere la sorella. Che sia stato un gesto deliberato, non dettato da legittima autodifesa. Non serve che vi dica che si tratta di un caso assai grave, che vede coinvolta una giovane brillante sulla cui fedina penale non ci sono precedenti per violenza né macchie di alcun tipo. Una giovane il cui comportamento e i risultati raggiunti fino a quel momento erano sempre stati esemplari. Una donna che potrebbe essere stata stuprata. Bene, ora potete ritirarvi a deliberare.»

Theo mi guarda e annuisce. Il sollievo che ha negli occhi mi dice che è contento delle conclusioni formulate dalla giudice.

151

Mi portano in una delle celle sotto il tribunale ad aspettare il verdetto. Guardo l'orologio. È mezzogiorno. Intorno alle quattro, mi ha detto Theo, la giudice andrà a parlare con i giurati. Se avrà l'impressione che siano ancora lontani dall'esprimersi, verrò riaccompagnata in carcere. Per quanto pesante sarebbe – perché significherebbe che la giuria è combattuta – mi sforzo di vedere il lato positivo: quanto meno potrò parlare con Jane, la mia ascoltatrice per eccellenza. E se ci metteranno tanto a prendere una decisione, credo che avrò davvero bisogno di sfogarmi con lei. Jane è stata buona con me, molto. Mi ha aiutata a trovare il coraggio di superare i momenti più bui.

Il guardiano che mi hanno assegnato oggi, un uomo dalla carnagione scura, con la barba e grandi occhi castani, fa del suo meglio per trattarmi con gentilezza. Mi ha portato una tazza di caffè, una tavoletta di cioccolato e tre riviste patinate. Moda, cosmetici, cibo, viaggi, migliora il tuo stile di vita. Avrò di nuovo una vita, tanto per cominciare? Dopo tutto questo tempo in carcere, l'idea che debba anche avere uno *stile* suona davvero futile. In ogni caso, sedere qui a sfogliare riviste del genere non mi aiuta a far passare un tempo che sembra essersi fermato. Mi rispedisce nel passato. Ignara del mio futuro, l'unico luogo in cui posso indugiare è il passato. Frammenti di un'altra era mi scorrono in testa come gli spezzoni di un film.

Il mio primissimo ricordo di te, Zara. Due anni, ci teniamo per mano correndo sulla spiaggia. Scalze. Granelli di sabbia si infilano tra le dita dei piedi. Corriamo. Corriamo. Corriamo.

Qualche anno dopo. Questa volta a correre sono io da sola, attraverso rapida il campo sportivo diretta agli spogliatoi della tua squadra di netball. Persone che mi fissano. Sussurri nell'aria. Zara. Zara Cunningham. Hanno chiamato l'ambulanza e la polizia.

Il medico mi viene incontro nel corridoio dell'ospedale.

«Zara è stabile. Ha ripreso conoscenza. Tutti gli esami neurologici vanno bene.»

Stabile. Neurologici. Bene. Le parole mi ruzzolano in testa e, per la prima volta da ore, non ho bisogno di concentrarmi per respirare.

Ora sei a casa, ti hanno dimessa dall'ospedale. Siamo distese sul pavimento della mia stanza da letto, condividiamo una canna.

«Miranda, devi smetterla di flagellarti. Non è stata colpa tua.»

Vorrei tanto che potessi dirmelo adesso, Zara. Vorrei che lo pensassi.

Ti rivedo mille volte fiondarti nel nostro incantevole appartamento di Bristol, il viso lievemente arrossato.

«Ho conosciuto una persona.»

Sottolineando *una persona*, Zara. Tanta gente, ma mai *una persona*, prima.

Un portfolio zeppo di fotografie di Sebastian che scivola dalle mani di mamma sul tavolino del nostro soggiorno. La tua voce. «Non mi sono mai sentita viva finché non ho conosciuto Sebastian. Lo amo da morire.»

Ti avvicini a lui, allunghi una mano e gli accarezzi la guancia.

E adesso Sebastian abbraccia me, bacia me. La sua lingua è nella mia bocca. E adesso mi spinge a faccia ingiù nella coperta, mi penetra da dietro. Fa male. Fa malissimo. Un dolore lancinante alle pareti della vagina. Il dolore monta, mi risucchia, e io sto dicendo allo psicoterapeuta che non ce l'ho con mia sorella. Le lacrime mi rigano le guance. Il viso di Sebastian mi viene incontro. Sento il suo calore. Il suo respiro.

«Mi piace quando mi implori.»

Rovescia la testa all'indietro e prorompe nella sua risata da iena. Il suo viso svanisce e si materializza il tuo, Zara, bellissimo, contorto dalla rabbia.

«Ti ammazzo, brutta stronza, ti ammazzo!»

Pelle che si lacera. Oppone resistenza. Si fa umida.

E adesso sto camminando dietro la tua bara al funerale, gli occhi di Sebastian che mi inceneriscono. Gli occhi di Sebastian si fanno più dolci. Gli occhi di Sebastian diventano gli occhi di Theo. Vederli mi tranquillizza. Le immagini svaniscono. Il respiro torna calmo.

152

I giurati sono pronti a pronunciare il verdetto. L'aula sembra vibrare per la tensione. Il signor Mimms, la signorina Little e Theo tengono le teste vicine, confabulano. Early-Smith & Co. fanno capannello, l'espressione compiaciuta. Sapranno qualcosa? Non mi hanno nemmeno rispedita a Eastwood Park, la decisione è stata rapidissima.

I cancellieri ridono e chiacchierano, i volti rilassati. Come avessero ottenuto un permesso premio, un'uscita anticipata dal lavoro. Mamma siede in prima fila nella galleria riservata al pubblico, le mani allacciate in grembo. La stampa. I giornalisti mi fissano. Spiano le mie reazioni come cavallette in procinto di fare strage del raccolto. Probabilmente hanno già pronti due articoli diversi, quale andrà in stampa dipende dai prossimi cinque minuti. Qualcuno siede alla sinistra del banco dei testimoni. Qualcun altro è su, nella galleria del pubblico. Cavallette. Cornacchie. Corvi. Avvoltoi.

C'è anche Sebastian. Seduto dietro mia madre, come sempre. Mamma non gli rivolge mai la parola. Lui ignora sempre lei. Ignora sempre me. Non ha mai cercato di parlarmi, neppure quando l'ho incrociato in corridoio, ammanettata al mio guardiano.

Theo si gira a guardarmi, gli occhi che luccicano nei miei. Ci siamo appena parlati in una delle solite stanzette. Non sapevo se oggi mi avrebbe riassunto la situazione. Cosa era rimasto da dire? Buona fortuna? Eppure è venuto, e invece di perdersi in tante chiacchiere mi ha stretta in un abbraccio vigoroso. Odorava di muschio e rassicurazione. Come la prima volta, quando gliel'avevo chiesto io. Solo che stavolta non gliel'avevo chiesto. È successo, tutto lì.

«Miranda, sappiamo che sei innocente. Se non ti lasceranno andare oggi, ricorreremo in appello» mi ha detto.

Me lo ripete adesso con gli occhi, e poi si volta.

Arriva la giudice, sbuca dalla porta in fondo a destra, una pila di fogli in mano. Non appena entra, l'aula si fa silenziosa e tutti si alzano. Viene fatta chiamare la giuria, e io mi sento tremare dentro. Il corso della mia esistenza verrà stabilito da un singolo atto sessuale di cui mi sono subito pentita?

Ed ecco i giurati, molto più vispi del solito. Forse intravedere la fine di questo compito tanto gravoso li stimola. Mentre sfilano ai loro posti, la giovane con le ciglia di seta e il lobo allungato mi guarda. Mi siedo osservandoli. Da queste persone dipende il mio destino. Persone di cui non so niente. Persone che non sanno niente di me. Forse pensano di conoscermi, per via del caso. Ma sesso, sangue, coltelli, cordoglio: sono davvero io? O è solo quello che mi hanno fatto diventare?

I tre giurati obesi avanzano a fatica verso i loro posti. Com'è possibile diventare così grassi da non riuscire quasi a camminare?

Il sikh con il turbante. Sarà scioccato dal mio comportamento sessuale? La cosa avrà deposto a mio sfavore? L'uomo calvo. Sui quaranta. Quello con la barba. Sui venti. Cosa potranno mai pensare?

Belle ciglia e lobo allungato. I suoi sguardi dimostrano che si immedesima in me? Forse. Mi piacerebbe crederlo. La ragazza con il faccino da elfo, capelli corti e occhi grandi. Una ragazza moderna. O, almeno, è così che si presenta. Sarà in grado di capire cosa sono stata costretta a subire? Capirà cosa si prova a essere stuprate? Sembra tanto curata, tanto innocente. Proverà empatia per una persona che ha affondato un coltello nella gemella? Avrà anche lei una sorella cui vuole bene? Sa cosa significa amare ed essere amati?

Per l'ennesima volta sento la tua pelle che si lacera, Zara, la sento opporre resistenza, vedo il sangue zampillare. Ne sento il fetore. Intenso, penetrante come il lezzo di una macelleria. Un tanfo che mi satura le narici e per un istante temo di vomitare. Mi siedo tenendo la testa in basso, mi premo le mani sulla bocca e deglutisco forte per soffocare la nausea.

Di nuovo calma, risollevo la testa e gli occhi tornano sulla giuria da cui dipende la mia vita. Una donna di mezza età con i capelli ricci. Sembra piuttosto gentile. Ma che ne so davvero di lei? Il travestito. Una persona di ampie vedute, si spera. Al suo fianco, l'uomo con la camicia a quadri e gli occhi vivaci. Infine, il sosia di Hugh Grant. Capelli biondi azzimati, sempre lì a levarseli dagli occhi. Hugh Grant, sei con me? O le affermazioni di Sebastian secondo cui le donne gli corrono tutte dietro collima con la tua esperienza personale?

Basta, ora. Non ce la faccio più con queste analisi dettagliate. Distolgo lo sguardo dai giurati e lo riporto sul pavimento. La nausea monta. Più incalzante, questa volta, mi sale in gola.

«Devo andare in bagno» dico al mio guardiano.

È come nel telefono senza fili. Lui bisbiglia a un cancelliere, che bisbiglia alla giudice. La giudice bisbiglia al cancelliere, che torna a bisbigliare al mio guardiano.

«Permesso accordato, ma la prega di essere il più veloce possibile.»

Il più velocemente possibile, la guardia mi conduce nei bagni riservati ai prigionieri, nelle viscere dell'edificio, vicino alle celle, sotto l'aula. Appena entro mi fiondo nell'antiquato cubicolo dalle mattonelle grigie tutte crepate e con la muffa nelle fughe, sollevo la tavoletta e tiro su l'anima. Un mare di vomito, rosa, denso, viscido. Puzza come sterco. Il tanfo innesca altri conati, rimetto di nuovo. Una volta buttato fuori tutto tremo, ho la pelle d'oca.

E poi finalmente mi calmo, e almeno per il momento mi sento meglio. Mi rimetto in piedi, tiro lo sciacquone. Mi lavo le mani, mi spruzzo il viso d'acqua fresca. Mi lavo i denti con un dito e una lacrima di sapone liquido che spremo dal dispenser per le mani. Il detergente mi schiuma in bocca. Ha un sapore acre. Un poco mi scivola in gola, mi fa tossire.

Sull'ascensore che ci riporta in aula tremo come una foglia, il mio angelo custode mi stringe la mano.

E rieccomi nella mia gabbia. Ho tutti gli occhi addosso. Occhi che mi fanno sentire male di nuovo. Ma se anche dovessi vomitare sangue, imbrattare il mondo, non posso uscire di nuovo. Theo si volta a guardarmi, e per un attimo sto meglio.

La giudice si alza. L'aula torna silenziosa.

«I giurati hanno scelto un portavoce?»

I giurati annuiscono, qualcuno mormora un *sì*.

«La persona in questione si alzi, prego.»

Il barbuto sui venti. Strano scegliere una persona tanto giovane. O forse è più grande di quel che sembra.

«Avete raggiunto una decisione?»

«Sì, Vostro Onore.»

«Ed è unanime?»

«Sì, Vostro Onore.»

«Ritenete l'imputata colpevole o non colpevole di omicidio?»

«Non colpevole.»

Esalo un sospiro di sollievo. E, Zara, se solo tu fossi ancora viva correrei sulla vetta più alta del mondo per urlare da lì la mia gioia.

Non colpevole.

Non colpevole, ma comunque condannata a trascorrere il resto dell'esistenza a cercare di perdonare me stessa. A cercare di andare avanti con la mia vita. Ma, almeno, avrò la possibilità di provarci.

153

Sebastian

Quant'è sollevata. Esce dal suo cubicolo, corre incontro a quel melenso di un Theo. Gli si getta tra le braccia, e io me ne sto qui incredulo. Come è potuto succedere? Non riesco a credere che la giuria l'abbia assolta. Come hanno potuto bersi le sue menzogne? I suoi imbrogli? Possibile che non si rendano conto che qui la vittima è Zara? Li ha forse pagati? Minacciati? Ricattati? Nessuno mi nota mentre sgattaiolo via. Nessuno mi vede scivolare nel vicolo di fianco al tribunale, appostarmi, aspettare. Miranda Cunningham deve essere soppressa.

154

La guardia mi apre la porta del cubicolo, restituendomi la libertà. Ho i muscoli tanto intorpiditi che fatico a camminare. Mi sento stordita. Dopo essere rimasta incarcerata tanto a lungo, quasi non riesco a capacitarmi dell'accaduto. Rivolgo ai giurati uno sguardo colmo di gratitudine ma loro stanno già sfilando fuori, tranquilli, probabilmente impazienti di correre a casa. Ed eccomi fuori dal cubicolo. In piedi nell'aula, libera come chiunque altro. Libera di andare dove voglio. Libera di tornare a casa. E invece, chissà per quale ragione, la libertà mi paralizza, non riesco a muovere neanche un passo. Prima ancora di rendermene conto, mi ritrovo tra le braccia di Theo. Mi attira a sé e mi stringe forte, come fossi preziosa. Mentre mi lascia andare, vedo Sebastian che esce di soppiatto dall'aula, la sua nuca, e un'ombra mi si addensa intorno al cuore.

La signorina Little ci raggiunge. *Troppa confidenza, Theo, troppa confidenza*, lo rimprovera con lo sguardo. Lei mi appoggia le mani sulle spalle, una stretta compassata e formale, mi inebria di quel suo profumo floreale e mi dice di essere molto contenta. Il signor Mimms mi stringe la mano e annuisce. Una stretta di mano e un cenno. Tanta roba, per uno come lui.

«La ringrazio moltissimo, signor Mimms.»

Ed ecco mamma, mi viene incontro. Piange. Sorride. Ride. Trema. Mi vuole bene. Mi prende tra le braccia.

«Forza, mettiamoci subito in auto, entro notte saremo a Tidebury.» Le lacrime le rigano il viso. Mi scosto appena.

«Aspetta, mamma, ho bisogno di un po' di tempo tutto per me. Vorrei tornare all'appartamento, affrontare la scena.»

Mi guarda, gli occhi che grondano preoccupazione.

«Mi hanno portata via subito, e da allora non ci ho più messo piede. Ho bisogno di tornarci, di restarci qualche giorno, io e i miei pensieri, prima di venire a casa con te.»

Per un istante sembra sopraffatta. Annichilita. Poi si ricompone, lo sguardo si addolcisce un poco. «D'accordo. Aspetterò. Rimarrò qualche altro giorno in albergo.»

«Non ti farò attendere a lungo, promesso.»

Il mondo mi si muove intorno, al rallentatore, irreale, mentre mamma e Theo mi accompagnano fuori dall'aula, nell'atrio. Senza che me ne sia resa conto, qualcuno a un certo punto deve avermi restituito quello che avevo in cella, perché ho in mano uno di quegli strani sacchetti tutti buchi.

Ferme in mezzo all'atrio, io e mamma ci guardiamo negli occhi.

«Sicura di volerci tornare questa sera?» chiede lei.

«Sì.»

«Sicura che starai bene? Perché non aspettare almeno domani?»

«Non ti preoccupare, mamma, sono sicura.»

Rimane con me fino all'ultimo. Alla fine si decide a lasciarmi, con estrema riluttanza. Estrema. Cammina più lentamente che può, come non riuscisse a sopportare l'idea di separarsi da me. All'ingresso si volta di nuovo e mi getta un'ultima occhiata apprensiva. Non è più abbacchiata come era in aula, ma è ancora solo l'ombra di se stessa. Appena esce, mi sento travolgere dal sollievo. Ho già abbastanza senso di colpa da portarmi appresso. La sua pena è un carico in più.

Theo e io indugiamo ancora un poco.

Lo guardo negli occhi. «Grazie, di tutto.»

«Posso darti un passaggio a casa?» si offre.

«Grazie, ma non serve. Non è lontano. Da qui ci arrivo comodamente a piedi.»

Anche i suoi occhi, come quelli di mamma, grondano preoccupazione.

«Sul serio, Theo, ho davvero bisogno di stare un po' da sola.»

«Certo, posso capirlo» replica con un'espressione tesa. Dopo un attimo riprende a parlare. «Bene, allora ciao. In bocca al lupo.» Si muove un poco, a disagio. «Hai il mio numero, se ti serve. Chiamami a qualunque ora.»

«Grazie.»

Si allontana lentamente. E io mi sento persa.

Appesantita dal grosso sacco di plastica, varco l'ingresso ed esco sulla strada. Un buio pomeriggio di febbraio, il freddo che mi morde le dita e il viso, e di colpo mi rendo conto di non avere il cappotto. Dov'è? Potrei averlo lasciato ovunque, dopo tutto quello che è successo. Il carcere, la stazione di polizia. O magari è in questo borsone, in fondo. Ma ce l'avevo, poi? Non che sia importante. Non è niente, rapportato al quadro generale.

Fino a quando riuscirò a mantenere questa prospettiva? Se mi fosse capitato un anno fa di non trovare più il cappotto sarei andata su tutte le furie. Allora, però, non avevo perso mia sorella. Dolore e morte ci affrancano dall'irrilevante, almeno per un po'. Forse il mondo ha bisogno del trauma per restare in equilibrio.

Priva di cappotto, il freddo mi induce a filare a casa in gran fretta. Supero il cinema. Supero i ristoranti e i bar sul lungofiume, gente seduta ai tavolini intorno alle stufe da esterno, tutti bevono, fumano, chiacchierano. La luce dei lampioni si riflette e sfarfalla sull'acqua, fa sembrare tutto più misterioso. Più incantevole. Avevo iniziato a temere che non l'avrei mai più rivisto, o almeno non fino a quando fossi stata troppo anziana per godermelo. Ma senza di te, Zara, non sono sicura che riuscirò a goderne di nuovo.

Cinque minuti e sono già all'appartamento. È proprio a due

passi dal tribunale. Vicinissimo, eppure quando ero incarcerata mi sembrava ad anni luce di distanza. Mi fermo sul marciapiede, il cuore che frulla come un ossesso. Infilo la chiave nella serratura. Giro e spingo. È un po' dura. Ha bisogno di lubrificante. Forzo un po' di più, provo di nuovo a girare la chiave e questa volta cede. Mi lascia entrare. Nel mio minuscolo ingresso.

Due passi e sono nel soggiorno, con i divani in pelle, il granito lucido della cucina nel suo angolino. Rivedo il tuo corpo, Zara. Un groviglio d'alabastro e sangue, se ne andrà mai? Volto le spalle all'immagine morbosa, continuando a sentirne l'odore.

La mia camera. Apro piano il battente. La mia camera, eppure no. Mamma l'ha rassettata. In una delle visite mi aveva detto di avere strofinato e pulito ovunque. La stanza era già minimalista, ma ora è quasi vuota. La osservo. Il letto urla ancora. Il letto dove Sebastian e io abbiamo fatto sesso. Il letto dove mi ha stuprata. Non sopporto di guardare oltre.

Vado in camera tua, Zara. Di nuovo un ordine asettico. Ciò nonostante, le tracce della tua presenza sono un colpo al cuore. Mamma ha lasciato alcune cose tue, come se l'idea di gettarle fosse troppo. Il tuo profumo preferito. I cosmetici. La spazzola, su cui ancora brillano alcuni meravigliosi capelli castano dorati, in attesa del tuo ritorno. Ho un mancamento. Perché ho voluto tornare?

Squilla il telefono, è il fisso. Corro in soggiorno, afferro il ricevitore.

«Sono la mamma. Va tutto bene?»

Mi si chiude lo stomaco. Voglio tranquillità. Voglio spazio. Voglio essere lasciata in pace.

Mento. «Sto bene.» Starò mai di nuovo bene? «Ora guardo un po' di televisione e poi vado a dormire.»

Il silenzio rimbalza dall'altra parte della linea, mi si riabbatte sul timpano.

«Perfetto» mormora alla fine. «Ti richiamo domani mattina.»

«Grazie, mamma. Ti voglio bene.»

«Ti voglio bene anch'io, tesoro.»

La sua voce irradia troppe emozioni. Le parole mi si arricciano intorno, mi strangolano. Perché non capisce questa mia voglia di stare da sola? Non solo una voglia, una necessità. Ho bisogno di stare da sola, ne ho un bisogno feroce. Sospiro di sollievo mentre riaggancio.

Afferro il telecomando e lo schermo si accende. Le immagini mi guizzano davanti, ma non le sto guardando. Sono secoli che non bevo niente di forte. Tutt'a un tratto avverto il richiamo di un drink. Forse un po' di alcol mi rilasserà, mi farà sentire meglio. Vado alla credenza per vedere se c'è qualcosa. Apro l'antina. È tutto in disordine, proprio come l'abbiamo lasciato noi. *Oddio.* Sul fondo c'è una bottiglia di Rioja. Il vino preferito di Sebastian.

Ed eccomi piombare di nuovo nel passato. Alla prima volta che l'hai portato qui.

Sebastian Templeton. Tenebroso e scuro, per come la vedo io avrebbe bisogno di una passata di rasoio. Jeans griffati; azzurro stinto, strappi piazzati ad arte. Stivaletti dall'aria vissuta, in pelle scamosciata marrone. Maglione girocollo nero, in cachemire. Un orecchino nero, a perno, al lobo sinistro. Discreto ma originale. Una studiatissima ombra di barba che mi irrita la pelle mentre si protende a baciarmi le guance. Odore di menta. Deve essersi appena lavato i denti.

Ricordo che ci siamo versati un bicchiere di vino a testa per poi sederci insieme sul divano, tutti e tre in fila, lui al centro. Quella carogna. I guai che ci ha causato. Con mani che tremano, mi allungo a prendere la bottiglia. Stappo e mi riempio un tumbler fino all'orlo. Niente mezze misure, questa sera. Lo ingollo quasi in un sol sorso, troppo in fretta per gustarmelo, e torno a stendermi sul divano, lasciando che le immagini che escono dal televisore mi si riversino nella mente e la anestetizzino.

155

Sebastian

Vedo la sua silhouette attraverso le veneziane. Sta bevendo del vino. Tipico. Ha sempre bevuto troppo. So che è da sola. Non è entrato nessun altro con lei, e sono ore che tengo sotto osservazione la porta. Guardo l'orologio. È ora. Ora di farle una dovutissima visita.

156

Devo essermi assopita. Mi sveglio di soprassalto, la testa un po' annebbiata, qualcuno sta suonando il campanello. Mi si rizzano i capelli in testa. Nessuno sa che sono qui, a parte Theo e mamma. Oddio, non sarà che mamma si è preoccupata a tal punto da farmi un'improvvisata? Corro alla porta.

Dietro il vetro incrostato, una zazzera nera.

Sebastian.

Sebastian è venuto a parlarmi.

Alla buon'ora.

Apro ed è qui, di fronte a me. Per un istante scordo l'accaduto. Per un istante scordo che sei morta, e mi aspetto di vederti alle sue spalle. E poi torna tutto, e il sangue mi si ghiaccia nelle vene per la paura. Paura del passato. Paura del futuro. Paura, punto.

«Posso entrare?» mi chiede.

«Ma certo. Dobbiamo parlare.»

Avanza nell'ingresso e conficca gli occhi scuri nei miei. Non fremono come al solito.

«Non proprio come ai bei vecchi tempi, vero?» mi dice.

Il dolore ci si solidifica intorno. Non rispondo. Supero l'ingresso, e lui mi segue. Si lascia cadere sul divano e accavalla le gambe, ma nei suoi gesti non c'è l'esuberanza che lo contraddistingueva. Gli siedo di fronte.

«Perché non sei venuto a trovarmi quando te l'ho chiesto?»

Si irrigidisce, si stringe nelle spalle. «Perché volevi vedermi?»

«Volevo spiegarti, farti capire. Volevo che mi perdonassi.»

Gli occhi si induriscono. «Non ti perdonerò mai.»

Le sue parole bruciano. È davvero questo ciò che volevo? Il suo perdono? Questo dramma è essenzialmente opera sua. Forse in realtà quello che volevo era rimproverarlo, metterlo davanti alle sue responsabilità, placare il mio senso di colpa.

«Non ti perdonerò mai» ribadisce.

Sediamo in silenzio per un po'. Un silenzio più assordante di qualunque parola, un silenzio che mi brucia la pelle. Decido di interromperlo.

«Non avresti dovuto dirglielo.»

Ora sorride, quel suo sorriso pigro, machiavellico, quello che non arriva agli occhi. Lo osservo mentre con una lentezza esasperante riunisce le mani sul ginocchio, allaccia le dita. Lo osservo muoverle senza posa, una danza indolente, accarezzano, massaggiano, giocano come un tempo hanno fatto con il mio corpo.

«Sei in piena negazione se ancora sei convinta che la morte di Zara sia colpa mia» afferma.

Un urlo mi nasce in testa. Inspiro a fondo per metterlo a tacere. «Ti avevo implorato di non dirglielo. Ti avevo detto che l'avrebbe sconvolta. È per questo che ha cercato di uccidermi» replico a denti stretti.

«Vorrei che ci fosse riuscita.»

Una frase, una coltellata. «Io non c'entro niente! Sei stato tu a spezzarle il cuore. Proprio come temevo.»

«La amavo, lo sai. Più di qualunque altra cosa al mondo.»

Mi fa male tutto. Dolore su dolore. Dolore mentale e dolore fisico, intrecciati. «E allora perché continuavi a provarci con me?»

«Volevo che si sbarazzasse di te.» Gli occhi, il corpo, tutto in lui sprizza odio. «Volevo che ti ammazzasse. Allora lei e io saremmo stati liberi.»

«In che senso liberi?» domando con voce tremula.

«Liberi da te, stronza!»

«Ma... ma... *Se* Zara mi avesse ucciso, sarebbe finita in carcere.»

Sebastian ha uno sguardo folle. Selvaggio. I pugni chiusi. «E perché? *Tu* non ci sei finita.»

«Però non sono stata io ad aggredirla.» Prendo fiato. «È stata lei ad aggredire me. È per questo che non sono finita in galera. Perché sono innocente.»

Mi rivolge un ghigno, labbra imbevute di acido. «Tanta fiducia nel sistema giudiziario è commovente. Non sai che esistono gli appelli?»

«Theo me ne aveva parlato» sbotto.

«Theo. L'effeminato angelo custode che veglia su di te.»

Mi schernisce con le parole. Con lo sguardo.

«Lascialo fuori da questa storia» gli intimo.

«Quel tipo è fuso. Mi ha fatto seguire per settimane. Convinto di essere un passo avanti a me, quando non lo era affatto.» Tace, gli occhi cupi, pericolosi. «Allora, dove eravamo? Ah, sì, ricordo. Zara avrebbe dovuto ucciderti.»

«Grazie mille.» Mi esce appena un sussurro. Siedo con la testa tra le mani, mi sento debole.

«Non avrebbe avuto niente di cui preoccuparsi. L'avrei raggiunta e avrei fatto in modo che sembrasse legittima difesa. Le avrei dato un paio di colpi, usando i guanti, e poi avrei messo le tue impronte sull'oggetto contundente.»

«Che assurdità.»

«Nient'affatto.» Fa una pausa. «È un gioco che si può fare in due, Miranda.»

«Ma io non sto facendo nessun gioco, Sebastian. Sto dicendo la verità.»

«La verità è sempre relativa, Miranda. Ma lo sai, vero? Eri talmente cotta di me che ci avrei messo un attimo a incastrarti.»

«Ti sbagli, Sebastian. Non ero cotta di te. Ti sopportavo, per il bene di Zara.»

«Eri così infatuata che sei arrivata ad ammazzarla. L'accusa ci ha preso, vero?»

«No.»

«Sei ancora innamorata di me.»

«No.»

«Sei tu quella pazza. Pianti e urla. Attacchi di panico.»

Il suo viso mi si sfuoca davanti agli occhi. Non riesco più a vederlo, ma lo sento.

«Mi vuoi ancora, vero?» mi schernisce.

Devo allontanarmi.

«Ti ricordo che gemevi di piacere sotto di me.»

«Taci, Sebastian, per favore.»

Ora le lacrime mi rigano le guance. Tremo come una foglia, ho capito che devo scappare. In fretta. Mi dirigo velocemente verso la porta, sforzandomi di non cedere al panico. Mi giro a guardarlo.

«Non ti voglio, Sebastian. Non ti ho mai voluto» garantisco.

Si avventa su di me e mi afferra. Mi dibatto ma sono troppo debole, non riesco a liberarmi. Mi trascina all'angolo del bancone dove stavo con te, Zara. Mi blocca le mani dietro la schiena servendosi della sinistra; nella destra ha un coltello, vedo il luccichio della lama sotto la luce elettrica.

«Permettimi di fare quello che avrebbe dovuto fare Zara.»

Le mie mani sono a pochi millimetri dal coltello da scalco nel cassetto, alle mie spalle. So che si trova lì. So di poterlo freddare, quest'uomo che odio. Quest'uomo che ho sognato e fantasticato di uccidere. Posso eliminarlo per sempre, ora, in questo preciso istante, se solo lotto, se solo combatto. Le mie dita si liberano dalla presa. Si tuffano nel cassetto, agguantano il coltello.

E invece no. Non ce la fanno. Sono stanca. Stremata. Troppo sfinita per affrontare un altro processo. Permetto alle dita di rilassarsi. Meglio morire, più semplice. La volta scorsa mi sono ritrovata a desiderare con tutto il cuore che fosse successo. È durissima vivere senza di te, Zara. Sebastian, qui, può esaudire il mio desiderio. Smetto di opporre resistenza. La lama si avvicina. Un lampo di soddisfazione attraversa gli occhi del tuo ragazzo.

157

«Polizia! Lasci il coltello!»

Parole secche, inattese, che squarciano il silenzio come proiettili.

Il coltello resta dov'è. Gli occhi di Sebastian sono incollati alla mia gola. Sta pensando di affondare comunque. *Oh sì, ti prego, devi farlo.* La lama non si sposta. Sebastian, sono pronta. Pronta a morire.

158

Sebastian

«Molla il coltello o sparo!»

Parole urlate all'improvviso. Un sacco di tempo per squarciarle la giugulare prima che facciano fuoco. Moriremo entrambi, ma non fa nulla. La morte porta pace. La morte porta amore. Le dita mi si stringono intorno al coltello. Oh, Zara, finalmente verrò ricompensato. Miranda sembra tanto debole, terrorizzata. Tesoro mio, eri così anche tu, appena prima che ti uccidesse?

159

Il coltello cade a terra con un tintinnio. Faccio un passo indietro. Sto tremando. Sto per svenire. Ora crollo. Una poliziotta snella con i capelli castano scuro e gli occhi a mandorla mi prende tra le braccia. Mi conduce al divano e ci affondo, tremando.

Da lontano, con la coda dell'occhio, vedo Sebastian che viene ammanettato, braccia dietro la schiena. Due agenti gli si affiancano e lo portano via. Il mio tremito aumenta. C'è mancato pochissimo. Non riesco a credere di essere ancora viva. Mi sfioro il viso con la mano. La pelle è calda, solida, compatta. Sono ancora qui, mi dico. Penso ancora. Respiro ancora. L'ululato di una sirena si fa strada nella mia testa. Lo stanno portando via. Ora tocca a lui stare in carcere.

L'agente snella mi si siede di fianco sul divano e mi cinge le spalle con un braccio.

«Come facevate a sapere che era qui?» le domando.

«Theo. Il suo avvocato.»

«Non capisco.» Batto i denti, ma mi sento andare a fuoco.

«Sebastian lo preoccupava molto. Aveva indagato parecchio su di lui, per il processo, e temeva che l'avrebbe aggredita non appena fosse uscita. L'aveva previsto.»

«Io proprio no.» Pur essendo seduta, sento il sangue defluirmi dalla testa e temo nuovamente di perdere i sensi. Mi piego un po' in avanti e mi prendo la testa tra le mani. Il sangue rallenta. Faccio un respiro profondo. «Come sapevate che stava per uccidermi?»

«Telecamere a circuito interno. Poliziotti qui fuori, di guardia. Abbiamo organizzato tutto insieme al suo legale.»

Theo. Grazie a Dio c'è Theo. La poliziotta continua a spiegare, ma le sue parole si perdono in una sorta di nebbia. Non la sto ascoltando con la dovuta attenzione. Sto pensando a Theo. Lei blatera di profilo psicologico. Trauma. Perdita. Angoscia. E poi, nella nebbia... «Ci serve una sua dichiarazione.»

«Ora, subito?» domando incredula.

«È meglio, intanto che ha tutto ben fresco nella mente.»

«Vorrei tanto che non ci fosse. Vorrei che nella mia mente non ci fosse nulla di tutta questa storia.»

«Ci vorrà poco, glielo prometto. Presto sarà finita.»

«Non sarà mai finita» ribatto. «La mia memoria conserverà ogni santo ricordo.»

«Oh, cara. Ma riuscirà a superarla, vedrà. Un giorno ai cattivi ricordi inizieranno a sovrapporsi quelli buoni.»

«Non ne avrò mai più, di ricordi buoni.»

Non replica, rimane solo a guardarmi con un'espressione dolce, triste. Poi estrae di tasca penna e taccuino. «Bene, vediamo di chiuderla il prima possibile.» Fa una pausa. «E dopo temo di doverle chiedere di lasciare l'appartamento. Adesso è una scena del crimine. Domani deve entrare la Scientifica. Non possiamo rischiare di inquinare le prove.»

Una scena del crimine. Di nuovo. Il mio appartamento, una scena del crimine. La mia intera esistenza è diventata una scena del crimine.

«Vuole che le chiami sua madre? Lei è sotto shock, mi pare il minimo. Che ne dice di farla venire qui?»

«No, grazie. Preferisco stare da sola.»

«Che ne dice se mando un messaggio al suo avvocato per chiedergli di venire e accompagnarla in albergo? Può andare?»

Le rivolgo un sorriso pallido. «Sì, grazie.» Al momento non ce la faccio a reggere le emozioni di mia madre.

«Bene, allora iniziamo.» Prende un respiro profondo. «Miranda, mi può raccontare tutto quello che ricorda a partire dall'istante in cui è rientrata nell'appartamento?»

Chiudo gli occhi. Abbandono la schiena contro i cuscini. La mente parte con il replay. Le parole iniziano a scorrere.

«Suona il campanello. È Sebastian, che vuole parlarmi.»

Mentre riepilogo l'accaduto per la poliziotta, rivivo tutto quanto. Sento ogni frase, tanto nitida che è come se fossi entrata in un film che poi invece è la realtà. Torno al primo momento in cui ho cominciato a temere che volesse uccidermi. Mi guardava con un tale astio. Occhi e viso come acido. Non le parlo di quando ho pensato di ammazzarlo io. È una parte troppo traumatica. Troppo personale, lascio che vada ad aggiungere il carico al mio senso di colpa. Le parole seguitano a fluire finché giungo alla fine.

«"Permettimi di fare quello che avrebbe dovuto fare Zara" mi ha detto.»

Rivedo la lama che si avvicina. La sento che mi sfiora. Vedo lo sguardo soddisfatto che ha negli occhi mentre il coltello inizia ad affondare.

«Polizia! Lasci il coltello!»

Sebastian non si muove.

«Molla il coltello o sparo!»

Allenta la presa. Il coltello cade a terra.

«Ho fatto un passo indietro. Sono viva» concludo, la voce d'un tratto più alta.

Ho fatto un passo indietro. Sono viva.

Viva e seduta qui con un'agente della polizia che prende appunti. Ancora tremante, scossa dai brividi. La mia vita è rarefatta e sbiadita, come se la stessi solo costeggiando. Come se da un momento all'altro potessi venirne allontanata del tutto e non esistere più. Il coltello di Sebastian torna a incombere. I suoi occhi diventano i tuoi, Zara. Il suo coltello diventa il tuo coltello. Avrei dovuto pugnalare lui, non te. La mia vera vita sarebbe finita comunque, ma lo sarebbe anche la sua.

160
Sebastian

Qualcosa è andato storto. Ho cercato di stringere le dita intorno al coltello per conficcarglielo nella gola, ma mi è caduto. Le urla mi hanno spaventato. La lama ha sferragliato sul pavimento. Gli sbirri mi si sono avventati addosso. Erano ovunque. Prima di capire cosa stesse succedendo, ero già ammanettato. Piangevo, Zara, perché tu non c'eri più e non ti avrei mai riavuta indietro.

Mi hanno arrestato. Conosci la tiritera. Tutti quanti conosciamo la tiritera: l'abbiamo sentita un miliardo di volte in televisione.

«È accusato del tentato omicidio di Miranda Cunningham. Non è tenuto a dire nulla, ma se...»

La mente mi si è chiusa mentre una giovane poliziotta snocciolava tutte quelle parole inutili. Mi hanno scaricato sul sedile posteriore di un'auto della polizia, ammanettato per il braccio a un agente giovane e alto. La poliziotta di prima si è messa alla guida. Abbiamo attraversato Bristol, diretti al carcere. Venerdì sera, tardi, pieno di persone che andavano al pub. Persone con vite da vivere. Turbolente bande di alcolizzati. Non sentivo più le lacrime, il viso era asciutto. Ma piangevo ancora. Piangevo dentro di me. E adesso sono in una cella senza finestre, in custodia.

161

Sono uscita dalla scena del crimine, quello che una volta era il mio appartamento, scortata dalla poliziotta. Mi è stato concesso, sotto il suo occhio vigile, di preparare una piccola borsa con qualche indumento e alcuni articoli da toeletta. Sono talmente sottosopra che sa Dio cosa ci ho messo. Mutande. Dentifricio. Una tua fotografia, Zara.

Non appena vede Theo venirmi incontro, l'agente si dilegua. Theo. Il suo sorriso, le sue spalle, gli occhi di miele liquido. Mi basta vederlo per sentire che le mie paure iniziano a retrocedere. Mi muovo verso di lui. I corpi si sfiorano. Si stringono. «Theo.»

È muscoloso, forte, rassicurante. Forse tutto sommato la vita ha un senso.

«Grazie mille.»

Mi posa un bacio in cima alla testa. Sento le sue labbra sui capelli, gentili, confortanti. Mi aggrappo più forte.

«Mi hanno detto che non ti va di andare da tua madre, almeno per questa sera.» È poco più di un sussurro.

Lo guardo. Lega gli occhi ai miei.

«Non ce la faccio proprio a sopportarla, al momento. Faccio già fatica a sopportare me stessa» spiego.

«Il mio appartamento è nell'isolato accanto.»

«Così vicino?»

Lo sguardo torna a sciogliersi nel mio.

«Così vicino che ci saremmo decisamente potuti incontrare prima.»

Se solo. Se solo l'avessi conosciuto prima di tutto questo. Se solo l'avessi conosciuto in un'altra vita.

«Prima che io diventassi il casino che sono?»

«Intendevo solo che ci saremmo potuti incrociare prima, e io avrei comunque...» Le parole gli si affastellano sulla lingua, muoiono.

Avrei comunque *cosa*?, mi domando, ma non lo chiedo ad alta voce. Sembra a disagio. Imbarazzato.

«Vuoi che ci fermiamo un po' da me mentre ti prenoto un albergo? Il più vicino credo che sia l'Ibis.»

L'Ibis. Lo stomaco mi si contrae. L'albergo in cui sono scappata la notte in cui Sebastian mi ha stuprata. La notte della vergogna, dell'umiliazione. Ricomincio a tremare.

«No, non posso andare lì.»

«In tal caso... Che ne dici di fermarti da me? Saresti la benvenuta.» Ha un'aria ancora più imbarazzata di un minuto fa. «Intendo, io posso dormire sul divano, e tu puoi dormire nel mio letto.»

«Ma Theo, ti ho già dato un sacco di fastidi.»

«Per come la vedo io, proprio no. E comunque qui le colpe sono tutte di Sebastian.»

Ci avviamo verso casa sua, lui che mi cinge le spalle con un braccio, protettivo. Sembra così naturale. Rincuorante. La brezza serale soffia tra le felci e le siepi che ornano il vialetto che separa i nostri due isolati. Sentirla sulla pelle – così come sentire il corpo di Theo contro il mio – mi ricorda che, perfino dopo tutto quello che è successo, c'è ancora qualche brandello di buono nell'essere vivi.

In bocca al lupo. Prenditi cura di te stessa, mi ha detto Jane l'ascoltatrice. Sii paziente. Ci vorrà tempo per rimettere insieme i pezzi. Non aspettarti troppo, troppo in fretta. Me lo devo ricordare.

L'appartamento di Theo è scintillante e recente come il mio. Molto simile al mio, di fatto. Mattonelle bianche, divani color caramella mou, bancone della cucina in granito. Stesso costruttore. Stesso decoratore di interni.

«Posso offrirti qualcosa?» propone.

«No, grazie.»

«Magari un bicchiere d'acqua?» Prende un respiro. «O un calice di champagne, per festeggiare il verdetto?»

«Lo champagne non mi dispiacerebbe. Non mi capita tutti i giorni di uscire di galera. Potrebbe aiutarmi a rilassarmi.»

Il viso gli si accartoccia per la preoccupazione. Mi si avvicina, mi abbraccia e mi tiene stretta. Il suo calore, il suo profumo mi rassicurano.

«Oh, Miranda, ne hai passate tante. Ma adesso è finita.»

Restiamo allacciati. Vorrei poter premere un tasto che ci blocchi così per sempre. Dopo un po' però lui indietreggia, gli occhi oro fuso.

«Cerchiamo quello champagne.»

Si dirige al frigorifero e pesca una magnum di Piper-Heidsieck, fa saltare il tappo e riempie due flûte. Apre le portefinestre e usciamo sul suo terrazzo. Da qui vedo tutto il porto, e il *Great Britain*. La torre del Wills Memorial Building e la cattedrale. Brindiamo.

«A te, Miranda. Per essere sopravvissuta a questo vero e proprio calvario.»

«A te, per essere venuto in mio soccorso. Mi hai salvato la vita.»

I bicchieri tintinnano. Ridiamo. Poi di colpo gli occhi mi si colmano di lacrime.

«Grazie sul serio, Theo. Grazie infinite. Come hai fatto a intuire che sarebbe successo?»

Prendo un sorso di champagne. Scende giù che è un piacere.

«Più indagavo su Sebastian, più mi preoccupavo.»

Vengo scossa da un brivido.

«Vuoi che rientriamo?»

«No. Non voglio mai più stare in un posto chiuso.»

Theo ride. Si toglie la giacca e me la mette sulle spalle.

«Lo sapevi che anche lui era un gemello?» mi domanda.

«No!»

«Già. Il suo gemello Jude e i suoi genitori sono rimasti uccisi in un incidente d'auto, all'incirca tre anni fa. Alla guida c'era Sebastian. È stato condannato per guida pericolosa. Dopo la loro morte, si è dovuto prendere due anni sabbatici prima di riuscire a rimettersi in sesto.»

«Ma... ma fingeva che i suoi fossero vivi! Sembravano semplicemente sempre via, in crociera, in vacanza. Oddio, che stramberia! D'altro canto, *è* un tipo strambo. Strambo in senso clinico.»

«È un bugiardo. Un bugiardo patologico. Non penso che voglia ammettere la loro morte neppure con se stesso. Secondo me continua a tenere la casa come una sorta di mausoleo. Non sopporta l'idea di venderla. Solo che non sopporta neanche di viverci in pianta stabile, per via dei ricordi.»

«Mentire sulla famiglia. In effetti ha senso. Sembravano sempre lontani. Non era normale. Sempre via.» Mi viene in mente una cosa. «Erano almeno dottori, come sosteneva?»

«Sì, questo è vero. Dottori nel senso che avevano un dottorato, erano ricercatori. Parecchio rispettati nel loro campo, stando a quanto ho scoperto.»

Un altro ricordo si risveglia nella mia mente. «Come hai detto che si chiamava il fratello?»

«Jude.»

Ed eccomi, ci ripiombo in pieno.

«Piacere di conoscerti, Sorella» dice lui.

«Puoi chiamarmi Miranda» rispondo io con un sorriso.

«Ma certo, Miranda. Molto più fascinoso di Sorella.»

«Non quanto Sebastian, però.»

Sorride. Questo sorriso è senza dubbio uno dei pezzi forti nell'artiglieria delle sue attrattive.

«Sì, in effetti ho un nome vagamente lezioso.» Fa una pausa. «Non essenziale, tipo Jude.»

«Cosa c'entra Jude?» gli chiedo.
«Niente.» Un altro sorriso. «È solo il nome di una persona che conoscevo un tempo.»

Il ricordo svanisce. Sono di nuovo nel presente, guardo negli occhi di Theo. Gli occhi di Theo scacciano quelli di Sebastian.
«Era molto legato al fratello. La sua morte sembra averlo mandato in tilt» continua.
«Questo posso capirlo.» Le lacrime minacciano nuovamente di traboccare. «Sapessi quanto mi manca Zara, mi manca tantissimo.»
«E a lui mancava tantissimo il fratello. Non sopportava di vedervi insieme, gli ricordava quello che aveva perso, perciò voleva spezzare il vostro legame.»
«Ma tu come hai fatto a capirlo?»
«L'ho fatto pedinare.»
«Deve esserti costato un occhio della testa.»
«È valso ogni centesimo.»
«E cosa hai scoperto?»
«Che si recava con regolarità sulla tomba del fratello. Gli portava dei fiori, e ogni volta scoppiava in singhiozzi disperati. Andava anche a trovare i genitori, la loro era una famiglia unita, però era evidente che a turbarlo più di tutto era sempre la visita al fratello.»
«Tornava a casa più o meno una volta alla settimana. Non mi sono mai chiesta cosa ci andasse a fare, però.»
«Molte delle mie conclusioni su di lui erano più che altro ipotesi. Ipotesi ragionevoli, basate sui fatti. Lo sguardo colmo d'odio che ti ha lanciato al funerale. Il fatto che avesse mentito sulla famiglia. Ne ho dedotto che fosse in piena negazione, sia sui genitori sia sul fratello. Che la tragedia l'avesse guastato, nella mente, e che volesse separarvi. Perché avreste dovuto avere quello che lui non aveva più?»
Ho un altro brivido, ma questa volta solo dentro di me. «Povero Sebastian.»

«Miranda, risparmiati la compassione. Ricorda quello che ti ha fatto. È a causa sua se hai perso Zara. A causa sua se ti sei sentita in colpa per la morte della tua gemella. Sebastian ha rifiutato qualunque aiuto. Non ha voluto vedere uno psicologo. Ha preferito sottrarsi alle maglie del sostegno offerte dalla società.»

«Ora lo aiuteranno, però?»

«Sì. In carcere vedrà uno psichiatra.»

«Quando hai capito per la prima volta che era così pericoloso?» E, di nuovo, i miei pensieri corrono all'indietro. Seduta al pub, un sabato sera. La sua strana domanda.

«Quello che vorrei capire, mie care gemelle, è questo: se vi foste trovate sul *Titanic* mentre affondava, fino a che punto sareste arrivate per proteggervi l'un l'altra?»

«Oh, Sebastian. È sabato sera. Non possiamo semplicemente divertirci, invece di stare a romperci la testa su problemi che non esistono?» Con un gemito, prendo una corposa sorsata di vino rosso.

Zara, tu ti allunghi sul tavolino e gli sorridi, capelli d'oro miele che risplendono alla luce del fuoco. Poi ti giri a guardarmi. «Ma Miranda, è divertente immaginare scenari diversi, pensare alle varie alternative.»

«Finché non hai conosciuto lui, non avevo mai dubitato che ci saremmo protette a vicenda fino all'ultimo respiro.» Sono sbottata, il tono arrogante. La voce fredda, robotica.

«Stai forse dicendo che ho spezzato il vostro legame?» Gli occhi di Sebastian si trattengono nei miei troppo a lungo.

Ho un tremito, e sprofondo ancora di più nei ricordi.

«Ti prego, Sebastian. Per favore, non raccontare a Zara quello che è successo tra noi.»

«Ho l'impressione che tu mi stia implorando.»

«Perché è così.»

«Mi piace quando mi implori.»

La crudeltà. Il modo in cui mi tormentava.

«Mi piace quando mi implori.»

Mi strappo a forza dal passato e glielo domando di nuovo.

«Theo, quando hai capito per la prima volta che era così pericoloso?»

«Il modo in cui reagivi ogni volta che facevo il suo nome mi ha fatto pensare che ti avesse fatto del male. Facendo ulteriori ricerche su di lui, ho scoperto due denunce per stupro, entrambe ritirate all'improvviso. È stato allora che ho capito che c'era qualcosa di molto, molto grave.»

«E sei riuscito a svelare il mistero.»

Prende un sorso di champagne. «Già. Ho rintracciato le due ragazze in questione e sono andato a interrogarle. Entrambe avevano lasciato cadere le accuse dopo che lui le aveva minacciate. Come sai, però, una volta sentito quel che ti era successo, Caroline Holt ha accettato di testimoniare in aula. È una donna coraggiosa, non voleva che Templeton la passasse liscia di nuovo.» Un altro sorso di champagne. «Ipotesi e intuito. Funzionano sempre.»

«Non hai altro da raccontarmi, Theo? Altro che è rimasto da intuire?»

Si sporge in avanti e mi bacia. All'inizio mi limito a lasciarglielo fare, poi contraccambio. Baci dolci, gentili. Theo sa di festeggiamenti. Di Piper-Heidsieck. Di felicità, di vittoria. Baci gentili, che mi fanno dimenticare la rabbia di Sebastian.

«Mi piacerebbe riuscire a intuire se saresti interessata a uscire a cena con me, una volta che ti sarai ripresa dallo spavento di questa sera. Mi riterrei davvero molto fortunato.»

«Direi che è molto probabile, credo proprio che sarei interessata.»

«Probabile?»

Un altro bacio. Più lungo, questa volta. Più lungo, più deciso, più famelico.

«Molto più che probabile.» Mi scosto per guardarlo negli occhi. «Però prima voglio che tu sappia un'altra cosa. Una cosa orribile.»

Gli occhi gli si velano.

«Quando mi tormentava, dopo avermi stuprata, continuavo a sognare di ucciderlo. Lo sognavo perfino a occhi aperti.» La voce mi si spezza, gli occhi mi bruciano per lo sforzo di trattenere il pianto. «Questa sera c'è mancato un soffio a che lo pugnalassi. Le mie dita sono corse al cassetto, miravano al trinciante.»

Gli occhi d'ambra si sciolgono nei miei, scacciando quelli di Sebastian. Theo torna a stringermi, mi preme la testa contro il suo torace. «Miranda, quell'uomo ti ha torturata. E tu non l'hai comunque ucciso. Così come non hai assassinato tua sorella. Hai tutti i diritti di ricominciare a vivere.»

Ci baciamo di nuovo. I suoi baci mi eccitano. Lo desidero tantissimo. Theo si stacca e mi guarda.

«Ti scongiuro, Miranda, smetti di dare la colpa a te stessa. Niente di tutta questa faccenda è colpa tua.»

162

Sebastian

In carcere ho un sacco di tempo per rivivere i miei incubi. Tutti. E non solo nel sonno. Mi perseguitano giorno e notte, raggiungendomi di soppiatto mentre cerco di portare avanti il mio lavoro in lavanderia. Mentre infilo gli abiti umidi nell'asciugatrice, mentre stiro. Mi raggiungono non appena sono solo in cella, la sera. Nessuno con cui parlare, nient'altro da fare tranne leggere, o guardare la televisione.

Prima di tutto vedo il tuo viso, Jude. Poi il tuo corpo accartocciato. A volte vedo mamma e papà, com'erano un tempo. Mi vengono incontro, di nuovo giovani. Si tengono per mano, ridono, sorridono. E poi ecco lo schianto, lo sento nelle orecchie, lo sento nell'anima.

A volte sei tu, Zara, a corrermi incontro su Hannover Quay, i capelli che ti svolazzano alle spalle come fili di seta. Mi protendo per accarezzarti il viso, ma non appena allungo la mano ti disintegri lentamente, come l'immagine di una tv satellitare che perda la frequenza.

Vedo anche il viso di Miranda, mi sento in mano il coltello. Chiudo gli occhi e avverto l'impulso di affondare nella giugulare. Il desiderio è una lama nel cuore. A volte gli incubi mi dicono che l'ho fatto. E allora il sangue sgorga copioso e mi ricopre le mani, bagnato, viscoso.

Zara, mi dispiace tantissimo. Ero fuori di testa per l'alcol e le droghe. Adesso mi sento terribilmente in colpa. Come è successo a me e Jude, anche tu e tua sorella avete perso tantissimo. Mi sento in colpa per tutto quello che ho fatto. Cercare di ammazzarla. La rabbia. Lo stupro. La psicoterapia mi sta aiutando. Il terapeuta per il lutto. Il terapeuta per il sesso. Sono in un programma per la gestione del cordoglio e della rabbia. Un programma che mi aiuta a stemperare il dolore.

163

Epilogo

La luce del tramonto si riversa in camera nostra, accarezza la testolina della mia bimba mentre siedo sul letto a darle la poppata. È incollata al mio seno. Stile superadesivo. Una pompa aspirante, succhia e rilascia, succhia e rilascia. Il ritmo è tranquillizzante, appagante. Potrei restare così per sempre. Un fermo immagine eterno, un istante da ricordare come la prima volta che l'ho sentita muoversi dentro di me. O forse come ogni volta che sento il miracolo della vita.

Una bambina. Non gemelli. In cuor mio, continuavo a credere che sarebbero stati due. Nonostante i medici ci avessero assicurato che era una. A volte Theo e io ridiamo pensando a cosa avremmo fatto se all'improvviso ci fossimo dovuti fiondare ad acquistare un secondo set di tutto quanto.

Olivia. Dorata. Come te, Zara. Come mamma. Pelle d'oro. Capelli d'oro. Occhi d'oro. Sazia, la piccola si stacca dal mio capezzolo e si addormenta subito. Non ho mai visto tanta beatitudine. La mia piccina che dorme. Muscoli rilassati. Boccuccia aperta.

Tenendola in braccio, la testolina annidata nella mia mano destra da quel prezioso tesoro che è, sguscio fuori dal letto e mi avvicino in punta di piedi alla sua culla. Con grande circospezione e immenso amore mi chino a deporla sul materasso. Con grande circospezione e immenso amore, la corico sulla schiena e sfilo piano le mie mani. Lei allunga i braccini paffuti sopra la testa, spalanca gli occhi, mi guarda e sorride. Sei settimane oggi. Il suo primo vero sorriso. Il mio cuore spicca il volo. È il tuo sorriso, Zara. Una piccola parte di te ancora vive. Nel mio cuore. Nel sorriso di mia figlia.

Guardo la mamma. È venuta ad aiutarmi in queste prime settimane di maternità, ma era così esausta che è crollata addormentata sulla mia poltrona da allattamento. Ha un gran bisogno di dormire. Meglio non svegliarla. Lo rivedrà domani, il sorriso dell'altra sua figlia.

Ripenso a te, Zara. Al tuo calore. Al tuo sorriso. A quanto amavi Sebastian. Il suo psicoterapeuta mi ha scritto, dilungandosi su quanto sta migliorando, in carcere. Quanto si sente in colpa. Forse un giorno starà abbastanza bene da conoscere Olivia. Forse il sorriso di Olivia lo aiuterà a vivere.

Ringraziamenti

Vorrei ringraziare quattro persone in particolare per l'aiuto che mi hanno dato con questo romanzo.

Prima di tutto la mia agente, Ger Nichol dell'agenzia The Book Bureau, per tutto l'incoraggiamento e il sostegno. E poi, naturalmente, la mia fantastica editor Phoebe Morgan alla Avon HarperCollins, e la sua incredibile squadra. Per me è stato un giorno fortunato quando il mio lavoro è atterrato sulla scrivania di Phoebe. È stupendo lavorare con lei. Poi il mio caro vecchio amico Charles Owens, un ispettore di polizia ora in pensione. Charles è stato il mio infaticabile consulente in materia di crimine. Non credo che sarei riuscita a scrivere di delitti e reati se non fosse stato per lui. Non ha mai cessato di darmi suggerimenti e mi è stato sempre vicino. Ultimo ma assolutamente non ultimo mio marito Richard, il mio santo-subito primo lettore. Grazie. Grazie. Grazie.

Per quanto riguarda tutti gli altri, amici stretti, famigliari, genitori, Shirley e Peter, credo sappiate quanto vi sono grata. O almeno dovreste, ormai. Voglio ringraziare anche tutti i miei nuovi amici. Amici che ho incontrato nella comunità degli scrittori di crime. Siete uno spasso. Grazie per avermi accolta. Per avermi permesso di diventare una di voi.